卷首语

　　这本书开始于2014年6月中，到现在已经七年多了，故事越写越慢，想法却越来越多，截至目前，故事也只过去了三分之二，还有三分之一的内容。

　　这是我第一次尝试写玄幻，之前的作品多是游戏类的。游戏类的小说，不管游戏类别是武侠、玄幻还是什么，但内核其实都是都市小说。游戏给予的背景环境并不能改变当中玩家其实就是都市男女，就是生活在我们身边的你我他，他们的三观、认识不会因为游戏的类型不同而有根本性的改变。

　　玄幻则不一样。

　　不一样的世界构造，不一样的生存环境，所造就出来的人也会不同。

　　这一点对刚尝试玄幻的我来说有点难，但也很有趣。天醒之路是我的第一次尝试，但我估摸着不会是最后一次。在写天醒的过程中，已经产生过很多奇奇怪怪的想法，并不太适合放在这个世界的就都先搁到一旁，等着以后再用。

　　眼下要做并正在做的，当然还是先写完这个世界，写完路平他们这些人的故事。

　　大致的结局，其实早已经想好，不过走完这段路他们还需要一些时间。已经走过的这三分之二，就先记录下来。

　　六七年时间很长，长到会让小学生变成中学生，中学生变成大学生，大学生走向社会，走向社会的我就不继续往下说了……很感谢读者这么长久以来的耐心。

　　同时也很感谢中南天使这次出版，帮我记录下我目前为止最漫长的一段写作。

　　谢谢大家！

蝴蝶蓝

蝴蝶蓝 著

TIAN XING ZHI LU

天醒之路

黄河出版传媒集团
阳光出版社

图书在版编目（CIP）数据

天醒之路.1 / 蝴蝶蓝著. -- 银川：阳光出版社，
2021.8
　ISBN 978-7-5525-5839-5

　Ⅰ.①天… Ⅱ.①蝴… Ⅲ.①长篇小说－中国－当代
Ⅳ.①I247.5

中国版本图书馆CIP数据核字(2021)第065568号

TIAN XING ZHI LU 1
天醒之路 1

蝴蝶蓝 著

责任编辑　谢 瑞　郑晨阳
装帧设计　曹希予　周艳芳
责任印制　岳建宁

黄河出版传媒集团
阳 光 出 版 社　出版发行

出 版 人　薛文斌
地　　址　宁夏银川市北京东路139号出版大厦 （750001）
网　　址　http：//www.ygchbs.com
网上书店　http：//shop129132959.taobao.com
电子信箱　yangguangchubanshe@163.com
邮购电话　0951-5014139
经　　销　全国新华书店
印刷装订　北京盛通印刷股份有限公司
印刷委托书号　（宁）0020329

开　　本　710 mm×1000 mm　1/16
印　　张　18
字　　数　237千字
版　　次　2021年8月第1版
印　　次　2021年8月第1次印刷
书　　号　ISBN 978-7-5525-5839-5
定　　价　36.80元

目录
CONTENTS

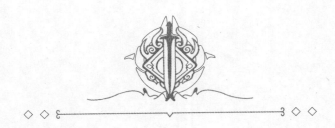

楔子

"我们要去哪儿？"小女孩问道。

"不知道，总之要活着。"

小男孩的双腿整个陷在厚厚的积雪当中。他艰难地移动着，每向前一步，都会发出金属碰撞的声音，他的双手双脚赫然被铁链锁在了一起。雪花如刀，卷到他脸上，他没有闪避，也无处闪避。他就这样昂着头，连眼睛都没有眨一下，拖着锁链，背着小女孩，毅然向前走着。

"我有点冷。"小女孩说。

"我也冷，一起冷。"小男孩说。

"好吧！"小女孩同意。

两人身后，深深的脚印落在这无垠的雪白当中，隐隐可见一道红色。

脚印的尽头，不是雪，是血。

鲜血染红了这里，每个倒下的人都带着一副惊讶恐惧的面孔，仿佛看到了什么不可思议的事情。

大雪落下，悄然覆盖着这一切。

第 1 章
才能与废物

"路平，起床上课。"

"再睡五分钟。"

"给我起来！"

"哗！"阳光洒下，照遍路平全身。

"啊！"惊叫声顿时响彻云霄，将路平的睡意彻底击碎，之后便是苏唐摔门而出的怒吼，"什么条件啊！你玩裸睡！"

"裸睡还需要什么条件啊？"路平嘟囔道。他总算起来了，可一站到地上，狭小的房间顿时显得更加拥挤了。路平一边随手拿过床头的衣物往身上套，一边注视着被苏唐怒摔过的那扇破门。

"嘎吱，嘎吱！"

破门颤巍巍地摇晃着，路平一脸不忍地闭上了眼。

"咣……"

门到底还是直接坠了下来，可怜地倚在了墙上。

"真是个怪力女。"路平感叹着，却根本没去理会那扇门，他将上衣搭到肩上，就这么赤着上身，推开窗户一跃而出。

天空蔚蓝，阳光灿烂，小屋的窗外是一片花圃，散发着阵阵芬芳。路平走在这片散发着芬芳的花圃之中，东张西望，眼前一亮。

"在这里了！"路平兴高采烈地走上前，弯腰拾起了浇灌花圃的水管，毫不客气地朝自己洒来。

引自峡峰湖的冰凉山泉让路平一阵清爽，驱走了最后一丝睡意。就这样洗漱了一番后，路平随手把水管扔到一旁。

一声尖叫，再次直击他的耳膜。

"路平！"负责摘风学院二十二片花园林景的园艺大师莫森怒气冲冲地站在花圃边。

"哦，是莫老师，早啊！"路平好像完全没有察觉到莫森的怒气。

"我的睡火莲！"莫森咆哮道。

作为六魄共计十七重天，冲之魄贯通的强者，莫森释放出的杀意连花圃里的昆虫都感受到了，在他身后，连林荫大道两旁郁郁葱葱的林间都惊起飞鸟无数。

路平还是毫无觉察的模样，一脸诧异地问道："在哪儿？"

"在你的脚下……"

"啊？"路平低头，移脚，果然看到一株含苞待放的睡火莲被他踩得不成模样。

这睡火莲本就是非常名贵的品种，从水中移植到陆地更是不易，现在却被路平踩得跟包子一样。

"给我滚出来。"莫森看到那惨不忍睹的睡火莲，心疼得要命，连生气都顾不上了，急急忙忙冲进花圃，趴到了睡火莲跟前，小心翼翼地检查起了它的根茎。

"它没事吧？"路平蹲下身凑过头来，一副很是关注的模样。

"消失，或者死！"莫森的杀意蓄势待发。

"我消失。"路平连忙退下。

摘风学院著名的林荫大道上，路平看到苏唐气鼓鼓地迎面走来，扬手打了个招呼。

"你……"苏唐一愣，没明白路平怎么反倒出现在自己前方，但当她将目光转向小屋那边，看到莫森老师撅着屁股可怜兮兮趴在地上的模样时，顿时明白了过来。

苏唐狠狠地瞪了路平一眼，连忙走到莫森老师身旁。

"莫森老师，他不是故意的，有什么我能帮忙的吗？"

莫森站起了身，顾不上掸去身上的泥土，先长出了一口气。

睡火莲的根茎无碍，莫森的气也算是消了大半，毕竟这种事已经不是第一次了，他真的有些麻木了。这次若不是珍贵的睡火莲被踩，他可能连发火的力气都没有。

要知道，路平这一路穿过花圃，踩坏的花草可不止这一株睡火莲，但其他的莫森看都没看一眼。

对于苏唐的解释，莫森更是深感无奈。那个臭小子，当然谈不上故意，他压根就没有在意过，哪来的故意还是有意？只是难为了苏唐这个好孩子，总要为那个烂泥扶不上墙的家伙收拾烂摊子。

不值啊！

莫森真心为苏唐感到不值。

不光是他，摘风学院上上下下，大概只有那些忌妒苏唐才能的人才会乐于看到她被路平拖累。

如果没有路平，如果苏唐可以更加全身心地进行修炼，以她的才能，此时的境界……

嗯？境界？

一想到此，莫森依稀察觉到了什么，以英之魄贯通的冲魂魄力流转，双眼突然闪过一丝光亮。

"六重天？力之魄六重天！你的力之魄已经突破到了六重天？"莫森几乎要语无伦次了。六重天，这是单种魄修炼的顶峰。苏唐现在才十五岁，进入摘风学院开始修炼不过三年时间，但现在已将力之魄练至六重天，这在摘风学院历史上是绝无仅有的。至于莫森自己，他达到六重天境界的是冲之魄，前前后后用了快七年时间，就这一点，他已经比许多人要优秀很多了，这也让他一直引以为傲。可是现在，他和苏唐一比，苏唐快过他一倍还多，而且他可是记得的，他当时修炼的时候绝对专心致志，根本不需要去理会一个像路平这样麻烦的家伙。

"了不起！力之魄六重天，你居然这么快就达到了！"看到苏唐点头确认后，莫森终于从震惊中回过神来。就在这一瞬，他下定了决心，以她这样出色的资质和才能，自己真的不能看着它被耗费掉。

"苏唐，回答我一个问题。"莫森的神情忽然变得无比郑重。

"是。"苏唐看着莫森郑重的神情，感到有点奇怪，但并没有表现出来，只是恭敬地应了一声。

"如果有一天，你的父亲和母亲同时掉到水里，只能救一位，你救哪一位？"莫森说。

苏唐一愣。

"我知道你是孤儿，这只是假设。"莫森说。

"可这个问题……"

"这个问题很混账是不是？"莫森说道。他的目光转了转，有意将那边站在路旁的路平捎进视线，"但你有没有想过，我们的人生，有时无法避免地会遇到这样残酷的选择，你没有退路，你必须有所舍弃。犹豫或是对一件事模棱两可，只会导致更加不幸的结果。"

苏唐沉默，她已经明白莫森老师为什么要问这样一个问题了。

舍弃虽然残酷，却是必须做出的选择。

苏唐知道莫森暗示的是什么。

从进入摘风学院三年以来，从导师到同学，有太多人劝过她远离路平。因为路平是那样的一无是处，苏唐又是这样的聪明优秀，路平会是她的负担，越来越沉重的负担。

事实上，你们都搞错了呀！而且就算是你们想象的那样，我也绝对不会为了前途抛开路平的。这一点，苏唐毫不怀疑。

"你们的人生，从进入摘风学院那一刻起，注定会有不同的走向。"莫森继续说着。他没有刻意压低音量，而是有意想让身后不远的路平听到。他知道苏唐和路平的感情，这两个孩子同为孤儿，从小相依为命，三年前，外出的院长将他们带回了学院。

整个大陆有四百多座学院，每一座都是足以改变一个人一生的修炼学府。学院本身有着很严格的挑选机制，有机会进入任何一座学院的人，都会奋发、努力，无论最终成就如何，终归会将自己的人生推向一个新的高度。路平却是个例外，入院三年，两次例行的年度大考都没有通过，连续两年留级，至今还只是一个一年级学生。根据摘风学院的院规，三次年度大考都通不过的学生，就要被逐出学院。

摘风学院这条院规已经称得上非常仁慈、宽容了。换作其他任何一座治学严谨的学院，路平这样的家伙在一个月内就会被逐出去了。眼下第三次年度大考临近，莫森这双冲之魄贯通后可以查看魄之力存在的眼睛，从路平身上看不到丝毫他能通过的可能。

路平被逐出学院的话，苏唐呢？

直觉已经给了莫森答案。

如果要苏唐做出一个残酷的选择，她会抛下的，绝不是路平，从苏唐的双眼中，莫森已经看出了这份坚决。

这让莫森更加欣赏苏唐了。虽然苏唐远离路平是他十分愿意看到的结果，但如果这真是苏唐自己的选择，他难免会有一些失望。

而现在，他从苏唐身上看到的不只是天分和努力，还有优良的品性。

这一切，莫森希望路平也能看得到。

莫森希望路平好好想一想苏唐为他牺牲了多少，好好想一想他应该怎么做才是为苏唐好。

莫森转过身，直视着林荫道旁的路平。苏唐这时也意识到了，莫森老师这些话，实际上全是说给路平听的。她笑了，躲在莫森的身后，向路边的路平偷偷做了一个鬼脸。

"嗯！"路平很用力地点了点头，"莫森老师教导的是。苏唐，你听到了没有？你一定要继续加倍努力，只有这样，当你面临这种残酷混账的选择时，才有实力做出完美的选择，无论什么，都绝不舍弃！"

莫森的神情瞬间冰冷起来。路平那郑重其事的面孔，在他看来简直犹如魔鬼一般。他错了，他居然对路平的品性抱有幻想，这个恬不知耻，拖累了苏唐三年，只知索取不知付出的家伙，早就打定主意要死缠住苏唐了吧？路平是将自己的希望建立在对苏唐的摧毁上，是个彻头彻尾卑鄙无耻的吸血鬼、寄生虫！

杀意！

这一次，莫森心底真正起了杀意。

这个卑鄙的家伙，真以为所有人都对他无可奈何吗？不，那只是因为大家对他还抱有一线希望。可是现在在莫森看来，摘风学院宽容的院规，落在这家伙身上简直就是一种浪费，这样的人，根本没有生存的必要。

莫森的杀意，稍露即逝，这一次，虫鸟都没有被惊动。

因为这次莫森是真下了决心，而不只是宣泄一下愤怒。杀意很快就被他掩藏了，他可没打算立即动手，为了苏唐，他打算给路平一个比较体面的死法。

"行了，你们去吧。"莫森摆了摆手，示意两人离开。

"莫森老师，从窗口到这边的路……"苏唐又提起了这事。

"那等他能通过这次大考再说吧！"莫森说道。

"好的，谢谢莫森老师。"苏唐高兴地跳出了花圃。莫森望着渐渐走远的她和路平，转回身，看着脚边那株被踩得如同包子的睡火莲，一挥指，花蕾从花茎上断开，只留下齐齐的切口，渗出火一般的红色汁液，仿佛鲜血一般，浸入泥土。

第 2 章
魄之力

"莫森老师真是挺关心你的。"走在林荫道上，路平对苏唐说着。

"是的，莫森老师是个好人。"苏唐说。

"非常好。"路平说。

"所以，你以后能不能少踩点他的花啊？"苏唐说。

"其实我是有分寸的，帮他踩掉的都是杂草。"路平说。

"睡火莲也是杂草？"苏唐斜眼看过来。

"说不定哟！"路平的目光像是躲避苏唐似的，又朝着花圃那边扫去。

两人边走边聊，一路上引来其他学生，甚至导师的目光都不在少数。他们两位，在摘风学院那可是鼎鼎有名的鲜花与牛皮糖组合。原本大家是想说鲜花与牛粪的，但后来有一个高年级的学生坚决不同意，他认为牛粪虽然恶心丑陋，但对花朵来说至少还是养分。牛皮糖就不一样了，黏糊糊的一团，扯不开，对鲜花来说毫无用处，这才是更恰当的形容。

有的人觉得用牛皮糖形容路平太过美化他了，也有喜爱牛皮糖的人认为这是对牛皮糖的诋毁和中伤，但不管怎样，这个叫法被传开了，最终大家也只能接受。

这样的目光，路平和苏唐都习惯了，没有太在意。不知不觉间，两人沿着林荫大道走到了摘风学院的主楼——摘风楼。

摘风楼共六层，一到四层分别是学院一年级到四年级的课室，第五层归学院导师使用，第六层则是院长亲自坐镇，据说学院很多名贵的典藏书籍、神秘功法，都收藏于此。

路平抬头望着这学院第一高楼，久久无语。

"无缘无故，我怎么就走到这儿来了？"他嘟囔着。

"你都多久没来了？偶尔也该露露面吧？"苏唐说着。

"好吧……"路平一脸勉强，总算跟着苏唐进了楼。

第一层，明亮的大堂。

左边墙壁的最左侧，悬挂着摘风学院的院规，内容相当简略，真正被学生熟知并重视的，也只有"大考不过留级，三次不过逐出学院"这一条。

如此宽厚简略的院规，完全基于摘风学院创立初期院长便立下的八字院训，此时就悬挂在院规的一旁——

严于律己，宽厚待人。

这八个大字，是摘风学院一直以来贯彻的院风。不过这个"一直"说实话也不能算是很久，就在八字院训的另一旁，挂着摘风学院的院史，内容比院规还要简略。

整个大陆有明确记载的学院共四百四十二座，摘风学院在其中不算太差，但肯定和"历史悠久"四个字沾不上边。有资格称历史悠久的，只有四大学院。摘风学院的院长本人便是四大学院之一的玄武学院第三百二十七届的毕业生，他在外游历多年后，回到家乡创办了这座摘风学院，迄今已经过去二十四年。

院长大人郭有道现在就坐镇在摘风楼第六层。

右边墙壁上，罗列着的是学院二十四年来涌现出的优秀人才。当中有导师，也有学生，有些还活着，有些已经死去。当中要说名动天下的，一个都没有，比较让学生们津津乐道的有四位，他们的共同之处就是从摘风学院毕业后，被推荐继续深造，最终都进入了四大学院。

同是学院，就是这么天差地别。谁都知道这片大陆数百年间涌现出的名人豪杰，有太多太多都是出自四大学院。

四大学院，注定不凡。进入四大学院的四名摘风学院的学生，他们在摘风学院的这段日子鲜少有人提及。即便如此，仅仅是能进入四大学院，就被认为是获得成就和殊荣了，被认为是摘风学院所培养出的最有前途的四人。

大厅左右墙上的内容学生们早已看熟，很少还会有人驻足。苏唐沿楼梯准备去第三层三年级课室，忽然觉得身边没了人，扭头一看，路平在第一层就要转去课室了。

"你去哪儿？"苏唐忙叫。

"我是留级生嘛，当然去一年级课室了，你走你的。"路平挥挥手。

"你只是懒得上楼了吧……"苏唐无语。摘风学院院风自由，一年级学生就算想去听三年级的课，也不会受到任何阻碍，但路平随便找了间一年级的课室，已经钻了进去。

课室里坐了不少学生，对当中很多人来说，路平是个生面孔。但有如此自由随意的院风，大家已经习惯了不把生面孔当回事。但到底还是有少数人存在好奇心，仔细确认后，终于认了出来："路平？"

"那是谁？"有人还是不知道。

"牛皮糖路平！"

"哦哦哦！"

一带上这个绰号，顿时人人皆知。所有人的目光中都带着惊奇，各种鄙视也接踵而至。

"就是那个一直抱着苏唐学姐大腿的路平啊！"

"对，连续两年大考没过，现在还是一年级学生，咱们的同级生哟！"

"就是因为自己没有才能，所以才会死命地抱着苏唐学姐的大腿不放吧？"

"真是无耻啊！"

"想到他今年居然要和我们一起大考就有点恶心呢！"

"不过这就是最后一次了。"

"苏唐学姐终于可以摆脱这个恶棍了。"

"……"

各种冷眼，各种鄙视，根本就不避着路平，大家直接当面嘲讽。路平却好像没听到一样，在没人的角落挑了一个靠窗的座位坐了下来。

上课的钟声响了，导师还没有来，但课室里立即安静了下来。每个学生都回到了自己的座位，静心开始打磨自己的魄之力。

摘风学院会有这样的课时安排，据说是院长从四大学院之一的玄武学院带回的先进经验。他们这些普通学生恐怕一生都没机会摸到四大学院的门，对于这种据说是源于四大学院的东西都珍惜得紧，一听钟声敲响，立即就把时间一点都不浪费地用在修炼上了。

不大一会儿，导师罗唯来到课室。学生们珍惜时光的态度让他十分满意。不过在课室的角落，他看到一个孤独的身影，若有所思地望着窗外，显然心思没放在修炼上。

罗唯盯了许久，希望那个学生有所察觉，结果对方愣是没回过头来看他一眼。罗唯心下有点来气，正准备上前提醒一下，那学生总算舍得把头扭过来了。

一看到这家伙的正脸，罗唯自己就把头扭到一边去了。

路平，是那个废物……

长年不见人，今天居然出现在了自己的课堂上，但罗唯一点都不觉得荣幸。像什么朽木不可雕，烂泥扶不上墙一类的句子，简直就是为路平量身定做的。这个学生，罗唯觉得跟他多说一句话都是浪费大家的时间，不如给其他孩子一点安静的空间。

目光回到其他认真努力的学生身上，罗唯心情变好不少。这些孩子或许没有什么惊人的天赋和才华，但是至少他们懂得努力，懂得珍惜这得来不易的机会。摘风学院院规宽容，就是为了让这些孩子得到更多的学习机会，结果倒是让路平趁机当了寄生虫，真是想想就觉得憋闷。

冷冷地又瞥了路平一眼，罗唯不再把注意力放在他身上，转身在课室的黑板上写下了六个大字——

冲、鸣、气、枢、力、精。

六个大字，排成一圈，圈中空出了一块，但这六个字，好像在指向这个空白处。

学生们精神一振，隐隐意识到导师要讲什么。这内容，虽然他们还没有正式涉猎，但因为摘风学院院风自由且开放，大家从高年级学长那里，或是高年级的课堂上多少听到过一些。而现在，他们终于要真正接触这些了。

在所有学生期待的目光中，罗唯微笑着，在那六字圈中的空白处，写下了第七个字——

英！

七魄，便是他们这些修炼者制造力量的本源。但在入学院的这第一年时间里，所有学生受到的教导，开始感知的魄之力，都只是冲、鸣、气、枢、力、精这六魄。

第七魄是什么？为什么修炼课程中从来没有？这个问题学生们都很好奇。他们虽然从别的渠道听说了一些理论，但终归比不上最熟悉他们的导师正式的讲解来得确切。

"第七魄，英之魄！"罗唯指着黑板说道。

单看这被六魄围绕在正中的格局，便知这第七魄的重要性了。学生们虽然兴奋，但还是保持着安静。

"之前六魄是什么，相信大家现在都已经有了清晰的认知。"罗唯说道。

学生们点头。

六魄，实际上对应的就是人的六感——眼、耳、鼻、舌、身、意这六种感观渠道，这便是六魄，不难理解。六魄的修炼，每魄都分六重天的境界，总计三十六重天。比如说，一魄二重天，或是二魄一重天，都属于二重天的境界，但是一个二重天的境界，可比两个一重天的境界要强太多，要修炼到二重天的境界也比一重天更艰难。

目前的一年级学生，修炼的主要内容就是感知到魄之力，无论哪一魄，先捕捉到这种力量的存在便好，并不要求能达到什么境界。

这一步，一年级学生基本都能实现，有不少人还能感知到多种魄之力。但要说突破境界达到一重天，那就极为少见了。

"在咱们这里，人人都感知到了魄之力，像伯用同学这样出色的，甚至感知到了五种魄之力，第二魄鸣之魄更是即将突破至第一重天，非常了不起。"罗唯继续说着。

被他点到名的伯用露出几分得意的神色，其他学生纷纷投来羡慕、忌妒的目光。

"但是，即使像伯用这样优秀的同学，修炼到英之魄也为时尚早。"罗唯的话此时突然一转。

"那么我们为什么还要这么早提到英之魄呢？因为英之魄是未来，是冲、鸣、气、枢、力、精这六大魄之力修炼达到六重天境界后最终的指向。"罗唯一边说着，一边将黑板上的六大魄之力逐一圈了起来，连续标了六个箭头指向英之魄。

　　"经魄贯通，这个名词，我想大家或许有所耳闻。所谓经魄贯通，就是指六魄与英之魄之间的打通，而想实现这一点，有一个先决条件，那就是，六重天！"罗唯说着，又在每个箭头上，标识了一个"六"。

　　"只有先将某一魄之力修炼到六重天的境界，才有可能和英之魄实现贯通。而当实现经魄贯通后，我们的能力就会进入一个全新的领域。"罗唯说。

　　"那是什么呢？老师！"有学生急切地问着。

　　"老师接下来就给大家演示一下，大家应该都知道老师是一位冲之魄贯通者吧？"罗唯说着，徐徐闭上了双眼，再睁开时，双眼已经蒙上一层淡淡的白光。

　　"哇！"学生们顿时惊叫起来。罗唯面露微笑，抬眼随意地一扫，开口道："原敏同学，今天只带了三包零食吗？可能有点不够吧？"

　　"啊？"被叫到名的原敏一愣，不知道导师为什么会说到这事，其他同学转头望向她时也是一头雾水，零食？什么零食？

　　"康德同学，你的衣服扣子是不是扣错了？不，我不是说你的外套，而是你那件米黄色马甲的纽扣。"

　　所有同学又看康德。米黄色马甲？哪里有穿？可当康德惊讶地脱下外套后，所有人都看到，康德外套底下，确实是一件米黄色马甲，第三个纽扣，被扣错到了第四个扣眼里。

　　"老师……"伯用不愧是这里最聪明的学生，第一个反应过来，惊讶地望向罗唯眼中的那抹白光。

"是的，这就是老师冲之魄贯通后所拥有的新能力，透视！所以老师能看到原敏同学放在桌子下面的零食，能看到康德同学穿在里面的马甲。

"嗯？"罗唯说到这时，神色忽然一变，他原本想顺势再透视几样东西加强说服力，可当他的目光转到右边墙壁时，却看到课室外一个鬼鬼祟祟的身影正小心翼翼地贴着墙壁在移动。

是谁？

罗唯心念一动，正要强化透视的效果，但是眼角的余光捕捉到了一个微微扬起的嘴角。

没等他强化，说话的声音从那张嘴传了出来："莫森老师，这么巧啊？"

莫森？是莫森？罗唯的透视终于完成强化，那面墙壁在罗唯眼中顿时有如玻璃一般彻底透明，他清楚地看到，站在墙外的，果然是莫森，而且还是一副惊慌失措的模样。

说话的人呢？

路平？

路平正趴在窗上，半个头伸到了窗外，嘴角如罗唯刚刚看到的那样，扬起了一个弧度，脸上满是微笑，和莫森说着话。

第 | 3 | 章

这活儿不专业

居然被发现了！

莫森满脸羞愤。在路平和苏唐离开后不久，他悄然跟了上来，准备了解一下路平的行踪，好伺机下手。

但是现在，他还没探听到什么呢，就被发现了，而且是被这个废物发现的。

莫森一张老脸涨得通红，原想自己虽然是个园艺师，但料理这么一个废物根本费不了多大劲。现在看来，跟踪、窃听这一类的事，自己确实做得非常不专业。

他真想直接动手啊！

看着窗口探出来的那张令人生厌的笑脸，莫森真想直接敲打他的头。

可是他不能。

他毕竟是导师，路平毕竟还是摘风学院的学生，更关键的是，他做这些是想为苏唐扫清障碍，他不想给苏唐的心里留下这样的阴影。最好是让她觉得只是一个意外。

怎么才能弄出一个意外呢？

新的苦恼诞生了！

他发现，这事真不如他想的那么简单，作为一个园艺师，制造意外来杀路平，替苏唐扫清障碍，他一点思路都没有。

"莫森老师。"他正发着呆，前边窗口忽然探出半个身子，叫着他的名字。

"哎哟！"莫森的脸顿时更红了。自己居然走神，居然在发呆。如果路平真是他的敌人、对手，他肯定死了不知多少遍了。

不过，声音是从前方传来的！莫森往前边一看，是正一脸疑惑的罗唯在喊他。

"哦，是罗唯老师啊！"莫森突然一下子就轻松、释然了。

怪不得呢！他想着。

罗唯和他一样是冲之魄贯通者，不过两人最终修炼出的技能并不相同。他自己的技能，叫作检视，可以查看生命体内部的一些生命迹象。所以他可以看出睡火莲虽然被踩坏了花蕾，但根茎内部的生长体系并没有被损坏，也可以看出苏唐体内突破到六重天境界的强劲力之魄。

罗唯的技能是透视，那么自己在外面被发现也就不难理解了：是罗唯发动透视后发现了他。路平呢，与自己隔着一个窗口，闻声自然会探出头来看一看了。

"莫森老师，您有什么事吗？"罗唯脸上写满了奇怪之色，对于之前看到的莫森的慌张和尴尬感到不解。

"没什么事，只是路过，我正要往……嗯……那边去……"莫森不是暗杀者，不是追踪者，甚至连一个说谎高手都不是。他原想随便扯一个目的地，话到嘴边，大脑却一片空白，到了要说谎的时候，熟悉的摘风学院，愣是一个地名都想不上来。

"哦，那您慢走……"罗唯依旧没有收起疑惑，但他对莫森自然非常信得过。

肯定有什么原因吧？以后有机会再问好了，他这样想着。

"莫森老师再见。"路平也向莫森道别。

"嗯，会再见的。"莫森酷酷地答了一句，背着双手，假装从容地走开了。

"我们接着上课。"罗唯回到讲台处。莫森的事他就暂不去想了，但是路平还趴在窗口，看着莫森想走快又不敢太快，想回头又害怕不自然的别扭样，忍不住"噗"的一声笑了出来。

"路平，你笑什么？"罗唯刚讲了几句，又一次被打断了，他实在忍无可忍，点了一下这个他压根就不想去理会的名字。

"不好意思，您继续。"路平连忙收起笑容。

但是其他学生都不高兴了。他们好不容易盼到导师教授全新的内容，大家正满怀期待，结果被这个废物硬生生打断了两次。

"不想听课的人就请出去，不要在这里浪费大家的时间！"号称一年级学生中最优秀的伯用站起来说话了。他的语气倒不算太重，毕竟他也不想在导师和这么多同学面前表现得像个恶人，但是那一脸鄙视嫌弃的神情，是毫不掩饰的。

"对，请出去。"有学生跟着站了起来。

"出去。"

"不要打扰我们！"

"滚！"

声音越来越多，语气越来越不客气，就连一些原本有点不同意见的人，到最后也不好说什么了。

罗唯无法坐视不理了，尽管他也讨厌路平，但毕竟有导师的身份在，他觉得还是应该再给路平一次机会。在心底，他觉得这实在没有必要，可是职责所在。

结果没等罗唯开口，路平就站起了身。

课室忽然变得安静，一种挺不自在的感觉涌上每个人的心头，很多人的目光都不自觉地从路平身上移走。

"是在说我吗？"路平开口问道，他的语气倒是很平静。刚刚还群情激愤的众人，这一刻竟然没有回答，每个人都似有意似无意地选择了回避，寄希望于别人。

沉默，足足持续了三秒钟。

"是！"终于有人应了一声。是伯用接过了路平的问题。所有人顿时都有一种松了一口气的感觉。

在所有人的注视下，伯用有一种拯救世界般的自豪，他全然忘了他所做的不过是回答了一个超级简单的问题而已。他更没有留意到当他回答这一声"是"的时候，右手不由自主地支在了身后的桌上。

他咄咄逼人地瞪着路平，路平却突然笑了笑，点了点头。

"好的。"他说。然后，他手一扶身边的窗台，就这样翻了出去。

真就这么走了？学生们愣了好一会儿。

他们原以为路平受到这样的鄙视会发飙，会放出很多狠话。结果他就这么灰溜溜地翻窗走了？

"还真是个废物。"不知是谁嘀咕了一声。

"是啊，一点骨气都没有。"

"缩头乌龟。"

"懦夫。"

声音越来越多，都在鄙视路平，鄙视得很痛快。显然在他们眼里对路平早有先入为主的印象，无论他做什么，都会和废物行径画上等号。

罗唯忍不住一阵发愣，一直都没有说什么。

那种感觉，是怎么回事？

对学生们来说，那只是一种不自在、不舒服的感觉。可对他来说，纵然再短暂，他所感受到的，竟是一份压力。

路平来自哪里？

罗唯没来得及体会清楚，那种感觉就消失了。

学生们还在议论纷纷，还在鄙视着路平。罗唯再一次走到窗边，向外望去。他看到路平独自走在路上，他试着集中了一下注意力，但没有察觉到任何异样。

是有什么人路过了？还是，楼上课室的某人？

罗唯看看四下，又抬头看了看第二层、第三层，没有任何发现。

第|4|章
不守时的代价

　　莫森小心控制着自己的步幅，尽量不太快，也不太慢，目光直视前方。

　　先前被发现确实很丢脸，但是眼下，莫森觉得自己这若无其事的表现，至少可以打九十分。他哪里知道，他这"九十分"的表现反倒让他的行走显得极为做作，惹来了路平的笑声，接下来又引发了课室里的一出风波。

　　莫森全不知情，他以"九十分"的姿态，最终走出了一个他认为足够远的距离，这才回头，开始思量接下来该怎么做。结果，他看到路平从窗口跳了出来。

　　臭小子，课上到一半居然跑了！莫森气愤极了，完全忘了路平素来都是不上课的，上一半已是三年来极其少有的情况了。

　　看到路平走在空无一人的路上时，莫森忽然心念一动。

　　这……好像是个机会？

　　学生此时大多集中在摘风楼内上课，在学院里活动的人极少。趁这时将路平叫去一个偏僻的地方，不就可以将风险降到最低了吗？

　　对，就应该这样。

一个计划飞快浮现在莫森的脑海中，他加快步子移动，迂回绕前，在一棵大树后整理了一下心情，然后若无其事地朝路平迎面走去。

"咦，莫森老师？又碰到了。"路平和莫森打着招呼，很意外的样子。

"你不是在上课吗？怎么跑到这里来了？"莫森皱着眉头问了一句，这是他事先想好的开场白，他觉得非常自然，非常合理。

"哦，同学们说不想听课的人就请出去，我就出来了。"路平说。

"呃……"这个坦白到让人无法直视的回答，让莫森忘词了。

"不学无术！"他终于想到了自己该说的词，严厉地批评了一句。

路平笑了。

"反正你也没事，一会儿帮我个忙，那踩坏我的睡火莲的事可以稍微原谅你一下。"莫森开始实施他的计划。

"哦，好的，是什么事？"路平问。

很容易上钩嘛！莫森心下得意，随即说道："十点，不，还是十点半吧，到西北区的那片园林，知道在哪儿吗？"

"知道。"

"嗯，十点半，不要忘了。"莫森又叮嘱一句。

"其实我现在就没事，不如现在就过去？"路平说。

意料之外的回答，顿时让莫森有点慌。现在过去当然不行，他还要有所准备，因为他要把这一切弄成是一个意外。

"不行！"莫森连忙用坚决到不容置疑的口气说着，"现在还不需要你，十点半再过来，就这样。"

"那……好吧！"路平犹豫了一下，终于接受了莫森的安排。

莫森心下长出了一口气，点了点头："好，就这样吧！"

"是，莫森老师再见。"

“嗯。”莫森点点头，目送路平离开，直至看不到他的身影后，才迂回着，加速冲向学院西北区。

这片园林在摘风学院的位置最偏，规划得也不是太好，不过那是园林师的工作。莫森是园艺师，一字之差，工作内容大不一样。栽种、培养各种花草、树木才是他的拿手好戏。这片不怎么受欢迎的园林，他倒是会经常过来，在这里做一些奇奇怪怪的栽培实验，对这里，他相当熟悉。

这个时间，这里绝不会有人。

莫森赶到后，确认了一眼时间：九点三十五分。于是更确信自己将时间从十点推到了十点半是多么明智。

五十五分钟，应该够了吧！

莫森脑中已经有了一个制造意外的计划。

他决定利用这园林中的一座观景亭下手。这座亭子残旧已久，若是塌了，应该不会有人感到意外，他要做的，就是让这里的一切符合他的需要。

研究了观景亭的结构，莫森开始动手。他折腾得满头大汗，时间更是过得飞快。在完成预计的第一部分工作后，他看了一眼时间。

十点十五！

这就过去四十分钟了吗？莫森大惊，时间快得超乎他的想象，他完全高估了自己的能力。他又不敢使用魄之力方面的能力，那样会留下痕迹。

只有十五分钟了！他好像有点来不及了，但是，他相信事在人为。

莫森没有放弃，加快了动作。如此一来，他的效率是提高了不少，但是想在十点半前完成无疑还是非常困难的。

也许，那小子会迟到呢？

莫森不想半途而废，考虑着各种可能性。他一边忙活，一边注意着来路。十点半了，路平没有出现，他心中一阵狂喜。这个家伙，果然不靠谱，果然会迟到，多迟上片刻就好，五分钟就够了，这样他还是有机会完工的。

五分钟过去了！哎呀，还差一点，不过那个家伙还没到，还有时间。再迟一会儿啊你这蠢货。

十分钟过去了！还是差一点没完成。但是路平这家伙还没来。

很好，你会为你的不守时付出代价，这真是一个绝妙的讽刺。

十五分钟！呼，完成了，这家伙居然迟到了十五分钟，真是不靠谱。不过正因为如此，他彻底断送了他自己的一线生机，真是可悲。

完成这一切的莫森长出了一口气。他满身都是汗水，但丝毫不觉得疲惫。他开始急切期待着路平的到来，期待着路平被倒塌的观景亭砸翻。

等那家伙来了，就如此如此，这般这般……莫森盘算着自己将路平引诱入局的计划，只觉得一切都完美至极。

九十分！莫森很是满意，再次给自己打出了九十分的高分。

转眼，已是十一点钟，距离约定的时间已经过去半个小时，却连路平的影子都没有看到。

真是差劲，不守信用，不珍惜时间。莫森心下狠狠数落着路平。

又是半个小时过去了，路平还是没有出现。

难道……这家伙以为是晚上十点半？

仔细想想，自己当时确实忘了强调是上午。

等路平到晚上十点半？那太蠢了！自己晚上再来就是。可是，如果那家伙不是在等晚上，只是单纯地，非常可耻地迟到了长达一个小时呢？算了，自己还是再等一小时吧！

左思右想，莫森最终做出如此决定。于是，一小时后，他又累又饿地离开西北区园林。在向学院饭堂走去的路上，他的腿都有些颤抖。

年纪大，体力也跟不上了，虽然他的六魄加起来共有十七重天的境界，但这当中和身体素质紧密相关的力之魄连一重天都没有。这是他们家族的遗传特点，在力之魄的感知方面非常迟钝。

不敢使用魄之力，完全是靠自己的体力忙活，这对莫森而言绝不轻松。开始还有一份信念在支撑，可是那长达两个小时的等待，早将他这份信念耗尽。

此时的莫森只想吃顿饱饭，然后回去美美地睡上一觉。结果正巧看到路平和苏唐从饭堂里走出，和他打了个照面。

"路平！"莫森忽然间又提起了一些精神。

"莫森老师。"两人一起问候他。

"我想，你应该没有忘记我交代你的事吧？"莫森说。

"当然没有。"路平说。

莫森心下稍稍释然了些，看来这小子果然是当成晚上十点半了。

"不要忘了。"莫森说了一句后，真的不想再多说什么了，他只想尽快吃完饭，休息一番。结果他正要离开，却听到苏唐在问路平："什么事？"

糟糕！莫森心下顿时一紧。

大意了！怎么能在苏唐面前说这事呢？她这么一问，路平一说，晚上再在那边出点意外，这很容易让人产生一些联想吧？找个什么说法圆过去呢？

他正紧张思考着，那边大道上有人一边跑一边叫："不好了！"

"怎么？"喊声吸引了很多人的注意，纷纷追过去问。

"西北区18号园林的观景亭塌了。"

"啊！有没有伤到人？"

"那倒没有，但是霍夫老师查看后说，是有人对观景亭的结构进行了破坏。"

"啊？什么人会做这种事？"

"不清楚，还在查。霍夫老师说，从破坏的程度上来看，这人显然不是要拆毁观景亭，而是想利用观景亭的倒塌大做文章，另有所图。"

"还能图什么，是想伤人吧！"

"一定是的！"

"学院里竟然会有这样的人。"

"是啊，太可怕了，会是谁？"

"早上有看到人过去那边吗？"

"不知道啊……"

消息散开，众说纷纭，学生们都在议论这件事，不断有这样的声音传到莫森耳朵里。

"莫森老师，莫森老师？"

"啊！"莫森猛然回过神来，发现苏唐不知什么时候来到了他身边，叫了他都不知道多少声。

"您怎么了？您的脸色好难看。"苏唐关切地问道。

"我……我没事，早上干了点活，有点累，我需要休息。"莫森说道。

"那我送您回去吧？"

"不用，不用，我自己走就好，你们去忙你们的吧！"

"哦，那您当心啊！"

"当心，当心……"莫森重复着这两个字，这在他心中已经产生了不同的意味。

这个事该如何收场呢？去向学院坦白吗？自己是为了苏唐铲除败类，学院会理解吗？可是，以学院的宗旨，怎么可能因为一个学生影响到另一个，就将他直接清除掉呢？这从道德上完全站不住脚，自己做得有点过火啊！

他正心神不宁呢，忽然就听到路平在他身后喊着："莫森老师，晚上还要去18号园林吗？"

风纪队

"不用了……"莫森头也不回地回答了路平的问题后，立即飞一般消失了，连饭都没有去吃。

"怎么回事？"苏唐皱眉问道。

莫森那心神不宁的样子，谁都看得出极不正常。

"心事重重的样子。"路平连连点头表示认可。

"要再去看看吗？"苏唐有些担心。凶巴巴的莫森她见得多了，但这样魂不守舍的样子真的从未有过。

"我就不必了吧？看到我，他只会更郁闷。"路平说。

"他找你去18号园林什么事？"苏唐又问到这问题，结果这次路平又没来得及回答，就被打断了。

三个人拦到了路平和苏唐面前，顺势分开站立，隐隐摆出包围的架势。

摘风学院并没有统一的学院服装，这三人却身着一模一样的黑色服饰，左手臂上绣着一个纹章，银边金字，是一个"纪"字。

风纪队！

风纪队主要由学生构成，是协助学院一起维持学院秩序的团队。在很多学院都有类似职责的团队，然而摘风学院的风纪队说起来却是一个有点尴尬的存在。

因为摘风学院的院规实在不严谨，迟到、早退、旷课这种在绝大多数学院都会严厉制止的行为，在摘风学院根本连问都不会被问一声。如此一来，风纪队根本就没有多少事可做，使得绝大多数学生完全没跟风纪队打过交道。

不过，路平对风纪队一点也不陌生，一看到这三人拦到面前，他一脸无奈，却又特别娴熟地问："又有什么事啊三位学长？"

"你说呢？"三人正中的学生叫西凡，摘风学院四年级学生，现任风纪队队长，一听到路平话里的那个"又"字，他就特别火大。从二年级加入风纪队开始，他就盯上了路平，这一盯就近三年。

三年来，这家伙没上过几次课，两次大考没过，只有摘风学院这样宽松的院规才能容忍这样的存在。这种不受欢迎的废物，西凡一直认为风纪队有责任找到他的把柄，将他驱逐出学院。除了三次大考不过，摘风学院还是有一些其他不可触碰的底线的。

但是，三年。西凡盯了路平近三年，愣是一点把柄都没抓到。在别人眼中路平就只是个没用的废物而已，可他连一个废物都对付不了，这让他如何能咽得下这口气？

可是，留给他的时间不多了。年度大考临近，他通过之后，就将毕业，离开摘风学院。路平通不过，则会依院规被学院驱逐，无论哪种情况，都将让他再也无法推翻他与风纪队在很多人眼中的无能形象。

这一周里，一定要找到路平的把柄！

西凡重视这件事，甚至超过重视他的毕业大考。眼下他终于找到机会，死盯着路平，生怕他跑了似的。

路平依旧是无奈的表情："大家都这么熟了，有话直说吧！"

"少和我套近乎！"西凡严厉呵斥了路平一声，"18号园林的观景亭，是不是你做的手脚？"

"当然不是。"路平说。

"哦？那为什么有人那么巧看到你早上有往18号园林去呢？在平时，那个地方可是极少有人去的。"西凡说。

"是谁看到了？"路平问。

"还存着侥幸心理？"西凡冷笑，一挥手，从围观这场面的学生堆里走出来一个男生。

"小宝。"路平朝走来的人打起了招呼。

被叫作小宝的学生一愣。他和路平根本谈不上认识，更没说过话。他知道路平这个人，这不稀奇，牛皮糖名声差，在摘风学院也算有名。可他魏宝在学院中只是再普通不过的一个，被路平认得可就有些意外了，而且叫的还是自己相熟朋友才会称呼的"小宝"。

"你们认识？"西凡也觉得诧异。

"不认识。"两人都说。

不认识，名字却叫得亲热？西凡疑惑，可眼下他暂且顾不上这一点，示意魏宝先把要说的话说了。

"就在西北区的那个丁字路口，我看到路平从东边过来。路口往北，只通向18号园林那一个地方。"魏宝信誓旦旦地说。

"这一早上，可只有你一个人往那方向去了，你还有什么话可说？"西凡这次真是前所未有的自信，盯了路平近三年，他第一次感觉距离自己的目标是那样接近。

"就我一个人？不会吧，你的情报是不是有什么遗漏？"路平却疑惑起来。

"你什么意思？"西凡认定路平是在胡搅蛮缠，冷笑着。他不介意多享受一下这一时刻，毕竟他期待了那么久。

"你看到我过去了是吗？"路平忽然问起魏宝。

"是的。"魏宝也是自信十足。

"我也看到你了。"路平点点头。

"啊？"魏宝一愣，神色间闪过一些不自然。

"虽然你当时躲得比较隐蔽，但我还是看到了。你和一个女生在一起，我就不点名了。你看到我过来，瞟了我一眼，没理我。因为当时你很忙，你的嘴距离女生的右脸只有一点七厘米，然后你闭上眼睛，一脸陶醉地凑了上去，后来你睁眼了？"

"我没有！"魏宝想也没想连忙说道。

"没睁眼，那怎么知道在路口我是向北，还是向西？"路平说着，向西凡做了一个他十分娴熟的无奈表情，"你这次的人证也不靠谱啊！"

西凡咬牙切齿。

这表情，三年里他见多了，那个"也"字，也十分刺耳。又一次，他脸上就像被刻上了"无能"二字。

看到西凡可怕的神情，路平淡定依旧，魏宝倒是慌了，他反应过来了，自己刚才的回答真是够白痴的，他忍不住向西凡解释："我……我是在帮你呀！"

"滚！"西凡没有多说一个字。他明白魏宝的心理，学院里看不起路平的人太多，18号园林的观景亭倒塌事件，无数人先入为主地就认为是路平做的。西凡也是，他也觉得路平的嫌疑最大，但是作为风纪队的一员，无论如何他也要有明确的证据才能做进一步的推断，而不能像魏宝这样，因为偏见，就想当然地胡乱编造。他盯了路平近三年，毫无建树，但是哪怕背上无能的包袱，他也没有一秒想到过要用栽赃抹黑的手段去针对路平。这是他的底线，是他身为风纪队队长绝对无法容忍的事。

在这一秒里，西凡对魏宝的厌恶，超过了路平。但一秒后，仇恨回归。

"还有六天，我会盯死你的。"西凡对路平说。

"辛苦学长。"路平笑。

"走。"西凡转身，带着两个风纪队队员头也不回地离开了。其他学生随即散去，言谈中不乏鄙夷，有针对路平的，也有针对西凡的。

"西凡学长真是……"苏唐也不知该用什么词来形容了。

西凡的正直是无可挑剔的，但在针对路平这件事上，他先入为主的观念比任何人都强。近三年，他是除苏唐以外接触路平最多的人，结果积累起来的只有越来越多的偏见。

"还好他就快要毕业了。"路平长出了一口气。

"莫森老师约你去18号园林到底做什么？观景亭的事是不是和你们有关？"苏唐开始了非常准确的联想。

"不只和我们，和你也有关。"路平说。

"和我？"苏唐一愣。

"所以我说，莫森老师很关心你呀！"路平说着。

苏唐继续发着愣，但是隐隐间意识到了些什么，脸上的神情渐渐变得哭笑不得。

"就是不知道他现在死心了没……"路平说着。

死心了吗？

莫森暂时还没考虑到这下一步。

观景亭的事让他心绪不宁，不过这一路听到一些学生的议论，总算让他稍稍平静了一些。

目前，别人还没有发现任何线索。就在刚刚，他还听到几个学生言之凿凿地说是路平。

莫森当然知道不是路平，虽然他自己还没有站出来承认，但是也不会乐于看到有人替自己背黑锅，哪怕那个人是路平。

几个学生被他训斥了几句，但他们都没有惭愧之心，反倒都是一脸诧异的神色。有人会帮着路平说话仿佛是什么非常难以理解的逻辑似的。就在离开后，他们还在不住地回头看，想不通莫森老师这是吃错了什么药。

这该怎么办呢？

莫森挠着头，来到路平小屋附近的花圃。

摘风学院二十二片花园，他最喜欢这一处，他总觉得这边的花草似乎有一种特别的生命力，总是长得格外精神。

刚一走近，他就看到花圃中蹲着个人，一身绿衣，头顶扣着个草帽。

"谁？"莫森凑近了些，想看清这人在花圃里做什么。

"是我呀！"那人听到声音，站起来，转过身，摘下头顶的草帽。

这是一个看起来十七八岁的年轻人，经常性的晒太阳没有给他留下什么健康漂亮的肤色，倒是增添了一些晒伤的痕迹。此时他望着莫森，嘿嘿笑着，露出一口白牙。

"是你小子？你怎么这么快就过来了？"莫森一边欢喜，一边又在诧异。

"我本来路过这边时正准备来看看您，结果就接到了您的信。"

"那还真是巧。"

"所以，有什么麻烦要我帮忙？"

"其实不算什么麻烦，只是我不想弄出太大动静，所以我想，你比较专业。"莫森说着。这半天下来的遭遇，让他十分清楚地认识到这一点，专业，很重要！

体弱的刺客

莫林，莫森的侄子。

莫家就像摘风学院在众学院中的地位一样，是大陆无数家族中并不起眼的一家。他们没有什么惊人的血脉，也没有什么庞大的家业，对家族的未来他们没有统一的经营规划。事实上，他们更像是一个普通的大家庭，没有什么家族名誉一类的东西要负担，各人有各人的活法，彼此之间只是因为血脉有着一份亲情而已。

莫森是摘风学院的园艺师，莫林却是一名刺客，或者说，杀手。

莫森从一开始就担心自己做这件事会做不干净，所以叫了自己当杀手的侄子来帮忙。现在看来，术业有专攻，这句话不是没有道理的。

"要杀的人在哪儿？"寒暄结束后，莫林立即极为珍惜时间地要开始他的工作。

"就住那儿。"莫森指指莫林身后的小木屋。

"那里现在没有人。"莫林展示着他的专业素养。他会在这里停留，自然就先摸清楚了这一区域的一切状况。

"是的。"莫森说。

"这让事情变得简单了。"莫林说着，立即返身，大步流星地走到了小木屋的窗前。

窗口较高，屋内情况莫林之前就做过确认，没再多看，双手扒住窗台，用力向上攀去。专业的刺客气场，却在接下来消失殆尽了。

"叔，过来搭把手！"莫林叫道。两次用力攀爬，最终他都无力地滑了下来，只好请求亲友的帮助。

莫森无奈。如果一定要给他们莫家血脉打个标签的话，那体能差劲恐怕是最合适的评价。很遗憾的是，这是一个缺陷，而不是什么强大的能力，这样的标签，不要也罢。

莫森看了看左右，确定没有人后，连忙上去搭手，总算把莫林送进了小屋，接着就听到进屋的莫林郁闷地叫道："什么人啊！出去怎么不锁门？"

莫森有点心塞。他只知道这侄子从事的是这样的工作，但并不知道水平如何。一开始，他还觉得挺踏实，但是现在，总觉得未必靠谱。

"别啰唆了。你准备怎么做？"莫森在窗外奋力踮脚看着屋里莫林的举动。

"很简单。"莫林开始了他的行动。他来到床边，右手从口袋里掏出了一个镊子，而后小心翼翼地从左侧衣襟内缝制的皮囊中夹出一根针。

"这是我从夹竹桃和白夜曼陀罗里提炼出的毒素，这根针上的分量足够毒死你们摘风学院整整一个年级的人。现在……"莫林一边说着，一边将针小心地倒插进了床褥，随即退后看了看，满意地点了点头。

不用问，莫森也知道了莫林的计划是什么。简单，但很实用，藏在床褥里的毒针谁能发现？莫森六重天的冲之魄力都看不出来。

"叔，扶我。"莫林回到窗边，招呼莫森帮他爬了出来。

"不从门走？"莫森说道。

"不要留下多余的痕迹比较好。"莫林说着，半个身子已经探出来了。

设计实用，思虑也很周密，但就是这笨手笨脚的翻窗行为，算是把一个刺客该有的气场毁完了。亏得莫森是自家人，还能体谅莫林的难处，这要是换作别的雇主，恐怕早就对这刺客失去信心了。

"后半夜我来收针，然后就等着给他收尸吧！"莫林一边拍打着翻窗时弄乱的衣服，一边说着。

"离开的时候注意点。"莫森叮嘱道。

摘风学院院风再宽容，也不可能把学生的生死不当回事。学院肯定会彻查，莫林这样的陌生人势必很容易引起怀疑。

"叔你放心吧，我来收针的时候会善后的，没有人会发现他是非正常死亡。"莫林自信地微笑着。

没有了翻窗这种事后，他的刺客气质顿时又流露了出来。说完这话，他朝着没人的方向走了过去，不大一会儿，他就从莫森的视线里消失了。

这样，就可以结束了吗？望着莫林离开后，莫森再度望向小木屋。自己最喜欢的这片花圃很快就会没有那个碍眼的人存在了。一想到这里，他忽然发现自己并没有像早上布置观景亭的陷阱时那样期待了，心情似乎变得有一些沉重。

"希望苏唐不要太难过……"莫森想着，低头打理起花花草草来，只有这些可以让他的心变得平静。

后半夜。

屈指可数的几点星光亮在天空，但对一位冲之魄达到二重天境界的感知者来说，这点光亮，足够他分辨出周围的一切。

一个身影在花圃中轻轻地移动着，偶有脚步声，又恰巧会和风拂过花圃带起的沙沙声混在一起。

如果是位鸣之魄出色的感知者，或许可以分辨出这当中的不同，但是莫林知道，小木屋里的那位根本没有什么感知能力，更何况，他现在已经是个死人了。

即便如此，莫林还是尽可能轻手轻脚地来到了窗下，然后俯身，在窗下垒好了两块垫脚砖。

这确实有点煞风景，但摊上这样一个身体莫林也相当无奈。他当然十分羡慕那些身手出众、来去如风的家伙，可是莫家人在力之魄上就是这么迟钝。没办法，只能多靠智慧来解决问题了。

莫林踩着两块垫脚砖，手扶在窗台上。屋里虽然更暗，但只要有一点光，对于一个冲之魄二重天的感知者来说看清东西就不成任何问题。

莫林看到目标人物一动不动地躺在床上，这一刻，他更为强大、敏锐的六重天枢之魄，却向他传递出了更为精准的信息。

不对！

温度不对。

虽然没有触摸，但是只凭这种距离，莫林就察觉到了目标人物身上散发出的体温。现在已经是后半夜，除非这家伙是刚刚睡下，否则死了半个晚上的人不可能还有这样的体温。

情况有点不对，是进一步确认，还是……莫林尚在犹豫，但床上的人动了。

闪！

莫林早有戒备，虽在犹豫，却绝没有放松警惕。床上的人刚一动，他就察觉到了，毫不犹豫地拔腿就走。

毒针为什么没起作用？是被发现了吗？

对自己配置的毒素，莫林有着无比的信心，目标人物无事，除了没被刺到，根本做不出任何解释。

跑开的莫林没有回头，却还是倾听着身后的动静。他的枢之魄最为强大，已达六重天，完成和英之魄的贯通就可以达到贯通者的境界，拥有更强大的能力。他的其他五魄，除力之魄以外也都有一定的境界。鸣之魄就已达三重天，这个距离，任何动静都逃不过他的耳朵。

起身了……下床了……到窗口……跳出来了！

在莫林听来极其沉重的落地声在他身后响起，目标人物竟然追了出来。

莫林忍不住回头看了一眼，这个莫森叔叔口中所说的一无是处的废物，似乎并不是那么没用，至少很有胆色，虽然这胆色在他看来很愚蠢。

即便是身体差劲、力之魄极弱小的莫家人，作为感知者也多的是战斗手段，和普通人相比那完全是两种层次。这家伙，明明没有任何魄之力，竟然也敢追出来，这大概就是所谓的无知者无畏吧！

没有感知，所以这小子根本不知道他追击的目标有多强大多可怕。

直接杀掉他吗？

不能……

虽然莫林完全有这个能力，但是莫森再三叮嘱过，必须是一个旁人看来，不是非正常死亡的意外。

想不到对付一个普通人，也得启用我的备选方案。莫林心下嘀咕着。

第 | 7 | 章

失手

左转，直跑，逃过障碍……黯淡的星光下，莫林的奔跑没有丝毫停顿，他看得清一切，对这路线又无比熟悉。而他身后那人跌跌撞撞，双脚与花草剧烈地摩擦着，让莫林听了都为莫森感到肉痛。

尽管如此，但双方的距离在不断拉近。莫林看得清，跑得稳，然而跑不了多快。身后的家伙跑得跌跌撞撞，但冲劲十足。

不过这一切都在莫林的计算中，他的备选方案，针对的就是这种意料外的状况。

听着身后的脚步声，莫林心下开始了默数。

五、四、三、二、一……

就是这里了！

"哗！"

身后追来的身影向下一沉，赫然跌入地面之下。

莫林早早在这里设下一个陷阱。

这就是他的备选方案，可攻可守的一个方案。

"哈哈。"莫林愉快地笑着，转过身来。他仔细辨认了两眼，确认这就是莫森所说的那个路平。这陷阱显然并不只是一个坑那么简单，或者说，这根本就不是一个坑，而像是一片沼泽，一片松散的流沙，路平一跑到这里，立即就深陷进去，此时只剩头部留在地上，丝毫动弹不得。

"神奇吗？"莫林走近了些，蹲在路平的脑袋前，指着他脸旁的一株草说，"这个叫作蚯蚓草，在生长过程中，它们的根部会让土质变得异常松软。不过你现在看到的是经过我特别培育的品种，它们生长得更快，繁殖力更强。这是我下午刚种的，你看看，现在就长了这么大一片，有宽度，有深度，再过一会儿，你的头就也要沉下去了。你还有什么话要说，抓紧时间吧！"

"你真觉得这样就可以困住我了？"路平说道。

"笑话，不然呢？你以为你是谁？"莫林说。

"你觉得我是谁？"路平问。

"放心，我没有认错人。路平，摘风学院两次大考考不过的留级生，自己不思进取倒也罢了，却还要寄生在别人的人生里，我说的是你吧？"莫林说道。

路平稍稍沉默了片刻，看着莫林说道："你不是我们学院的人。"

"是的，我不是，那又怎么样呢？"莫林说。

"谁把你找来的？"路平问。

"这个你没有必要知道。"莫林说道。

"行吧！"路平点了点头，这看起来是他此时所能做的唯一动作。

"怎么？"莫林对路平的举动表示不解。

"刚才有一点点误会。"路平说。

"哈哈，你是打算求饶？"莫林笑。

"不，我是说，我对你有一点误会。"路平说。

"是吗，你误会了什么？"莫林还是在笑。

"这个你没有必要知道。"莫林刚才对路平说的话，原封不动地被路平还了回来。

"哦，那么然后呢？"莫林说。

"然后我就要回去睡觉了。"路平话音刚落，只见泥沙扬起，他的双臂竟然从地里抽了出来，还没等莫林反应过来，他的两手在两旁一撑，整个人竟然就这样从地里拔了起来，而后仿佛上台阶似的，一腿迈出，踩着一旁的硬土，就这样迈了上来。整个过程没有丝毫费力挣扎，他那一连串的动作都是那么自然。

"我回去接着睡了。"路平认真掸着身上的泥土，看也没看莫林一眼。

"你把这儿收拾一下吧，太危险了。"说完，他转过身，走了，只留下莫林一个人望着路平走出后留下的大坑发呆。

"这……什么情况？"等莫林发出声音的时候，路平早就消失在夜色中了。

莫林望着眼前的大坑，脸上满是不可思议的神色。这是他的备选方案，进可攻退可守的方案，意思就是说，在情况不容乐观的时候，这就是他用来保命的手段。

有如此重要的作用，可靠性自然不必多说。这经过改良的蚯蚓草，一直被莫林视作秘密武器，他完全清楚种下这么一片蚯蚓草后，变得松软的土质有多强的吸附能力。力之魄三重天以下的感知者都休想从中逃脱，更别论一个普通人了。

"怎么回事啊？"莫林还在嘟囔着。

"难道这土质有什么特别的地方？"莫林抓起一撮蚯蚓草疏松过的泥土，甚至放到嘴里尝了尝。

"没有问题啊……"这种检测，莫林下午种蚯蚓草前就做过了，眼下只是再做一次确认。但无论是泥土还是蚯蚓草，全都没有任何问题。那么问题就只能出在路平身上，普通人的身躯，却有力之魄三重天以上的力量？

没有这种可能。

或有一些人天生神力，但是通过感知、探察就可以发现，他们所谓的天生神力事实上也是源自力之魄。只是，这些人是天生的感知者，天生就能感知到力之魄，甚至有人天生就是一重天境界。

这种天生就能感知到力之魄的人，被称为觉醒者。

他们天生感知到的力之魄有着非比寻常的强度，他们可以更快地提高这一魄之力的境界，达到六重天后，和英之魄的贯通也会更加顺利和稳固，之后所产生出的能力往往也更加强大，通常都会在四级以上。像莫森的检视和罗唯的透视，虽然各具用途，但都不具备实际的战斗杀伤力，最终评定都属二级。

但不管怎么说，天生就有三重天境界以上的觉醒者闻所未闻。更何况，即便是觉醒者也不可能隐藏魄之力，从莫森的情报，还有莫林自己的观察判断来看，在路平身上确实察觉不到魄之力的存在。

"这到底是怎么回事啊？"莫林再一次念叨着，同时还不得不依照路平的吩咐，将种下的蚯蚓草清理掉。

忙活完这些，莫林脑中也不知将状况分析了多少遍，却还是不得其解，可他又不敢再去轻易试探。

路平的深浅，他完全摸不透了。

清晨，阳光归来，新的一天开始了。路平推开窗时，就看到莫森在窗外的花圃中忙碌着。

"莫森老师，这么早啊！"路平打着招呼。

莫森点了下头，神情极其复杂。

昨天后半夜，三点多的时候，他的侄子莫林摸进了他的房间，把他吓个半死，但是这也远远比不上之后莫林跟他讲述的事情。来来回回的，只是确认经过，他就确认了三遍。

难以置信！

叔侄两个一直分析到天亮，还是毫无头绪。作为一个冲之魄的贯通者，莫森的双眼熬得通红，这显然不可能只是因为疲劳所致。

一大早他就跑出来打理花圃，可是这一次，他的心怎么也无法宁静。直至现在，路平开窗，然后像往常一样从窗里翻了出来。

"我可什么都没踩到啊！"路平举着双手，向莫森说着。

莫森艰难地点了点头，而后看到路平在花圃里寻觅，莫森随即朝某个方向指了指："在那边。"

"谢谢。"路平高兴地走过去，捡起浇灌用的水管，开始洗漱起来。

他的行动，一切都和往常一样。

不一样的只是莫森，路平平时那些会令他暴跳如雷的举动，今天他都表现出出乎意料的配合。对他这种反常的态度，路平完全没有表现出丝毫诧异，好像早就料到会如此。

"你到底是什么人？"让莫森纠结了一晚上的问题，他终于还是问了出来。

"我是路平啊！"路平微笑着。

看不穿，猜不透，对方显然也不打算说什么，莫森就这样看着路平离开。在路平离开后，他的侄子莫林从花圃中最茂密的一处站了出来。

叔侄两个面面相觑，路平没事人一样的态度让他们更加摸不着头脑了。无论是毒针还是蚯蚓草，莫林所表现出的杀意都一目了然，结果这家伙就这样不了了之了？这家伙怎么一点报复的心思都没有？

"这不科学啊……"莫林嘟囔着。他毕竟是个刺客，对于血腥杀戮一类的事习以为常。在这种情况下自己没受到一丁点报复，堪称奇迹。

“我想再试试他。”莫林说道。

“你别乱来！”莫森说道。路平让他觉得高深莫测，但更重要的是，自从搞出观景亭的事以后，他就有些后悔了。昨晚被莫林从睡梦中叫醒，得知莫林失手后，他惊讶是一方面，另一方面，他心底好像竟有一丝庆幸。

“不会乱来，我会非常小心的，只是试试。叔，其实你也并不想让他死对不对？”莫林说道。

莫森沉默了。

“还有，”莫林的视线往花圃里偏了偏，“你那个睡火莲是怎么回事？我看昨天好像是刚刚把花蕾取下来啊，怎么现在又像是要培育它开新花的样子？”

“这怎么了？”莫森不解。

“睡火莲火气很重，当它开花时必然会汲取大量水分，所以适合生长在水中。若生长在陆地上，它开花时会引起小面积的干旱，周围两米范围内的植物都有可能因此而枯萎，难道你不是因为这个情况才取掉它的花蕾吗？”

“你说什么？”莫森大惊。

第 8 章
巨大的差距

莫森惊讶极了。他不是惊讶于莫林知道得比他多，他早就知道莫林在植物方面有着很深的造诣，只是和他方向不同。睡火莲的这种特点，确实更像是莫林会涉足的更深的领域。他惊讶是因为想到含苞待开的睡火莲被路平一脚踩掉的事。

这是巧合？还是路平早知道睡火莲开花会是一出惨剧？

看着睡火莲周围那些自己一直相当珍惜的花草，莫森不由得深思起来。

路平踩坏过他不少花草，在他暴跳如雷的时候，也曾恬不知耻地说过"我踩的都是杂草"这样的话。

莫森当时根本没有理会过这种解释，可是现在，他开始想。

记忆不是特别清晰，但总有一些是有印象的。

鸢藤、穿心果、通天竹、飞信草……

这些被路平踩坏过的植物莫森都印象深刻，莫森当时只顾着心疼、生气，现在仔细一想，这些个植物说是杂草当然过分了，但它们的存在多多少少会影响到其他植物的生长，是不太和谐的存在。

鸢藤会攀缘其他植物，有可能会悄无声息地将某一株花草碾在身下。

穿心果的果实尖锐，挤在花圃中，极容易刺破其他植物。

通天竹根茎发达，有可能在地表下面破坏其他植物的根茎。

至于飞信草，它在生长前期对其他植物倒是没有什么影响，但它成熟后花絮会随风飘落，生长为新的飞信草，这种繁殖方式不好控制，也会破坏整个花圃的植物搭配结构。

以上几种植物都有很强的观赏性，而它们在栽种过程中都需要特别打理。路平那种粗暴的对待方式，难道其实是在打理这些植物？

站在花圃中的莫森发着呆。

这片他最喜欢的花圃拥有特别的生命力，难道这一切就是得益于路平的暗中相助？

让莫森立即接受这一点实在有些困难，他完全无法将脑海中刚刚生成的这个路平和印象中的那个路平重叠起来。此时，他心中的茫然和震惊，远超先前后半夜莫林给他带来的信息。

莫林！

莫森猛然回过神来，四周却早没了莫林的踪迹。

"这小子！"莫森着急了，如果自己刚刚所想都是真实的，那么针对路平有所行动可就太不应该了。这孩子，恐怕完全不是大家以为的那种人。

莫林跑到哪里去了？

莫森一路寻找，逢人就打听。认识路平的人还是很多的，很快，莫森就在学院的饭堂看到了路平和苏唐，但是，莫林呢？

按他的推测，莫林应该在路平附近。

在饭堂里扫了一圈，终于，莫森在一个很不起眼的角落里看到了莫林。

莫林手里抓着一张大饼，时不时地撕下一块往嘴里填着，眼睛一眨也不眨地死盯着一个方向。那边，路平和苏唐一边聊天一边吃着早饭。

莫森快步走到莫林跟前，莫林的眼睛却已经直了。

"你做了什么？"莫森感觉到了异常。

"我在他的粥里下了毒。"莫林说。

"我不是和你说了这件事到此为止了吗？"莫森急了，就要上前提醒路平。

"别担心。"莫林拉住了他，"下的毒药剂量不大，我也准备好了解药，可是现在看来，解药好像用不上。"

"什么意思？"

"他吃了，但是毫无反应。"莫林说着，他的目光一刻都没有从路平身上移开过。

"你用的什么毒？"

"麻木。"

莫森虽然没专门研究这一领域，但是对植物涉猎较多。麻木是一种常见毒草，毒性不算太强，即便是他，也有能力配制解药，况且莫林还控制了剂量，这让他松了一口气。

但是紧跟着，他就听到莫林在嘟囔："虽然减了剂量，但毒死三个人也够了啊，他怎么什么事也没有？"

"你就是这么控制剂量的？"莫森差点跳起来，回头朝那边再望去时，却见路平正好也朝他们望来。

莫森一愣，莫林也一愣，路平却只是笑了笑，然后用手指了指喝完了白粥的碗，跟着就和苏唐一起离开了。

"什么意思？"莫森还在发愣，莫林却飞快地冲了过去。

莫森连忙紧随其后。

莫林没有去追路平，而是赶到了路平和苏唐刚刚所在的位置，他端起那个碗，看到碗底浅浅地剩了一点白粥。

莫林的神色变了变，略一思索，他从缝在衣襟右侧内的皮囊里掏出了一根刻度吸管。

　　那剩在碗底的白粥，被他小心翼翼地尽数吸进了吸管，然后一看刻度，非常精准的0.6毫升。他的神色顿时变得无比严肃，极为郑重地取出了原本是给路平准备的解药，自己服了一颗，再之后，将那0.6毫升的白粥吸到了自己嘴中。

　　很快，他的脸上露出痛苦的神色，汗珠从他脑门飞快地渗出，剧烈的疼痛让他连站都站不直了。即便处在痛苦之中，他脸上还是保留着无比认真的神情，他在仔细体会这种感觉。而他先服下的解药也飞快地发挥起作用，冲抵着这份痛楚，直至完全消除。

　　莫林的神色却没有因为这样而恢复轻松，一点也没有。

　　有了计量仪器的测量，又有自己的尝试，莫林可以百分百肯定，他下在那碗白粥中的麻木毒，分量丝毫不差地留在了碗底。

　　一旁的莫森也意识到发生了什么，从莫林显露出的神色，更是不问也知道结果。

　　"这怎么可能？他怎么做到的？"莫森说。

　　"我没有看到他有任何动作……"莫林说道。从路平端到这碗白粥起，他一刻都未将目光从路平身上移开过，他看到路平一口一口地喝下去，看起来路平没有丝毫察觉，更没有采用任何解毒手段。

　　但是最后，毒药丝毫不少地被留在了碗底。

　　"不可思议……"莫森眼中的路平越来越陌生了。

　　"如果这是真实的，那么，这至少得是枢之魄贯通者的能力，四级以上。"莫林说道。他的枢之魄已达六重天，对这一魄之力有相当的研究，但是感知和贯通完全是两种境界。路平所做到的，是枢之魄六重天的感知者也完全没可能做到的事，这只能是贯通者才有的能力。

贯通者，而且是具备四级以上能力的贯通者！莫森的表情变得更加精彩起来，因为这意味着，路平是比他还要强大的存在……

"无法想象，我一定要弄清楚。"莫林说着。

"你还想怎么做？"莫森问道，从这一刻开始，他担心的重心已经从路平转到他的侄子身上了。

"我要加入摘风学院，近距离地观察他。"莫林说。

"开什么玩笑！"莫森失声叫道。短短的一天，路平在他心中的形象几经变换，从废物，到没那么简单，到难以置信，到不可思议，再到现在，是神秘，是危险！

"当然，我不会再用这种方式。"莫林说道。两次，或者可以算是三次，他自以为高明、万无一失的出手，对方都轻而易举地化解了。

毒针到哪儿去了？莫林到现在也不知道。

蚯蚓草弄出的土坑，人家抬抬腿就走出来了。

说是剂量不大却足够毒死三个人的麻木，人家若无其事地喝下，把毒留在了碗底。

说化解，莫林都觉得是在往自己脸上贴金，自己以为的杀招，人家根本就当没事发生一样。如果这样还不明白实力上的差距有多巨大，那就是彻头彻尾的白痴了。

路平的实力到底有多强？他这么强的实力是怎么得来的？这些，都让莫林非常感兴趣。

摘风楼，第六层。

可以鸟瞰整座学院的院长室中，院长郭有道看着眼前这个戴草帽的奇怪家伙。

"你想加入我们摘风学院？"眼下并不是招生时间，换作一般的求学者，早就被打发离开了，哪里需要院长亲自接待？但是眼前的这位，魄之力总计十四重天，枢之魄已达六重天，这样的境界，比摘风学院的很多毕业生都要优秀，他竟然说想要加入摘风学院。

"是的！"莫林明白无误地回答着，眼里的渴望看起来非常真实。

"为了什么？"郭有道认为这人应该会有一个特别的理由。

"学习！"这是莫林的回答。

沉默。

资质优秀的学生，当然会受到学院欢迎。但是莫林的实力超出了摘风学院所能教授的程度，这种感觉，就好像一个四大学院的毕业生跑来摘风学院进修一样，只是程度没那么夸张罢了。

"你想跟哪位导师？"郭有道问道。他想，莫林的情况只有一种可能，那就是，莫林希望学习某种能力，而这种能力，正巧摘风学院中有导师具备。

"导师？"莫林愣了愣，随即他反应了过来，毫不犹豫地说出了一个名字，"莫森。"

莫森？检视？

郭有道惊讶了一下，原以为莫林想学的肯定是枢之魄贯通者的能力，谁知道莫林感兴趣的竟然是冲之魄贯通者莫森的能力。冲之魄，这家伙才二重天，还差得远啊！

但是不管怎么样，他算是弄清了对方的来意。对于这样一个有实力的学生，他没理由拒绝，甚至可以在非招生期破格录取。要知道，摘风学院的院规，向来是很宽松的。

"我批准你入学，跟随莫森老师，由他亲自指导。"郭有道说。

"谢谢，我也可以去各年级的课室听课吧？"莫林问道。

"当然可以，但是，你有这个必要吗？"

"我想还是有的。"莫林认真地说。

第 | 9 | 章

名誉，高于一切

　　获院长特批，莫林得以在一个学年的末段成了摘风学院的学生。从院长室离开后，莫林迫不及待地来到了摘风楼的一楼。

　　课堂四十五分钟，休息十分钟，摘风学院非常良好地保持着这种据说是来自四大学院的教学节奏。莫林走进一间课室的时候，正是他们的休息时间。

　　又是一个生面孔，学生们难免要多看上两眼。

　　虽然在摘风学院这种事不稀奇，但是一年级和高年级还是有些不同。高年级的课室，有些低年级学生好奇来听听，这很正常。可是一年级的课室，高年级学生以学习为目的来听课那可就不合逻辑了。因此一年级课室里出现的生面孔，除了像路平这样上课太少以至于大家都陌生的人以外，通常就只有一种：为了接近某个一年级女学生而来的高年级男生。

　　虽然莫林戴草帽的模样看起来有点奇怪，但是小女生们那种又尴尬又暗含一点小期待的情绪，还是迅速在课室里蔓延开来。

　　莫林的目光在课室里扫了一圈后，很快露出失望的神色，原想就此离开，可上课的钟声恰巧敲响了，导师准时走进了课室。他作为一个刺客，习惯性地不想引发过多关注，顺势就在身旁的空位坐了下来。

学年到了尾声，在课堂上，导师没什么新的东西可以教授了，大多是对一年下来教授的东西进行复习和巩固。

"那么，昨天的内容大家有没有什么疑问？"导师没有理会课室里出现的新面孔，继续着他的教学节奏。

一些学生举手，向导师提出了自己的疑惑，逐一得到导师的解答后，所有人发现，那个戴草帽的生面孔居然也在举手提问。

"这位同学。"老师将莫林点了起来。

"我想问一下。"莫林站起身来说道，"路平怎么没来上课？"

路平？

"他从来都不上课。"有人顺口说出了真相。

"啊？"莫林呆住了。这家伙还有这毛病呢？这事莫森叔叔没和自己交代啊！

"你是谁？"导师也疑惑起来，摘风学院的学生哪会有人不知道路平不上课这件事。

"哦……我是今天刚入学院的。我叫林默。"莫林向大家介绍自己，用的自然是假名。他可没忘了自己的身份，一个刺客，怎么能随便曝光自己的真实信息？

刚入学院的？

所有人愣住了，现在都学年末了，这个时间怎么会招进来学生？除非是破格录取。这个戴草帽的有什么过人之处？

一年级学生看不出来，这位导师恰巧也没达到能精准判断出对方魄之力的境界。不过通过基本的感知，至少察觉出莫林拥有的魄之力并不简单，绝不是一个一年级学生会有的境界。

"如果你是找路平的话，可能来错地方了。"导师说道。

"那我可以离开吗？"莫林问。

"请便。"导师知道一年级的课堂对这个学生是没有什么意义的。

莫林飞快地离开了。走出摘风楼后，他一拍脑袋，暗骂了一句自己白痴。

在摘风学院的课室听课，院长认为他没有这个必要，那么，远比他强大得多的路平来上课，那得是有多无聊？

那家伙当然没必要来上课！

那路平每天都在做什么呢？他又是如何修炼感知和贯通的？

莫林迫切地想知道答案。

他在学院里找了一圈又一圈，依旧没有发现路平的踪迹。这让他有些受挫，这么一点大的学院，想找出一个人都这么费劲？他甚至用出了"问人"这种不入流的手段，要知道，自己可是个刺客啊！哪有刺客当街询问自己的目标人物在哪里的！这是怕自己惹不来关注吗？

一早上，莫林毫无收获。中午，他连忙又跑去饭堂蹲点，终于守到了路平。

"嘿！"莫林觉得自己和路平已经算认识了，抓着大饼凑了上去。看到路平和苏唐是要排队打饭，他飞快找到了一个开场白。

"吃饼吗？"莫林挥舞着手中的半张大饼。

路平没接，但很仔细地看了看。

"放心吧，这次没有毒。"莫林说。

前后左右的目光顿时都投过来了，吃饭的地方，"毒"这个字实在太忌讳了。

"玩笑，玩笑。"莫林连忙解释着，为表清白，赶紧掰下一半吃给大家看，另一半顺手递给路平。

"你怎么还在这里？"路平接过这小半张饼，问道。

"我现在是摘风学院的学生。"莫林说。

路平还没来得及说什么，黑衣，金字银边纹章，时常在他身边打转的风纪队，不失时机地出现了。所有人都放下手中的事，朝这里望来。

西凡神情严肃，但看都没看路平一眼。他是冲着莫林来的。

"你是那个新来的学生？"西凡问道。

"是的，我叫林默。"莫林又报假名。

"听说你一早上都在找路平，有什么问题吗？"西凡问道。昨天的观景亭事件，到最后也没找到什么指向路平的线索，但是西凡岂会这么轻易放弃？今天一早，他听说有个新入学院的学生四处打听路平，而且还是从一年级课室开始。

谁会这样去找一个废物？

西凡先入为主的偏见，使他立即执着地认为铁定是路平又惹下了什么祸事，所以别人才这样追究下来。这样的机会，他当然不会错过。于是这一早上，莫林在找路平，西凡在找莫林，终于所有人在这里碰面了。

"啊？"莫林愣了愣，一脸茫然，"我找他，和你有什么关系吗？你是谁？"

"西凡，风纪队队长。"西凡简洁地介绍自己。其实，风纪队队长这样的身份，他并不喜欢挂在嘴边。

"所以呢？"

"有什么问题，可以对我们说。"西凡说。

"问题就是，你找我到底有什么事？"莫林问。

西凡无语极了。这个新人真是什么都不懂。如果是其他学生，恐怕立即就明白自己是可以帮到忙的，可这家伙愚钝得很，还得费力气与之解释一番。

西凡正准备开口，却被路平抢先来了一句："你俩慢慢聊。"说完，他就要走开。

"站住！"

"别走！"

西凡和莫林同时发声，措辞不同，表达的却是同一个意思。

西凡认为，这一回，他和莫林终于可以达成某种默契了，却没想到莫林理也没理他，急忙又跟上路平。看莫林脸上的神情，哪里像是要找麻烦，看起来更像是要……套近乎？

他居然是在向路平表示好意？

莫林这无疑是惊人之举了。在摘风学院，这样的人物可一次都没有出现过。至于苏唐与路平亲近，那是她和路平早有交情。

"这新人哪儿来的？"西凡觉得自己的大脑有些不够用了。

"不清楚啊！"两个经常跟着他的风纪队员也很茫然。对于有人向路平示好这种事，他们很是不理解。

"去了解一下。"西凡吩咐道。而他自己也重点留意起了莫林。

针对了路平三年，他都没有找到什么把柄。最后这几天，他虽然有决心，但情况真的不容乐观。观景亭的事查不到路平身上以后，他甚至不知道还会不会再有这样一个至少能查一查的由头。

莫林的出现，让他很是欣喜。听到消息的他飞快前来把握机会，但事实和他所以为的出入有些大，莫林这个家伙并不能提供可以借题发挥的机会。

不过，这人的出现倒是很奇怪。学年末才加入摘风学院，一入学院，他就立即刻意打听路平的消息。看他的样子，和路平应该完全不熟，如此刻意地接近，是为了什么？

这或许会是一个突破口！从这里，西凡觉得或许能抓到路平的一些把柄。

当天下午，西凡就收到了这人的一些资料。

资料很简单：具体来历不详，但境界很高，枢之魄已达六重天。此人来摘风学院，据说是想跟着莫森老师学习，然而真实的情况是，他一直都在打听路平，压根没从他口中听过"莫森"两个字。

"学习就是个幌子。"西凡听完情况后，立即做出判断，"很明显，这家伙就是冲着路平来的。学院方面什么态度？"

如此不同寻常之事，西凡相信学院不至于察觉不到。

"学院的意思，是让风纪队多多注意这个林默，但因为他境界比较高，所以不建议派六重天以下的人接触他。"队员报告。

"那就是说，要我来喽！"风纪队中，拥有六重天境界魄之力的只有西凡一人。在摘风学院这个名不见经传的小学院里，能在四年里达到六重天境界的学生，真的极为罕见。

"你们其他人继续查查这人的来历，还有，路平那边也不要放松，监视林默的人员只需要汇报他的位置，然后就可以撤离了，直接监视的工作交给我。"

"是！"所有队员领命。

还有四天！西凡望着风纪队室墙上贴着的日历。

距离本学年的最终大考仅仅四天而已。别的学生感到紧张的，都是大考这件事，可对于西凡来说，在这余下的时间里将路平逐出摘风学院，才是他最重视的事。

绝不能让风纪队和那家伙一起被绑在无能的耻辱柱上！这是西凡的决心，或许没有多少人在意，但是他在意。

于他而言，名誉，高于一切。

各自的决心

"喂，你还不走？"路平望着莫林，真有些无奈了。

他在饭堂吃饭的时候，这家伙凑在一边。

他吃完离开的时候，这家伙还是跟在一边。

现在路平准备回他的小木屋了，这家伙还是不离不弃的，一副想要继续跟进去的模样。

路平忍不下去了，把莫林堵到了门外。

"说说吧！"莫林说道。

"没什么可说的。"路平说。

莫林有一搭没一搭地和路平、苏唐套近乎、聊天，冷不丁地抛出了四个问题。

"你怎么会这么厉害？

"你什么境界？

"你从哪儿学的？

"你是不是有什么特殊的血脉？"

问了四个问题，结果莫林连一个字的回答都没有得到，可他就是不气馁。连苏唐都先一步离开了，他还在这儿跟着。然后，第五个问题也来了。

"你那晚，是不是把我当成什么人了？"莫林问。

他仔细想了想那一晚和路平交手的经过，被陷入土里的路平和他的对话很像是一种试探，而从他的言语中，路平掌握到了某种信息，于是再没有继续纠缠，平静地离开了，大方到令人咂舌地放过了威胁到其性命的莫林。

那番对话中隐含的信息显然极其重要，甚至可以说，莫林因此保住了小命。

可是这第五个问题，莫林依然没有得到答案。

"懒得理你。"路平说着，一把将门摔上，莫林就这样被关在了门外。

"喂，喂！"莫林用力地拍着门，然而路平对身后的声音充耳不闻，笔直地躺回了床上。

"喂，喂！"叫嚷声很快又从窗户这边传来，只是花圃这边的窗台甚高，莫林踮着脚也只能露上来半个头。

"我昨晚的砖呢？"莫林嘟囔着。

昨晚他是带着两块垫脚砖来的，逃走时当然没顾上带走，眼下却不知道被收拾到哪儿去了，他四下看了一圈，还是没有。

"起来呀，那么多问题，多少回答我一个啊！"莫林站在窗外说着，不过，他发出的音量并不高。他还是知道轻重的，像路平这样厉害的人物，在这样一个不起眼的学院中被视为废物，肯定是有原因，甚至是苦衷的，他不会随便就将路平隐藏的东西泄露出来。他是一个刺客，是有守密习惯的。

"喂，喂！"莫林还在叫着，可房里的路平就是不理会他。

莫林有心翻进去，但没人搭手，没垫脚砖，刺客做不到啊！

莫林很是着急。不过，不远处有个人比他还着急。

西凡。

西凡单枪匹马过来监视莫林。他不敢离得太近，因为从拿到的资料上来看，这林默不仅拥有六重天的枢之魄，还兼具三重天的鸣之魄。如此敏锐的听觉，让西凡不敢太靠前。

如此一来，他就难受了，鸣之魄，恰恰是西凡所欠缺的。连一重天都没有的他，听觉比普通人强不了多少，此时远看莫林似乎在对路平说着什么，但他一个字也听不到，别提多着急了。

他只能仔细观察莫林的举动和神情。三重天的冲之魄，让莫林一切细小的动作和神情都像是发生在他眼皮底下一般。

西凡很是迫切，神情中充满好奇，有极强的期待感……

三重天境界的冲之魄，配以六重天境界的精之魄，让西凡能从莫林的举动和表情中清晰且精准地判断出莫林的心情。

出乎大部分人意料的是，看起来十分严厉，随时都有可能和人动手的西凡，其实是一个精通精之魄的感知者。

精之魄为第六魄，在六魄中最为复杂，包含着人的思想、心态、情绪等许多无法一言蔽之的东西。精通精之魄的人，大多心思细腻、灵巧，西凡给人的第一印象绝不是这样的。

但是，事实胜于雄辩。

西凡的精之魄确实是六重天境界，而且他将六重天精之魄和三重天冲之魄结合、利用得相当好。他的这种感知运用技巧，让学院非常看好他。只是很遗憾的是，他在鸣之魄上资质平平，若是有鸣之魄的辅助，以他的感知运用技巧，极有可能在精之魄上完成贯通，练成读心术技能，那可是拥有五级评定，但被很多人认为拥有六级价值的超实用能力。

可惜啊……

摘风学院的导师时常为此感叹，但不管怎样，西凡的将来，依旧值得期待。

西凡并没有这样觉得。因为他所掌握的这一切，从来没有帮助他从路平那里获取过什么。自己所谓的才能，用在人人口中的废物身上毫无作用，以至于眼下，他需要通过观察其他人，间接地挖取信息。

分析出莫林的心情后，西凡断定莫林与路平之间一定有什么事可挖掘。

继续观察！西凡悄悄隐藏着自己，继续用他的方式捕捉着信息。

莫林努力争取了一会儿后，实在得不到路平的任何反馈，终于安分了下来。可他并没有就此离开，而是就这样守在了路平的小屋外，开始了守株待兔。

于是，莫林在屋檐下忍受着午后骄阳的炙烤，西凡在树丛中忍受着蚊虫的叮咬，两个人都没有轻易放弃的心思。

一个小时，两个小时，三个小时……

日头渐渐偏西，暴晒了一下午的莫林早已汗流浃背，树丛中的西凡身上多了好几个鼓包，小屋内仍旧毫无动静。路平这一下午竟然不出门，在床上一直躺着。

有好几次，莫林都怀疑路平是不是被他昨晚放置的毒针戳死了，他几次三番趴在窗台，发现一切正常。

他意识到了，路平就是在用沉默消磨掉他的耐心，让他选择放弃。

"喂喂，我可不会放弃的，我是个刺客欸！"莫林对窗里说着。

仍旧没有反应。

不远处的西凡继续观察着莫林，分析莫林的心理。他听不到莫林在说什么，但从莫林的神情中，他看出了不放弃的决心。

转眼又是两个小时过去了，骄阳彻底变成了夕阳。

"喂，不吃饭吗？"莫林趴在窗边叫。

"要我去给你买个大饼吗？"他继续叫道。

"苏唐给你送饭来啦！"

屋内依旧全无反应。

唯一能确认的，就是路平绝对没死。

莫林不再说什么了，继续在窗台下坐着。

太阳终于彻底落山了，月亮爬上树梢，很快被乌云遮住。今天的夜晚比昨夜还要漆黑一些。透过云层，微微月光照了下来，对于冲之魄二重天的莫林和冲之魄三重天的西凡来说，这点光亮已经足够。

西凡做好了守夜的准备，莫林在又守了三个小时后选择了放弃。

他不缺毅力，但是他没有这个身体素质，莫家的血脉在这时候拖了他的后腿。

"喂喂！"他又一次趴在窗边叫着，"我要回去睡了，实在顶不住了，昨天熬通宵呢！"昨天他确实通宵未眠，前半夜熬着是为了杀路平，后半夜，因为没杀成路平，他始终睡不着。

"明天我会再来的。"莫林表了一下决心。

要走了？

树丛中的西凡有些意外。此前的莫林看起来是很疲倦，但真没看出他有要放弃的意思，想不到这一次起身，就准备离开了。难道路平和他说了什么？

由于听不到，西凡担心自己的信息有所欠缺。目前来说，他的收获真的很少，只是感受到了莫林非常坚定的决心，这让他更想知道这份决心因何而来，毕竟他想掌握的是路平的信息。

再跟上他，多观察一下吧……西凡想。

只是，西凡并不敢跟得太紧。他看清了莫林的去向，待莫林走出很远后，他才缓缓地从树丛中站起，跟上。

又是一个夜晚，又是一无所获。莫林叹息着，摇着头，小心翼翼地避开叔叔莫森精心栽种的花草。

"咔。"

一声轻响钻入莫林耳中，他是很疲惫，但疲惫没有让他的鸣之魄失去敏锐。

是脚步声，刻意在隐藏，但还是踩到了一小片枯叶。

三重天的鸣之魄，对声音包含的内容可以进行相当程度的解读。

"是谁？"莫林警惕了起来。他不认为身后的会是路平，因为路平没有必要如此鬼鬼祟祟。

"呵呵呵呵，不愧是三重天的鸣之魄，一个不小心就被你发现了。"一个低沉的声音响起，莫林脸色变了，他已经听出来这是谁了。

"没想到啊，你会跑到这么个学院来，不过你更想不到我们会追到这儿吧？"低沉的声音继续响起，人影从黑暗中渐渐浮出。

"我们……"莫林一听到这个词，脸色更难看了。

他知道这个阴沉的声音来自谁，更知道如果是"我们"，那么他的生机将更加渺茫。

但是，他总不能就这样放弃。

莫林一边小心感知着其他人所在的位置，一边微微动着手指。

"不要动。"他这一丁点动作竟被来人察觉到了，又一个声音响起，警告着他。

"虽然身体不怎么样，不过你的手段我们还是知道厉害的，你最好不要动。"那个声音继续说着。

最好？什么最好？生命悬于一线，不动还能产生什么"最好"的结果？多活一分钟吗？幼稚！我当然还是要动，而且要更快地动，不只是动，我还要喊！

莫林的左手就往衣服内侧的皮囊中伸去，这一动果然没好事，对方甩手飞来的暗镖正中他的左手，鲜血顿时将他打算抓出来的毒粉泡成了糨糊。

莫林张嘴惨叫，顺势就喊了声："救命啊！"

他喊得很快，不像是求救，倒更像是在防备着什么，仿佛这一声喊叫也是偷偷摸摸的，生怕被人察觉。

但他还是失败了，喊声刚一出口，就好像是撞着了什么，声音突然扭曲，降低，消失。

声音被打碎了。

这不是什么新鲜事。因为莫林知道对方当中有这么一人，一位鸣之魄的贯通者，消音只是二级能力，但是在某些合适的时候非常实用。

比如现在，莫林的这声"救命"就被消了音。

他很失望。事实上，他的动作什么的都是掩饰，这声"救命"才是他的大招，只不过，他彻底失败了。

"去死吧！"对方没打算和莫林多聊，目的极为明确。莫林是刺客，他们也是，他们这些人就总在杀与被杀之间游走。

不过今天，活的是他们，死的是莫林。他们坚信这一点。

一道寒光，直斩莫林的头颅。

莫林想躲，但他本就不擅长运动，而且他好累，正想睡觉呢，想不到这下就要一直睡下去了。

"唉唉唉！"莫林连声叹息，不放弃也不行了。

刺客嘛，就要有有朝一日被杀的觉悟。

这时，一个黑影突然急速蹿出，手一挥，带出"呜呜"的风声，那道寒光被撞到一旁。

黑影护到了莫林的身前，让莫林一阵激动。

"什么人？"对方轻叱。

"风纪队，西凡。"黑影说。

"我以为谁呢！"莫林好生失望。

"你什么态度？"黑影没回头，显然对莫林十分不满。

第 11 章

强大的贯通者

"你怎么来了？"

"我一直都在。"

在两个少年的对话声中，对方三人从黑暗中走了出来。

"你们是什么人？"西凡一边说着，一边将身子微转，将处于不同方向的三人统统装进他的视线。

冲之魄的魄之力，与人的视觉能力息息相关。

一重天，比普通人看得更远，更清晰。

二重天，可以在极微弱的光线下看清一切。

三重天，则是对视角的全面利用。

人的单眼视角最大可达156度，冲之魄三重天的境界，就是将这156度的最大视角全部发挥出来，最终双眼共计188度的水平视角中，所有影像全部清晰。

此时，西凡微微调整了他的身体，顿时将对方三人的一举一动看得非常清楚。

三人，两男一女，神色都一样冷漠，都在仔细观察着他。

"精之魄六重，冲之魄三重，力之魄三重。"西凡的境界被瞬间分析完毕，站在中间的女人，将他境界最高的三项魄之力逐一列举，至于其他较低，甚至是没有突破的鸣之魄，对方干脆就没有提。

"手里那把竹刀是怎么回事？"最右边的家伙说着。

"因为是小孩子啊！"女人说道。

"所以是玩具喽？"左边的人说。

"玩具刚刚可是挡开了你的音罗刀。"最右边的笑着。

"呵呵。"最左边的家伙冷笑了一下，没有介意自己人的这句玩笑。他们肆无忌惮地聊天甚至打趣，只说明一件事，他们完全没有把西凡放在眼里。

确实是这样。

西凡仔细注意着这三人的举动、言谈、表情，他们的轻视不是刻意，是确确实实没有把他当回事。

不过更重要的是……音罗刀，这是一个足以证明他们身份的标识。

"你们是星罗。"西凡的视线开始并不局限于三人，因为星罗是一个杀手四人组，而眼前所见，只有三人。

"是的，是星罗。罗音、罗星、罗冲。"身后的莫林逐一介绍了三位，"本来应该有四个人的，但现在不是了，这就是他们追杀到这儿的原因。"

"哦。"西凡说。

"哦？只是'哦'吗？知道了还不快走开？这和你有什么关系？"莫林说。

"虽然才入学一天，但你已经算是摘风学院的学生了，风纪队有责任和义务保护好每一名学生。"西凡淡淡地道。

"就凭你？"就站在西凡正对面的罗星笑了，他并没有紧盯着西凡，而是扭头向着两名同伴轻轻开口，"摘风学院？我还是刚刚知道这学院的名字呢！很有名吗？"

"没听说过。"罗冲说着。

"别浪费时间了。"罗音有些不耐烦了，手微扬，掌中音罗刀的刀光已亮起。

寒光再次闪动，极快，瞬间从西凡身边掠过。

罗音出手，直接斩向西凡背后的莫林。

这对西凡实在是莫大的侮辱。罗音就这样斩出，西凡拦还是不拦，拦不拦得住，似乎根本不在罗音的考虑范围之中。

因为他们已经看穿西凡的境界，虽有很少见的六重天的精之魄，但到底还只是个感知者，和贯通者完全不在一个级数上。只有贯通者，才能彻底发挥出魄之力的威力。魄之力，可以用六识来认知，但如果以为魄之力就是如此，那可就被局限住了。只有到了贯通境界，才能真正领略魄之力的变化。

罗音，鸣之魄贯通者，之前的消音就是来自他的贯通能力。而他所掌握的能力可不只是一个消音。

飞音斩！

他有无视西凡的信心，他这次所用的斩击可是货真价实的，是鸣之魄贯通者才能掌握的评定可达三级的攻击技能！这，怎么可能是一个感知者能抵抗得了的？大概连看一看都会被吓傻眼吧！

寒光，就这样又一次斩向莫林的头颅。以莫林的身体素质，对这种三级的攻击技能，是不存在任何能抵挡的可能的。

但就在这时，西凡动了。

"鸣……"

又是这样一声响在大家耳边。

没有明亮的寒光，也没有凄厉的鸣叫，竹刀和空气的摩擦，听起来就是这么朴实的一声，然后，就撞到了那道寒光上。

这样就想挡住评定可达三级的攻击技能——飞音斩？

罗星、罗冲都在笑，根本就没有要上前帮忙的意思。

罗音的神色，却变了。

这一击，西凡挡不了。区区一把竹刀，撞上他音罗刀施展的飞音斩，瞬间就被触到的魄之力绞至粉碎，西凡握刀的右手也被伤得血肉模糊。

挡不了，绝对挡不了。

寒光还在落下。

但是，偏了！

没有多大的力道，也没有极快的速度，但是西凡这一刀很准，很巧。巧到罗音想再调整飞音斩已经来不及了，寒光就这样从莫林身边掠过，将他的衣袖绞成飞舞的碎片，连同遭殃的，还有花圃中的花瓣、绿叶。

"走！"西凡大叫。他出了一刀，动作却没有就此打住，接着，他冲上去将罗音从身后死死箍住，抬腿把莫林往一旁踹。

"唉……"莫林叹了一口气，"要不是我没有力气，我还真就跑了。"

莫林没有跑，他不是那样没有担当的人，只是可惜了西凡，这跟西凡真的一点关系都没有。

"放他走……"莫林想这样试着和音罗的三个家伙交涉一下，但是话还没说完，死瞪着他催促他离开的西凡突然一脸痛苦的神情。

"死开！"罗音怒道。他从西凡的双臂中挣脱了出来，挥臂，一肘砸在西凡脸上。

西凡侧身倒去。

他身后的罗冲动作更快，举手，提足，跳后三步，插在西凡后背的匕首也被他顺势拔走，鲜血滴在花圃之中。

"呸。"罗音朝西凡啐了一口，根本没去理会西凡的死活。他迈开步，要走向莫林，这才是他们此行的目的。但是，他刚迈了一步，就觉得脚被什么东西绊住了。

　　他低头一看，西凡那只血肉模糊的右手挣扎着抓住了他的脚踝，紧紧的。

　　"真是麻烦。"罗音一脸嫌弃，举刀，就要斩下。

　　他的刀，却悬在了半空。

　　"后面！"

　　罗星、罗冲，都在大叫。

　　罗音自然知道。

　　他的手腕被人抓住了，丝毫动弹不得。如此一来，他当然知道自己身后有人。然而更让他感到可怕的，是他之前丝毫都没有察觉到。他可是鸣之魄的贯通者，虽然没有探知类能力，但是这个人能瞒过他的耳朵出现在他身后，已经足够可怕了。

　　"是谁？"他喝道。

　　比起之前叱问西凡，这一次，他的声音显得紧张焦虑多了。

　　西凡趴在地上，右手重伤，后背刚被插了一刀，因为刚吃了罗音一肘，又血流满面。他的意识，他的视线都有一些模糊，三重天的冲之魄，都没让他第一时间看清罗音身后来了个什么人。

　　然后，他就发觉一股大力袭向他的右手。

　　之前他还下定决心，无论如何，这只右手也绝不放开，可当这股力道袭来时，他的决心一下子就动摇了，因为这力道如此强劲，让他瞬间感觉像是要飞起。他那绝不放开的决心，在这股力道面前，根本起不到什么作用。

　　西凡明智地松手了，之后就看见罗音"嗖"的一下就从他眼前消失了。

这是……被扔出去了?

所有人看到一个身影飞上空中,划出一道弧线,然后重重地摔回地面。

鸣之魄的贯通者,感知者心目中不可战胜的存在,就像一团垃圾似的,被人这样随手就扔出去了?

是谁?

西凡觉得自己快要昏迷了,可他还在努力坚持,他一定要看一看这人到底是谁。

他得偿所愿,终于看清了。

"好气……"西凡心里想着,自己对路平的执念真是太深了,这种时候,他都可能快死了,居然还眼花地把别人看成那家伙。

不对……

等等……

好像,真的是路平?

西凡又确认了好几眼,终于知道自己没有眼花。

原本快昏迷,甚至觉得要死的西凡忽然不知从哪儿来了精神和力气,支撑着他忽然又站了起来。

"退后。"西凡将路平往后拦。

"什么?"路平没明白。

"虽然有些不值得,但不管怎么说,你还是摘风学院的一员,风纪队有责任和义务保护好每一名学生。"西凡说着,又朝四下看了看,"刚才还来了一个人,在哪儿呢?"

"这人真是快死了吧?在这儿胡说八道什么呢?拖走拖走。"路平对一旁的莫林说道。

谁是最可怕的人

　　"喂喂，你就别在这儿捣乱了！"莫林冲上来拉了拉西凡。

　　路平的突然出现让莫林一阵激动，再看路平如此轻松就把贯通者罗音扔了出去，他险些就要叫出好来。对于路平，他更加好奇了，也更期待新的惊喜。如此一来，尽管西凡对他算得上是舍身相救，他却完全顾不上感动，反倒有点嫌弃西凡此时碍手碍脚，妨碍路平发挥。

　　"还有一个人在哪儿呢？"西凡就算是死也不愿意相信刚刚那个人就是路平，他自顾自挣扎着东张西望，还想再找出一个人。但他的精力确实到极限了，三重天的力之魄，连莫林都拗不过，愣是被拖到了一边，他再次失去力气，摔倒在地。

　　"别乱动了你，我先给你止血。"莫林说着，伸手到皮囊里摸药，然而他大半视线还是停留在路平身上。

　　路平到底是什么实力，又会发生什么，他连一秒钟都不想错过。

　　"你是谁？"罗冲将匕首横在身前，严阵以待，早已没了之前轻松谈笑的心情。

　　"废物……"西凡一边吐着血，一边试图对路平说点什么，他心中寻思着的"还有一个人"毕竟还没有找到。

"呵呵。"路平笑了笑，没在意西凡的称呼，也没向罗冲介绍自己，他就这样不做任何防备，也没有任何架势地向罗冲走去。

罗冲没有立即迎上来，他还在等，等身旁罗星感知到的信息。

冲之魄贯通者罗星，四级能力确查是极其精准的一个感知类技能，用来感知境界根本就是大材小用。罗星的双眼微微闪起一抹光芒，她认为这已足够。

但是……光芒闪起后，她仍旧一无所获。

"没有境界……"她很生涩地从嘴里挤出这四个字。

"什么？"罗冲听到了，但是他以为自己听错了，连忙再次确认。

"我再看看……"很显然，罗星自己都不相信这个答案，双眼之中光芒更盛，她想进一步强化确查的效果，但路平已经走到了他们身前。

他还是没有摆出任何架势，只是轻轻地抬手，挥拳。

罗冲弯下了腰。

他的眼中全是难以置信。他已经集中了全部的注意力，一刻都不停地死盯着路平的动作。路平走的每一步他都看着，一直到路平挥出一拳，他也没放松警惕。

老实说，他没看出有什么特别的节奏，也没感觉到什么特别强大的攻击力。

路平的手抬起来了。

路平挥拳了。

然后，路平的拳头出现在他没注意到的地方。

他的腹部传来一股剧痛。

那种无法忍受的痛，罗冲不知道该用什么词来形容这种感觉。

这一拳的痛，让他觉得身子似乎都在萎缩。这一拳的痛，让他的五脏六腑似乎全都挤到了一起。

他手中的匕首脱落在地，因为他完全忘记了自己还握着它这种事。他的身体只有一种感觉，那就是痛！

他弯下了腰，狠狠地弯下了腰，然后呕吐，剧烈地呕吐。

他出道九年，执行过二百四十七次刺杀，得手一百九十九次，失手四十八次，七十九次身受重伤，十七次死里逃生。

换句话讲，罗冲杀人无数，受伤也无数，受点攻击那更是家常便饭，但是从来没有一次被打到吐，痛到吐。

现在他不只吐，他还哭了！

痛到哭。

他这种人，向来宁可流血也不肯流泪，无论多痛的伤害，他皱一皱眉咬一咬牙也就挺过来了。

但是这一次，他痛到哭。他的眼泪控制不住，鼻涕也控制不住，瞬间就哭了个稀里哗啦。

这，才只是路平的一拳。

罗星的脸色早就变了，她哪里还顾得上去确查什么境界。

罗星出手了。

她的实力可不弱。她并不只是四人组中的侦察兵，了解她底细的人都知道，她的战斗力不容小觑。

星罗盘！

毫无保留，她一出手就使出了绝招。

一个随手就把罗音扔掉的人，一个一拳就把罗冲打哭的人，这样的对手容不得她有半分保留。

星罗盘被扔出，一分二，二分四，四分八……

三级技能，星光密布！

无数星罗盘飞舞在路平身边，它们大多都只是虚幻的光影，晃得人眼花缭乱，但这些光影当中，有一个是真的，会直取路平性命。

一道流光直直切向路平的喉咙，在眼花缭乱的晃动光影中，这一记流光一点也不醒目。它曾这样无声无息，饮下了不知多少人的鲜血。

凭此一招，足以让罗星将名字倒过来为其命名。

凭此一招，罗星足以成为星罗四人组的大姐大。

路平对付这一招果然也有点费力，至少，他用了两只手。

"啪！"

路平双手拍了一下巴掌，像是声控开关似的，密布的光影一下子就消失了，只剩下一记流光，在路平的双掌间旋转着。

路平露出一丝满意的神情，就好像他终于拍死了一只烦人的蚊子。然后，他随手朝旁边一甩，罗星珍爱的星罗盘就被他扔到了一旁。

"哇……"

罗冲还在吐，还在哭。他的鼻涕、眼泪、呕吐物瞬间就把星罗盘浇湿了。但罗星顾不上这么多了，路平还在步步逼近，她的手段都已经用尽，她只剩下最后一样武器。

她长得挺好看的，在很多时候，因为对手怜香惜玉，她迎来了很多次败中求胜的转机。

这一次呢？

对方虽然看起来只是个孩子，但是，至少也是十五六岁的大男孩。

罗星正准备摆出一个笑容，但路平的手已经抬起。

拳头，她也没有看见，然后她的脸一歪，和罗冲撞到一起了。

她的美丽瞬间不在了。因为，她的下巴歪了，整齐的牙齿一下子就掉了七颗，五颗飞了出去，两颗吞了下去……

莫林完全看傻了。

他知道路平很强，非常强，但是，强也要有个限度吧？此时，他完全无法想象路平到底是什么境界了。三个贯通者，一个随手一抓就扔到一边了，一个被一拳打到吐，打到哭，最后一个，其实也是一拳，直接就需要去整容了。

这可是三个贯通者！

是星罗啊！

想当初，当他接到针对星罗四人组之一的罗明的刺杀令时，犹豫要不要接这任务就花了三天时间，之后，他又用了整整二十二天时间仔细研究星罗四人组以及罗明的方方面面。在那以后，他又用了八天时间才等到一个看起来并不算像样的机会，冒着可能会死的风险，成功毒杀了罗明。就这样，他最终还是被星罗四人组查到了，一路追杀至今。

可现在呢？

可怕的星罗四人组中的这三人，在路平面前没撑过二十秒，就全军覆灭了。

罗冲和罗星的惨样莫林已经看到了，但是被扔出去的罗音呢？莫林站起身，朝那边看了看，终于看到了罗音……

罗音已经被种到花圃中了。

那里可不是蚯蚓草种出的土地，路平就这样一扔，罗音就被种到了地里。

路平那一扔到底用了多强的力之魄，莫林完全无法想象。

“这……到底是谁？”倒在地上的西凡也在喃喃自语，这一切发生得太快，他都还没来得及昏迷过去就结束了。

“这就是你说的废物。”莫林说着，低头又看了看西凡的伤势。他给西凡止血，还没路平收拾掉罗星和罗冲的速度快。

西凡再不肯相信，也只能接受眼前的事实。他呆呆地望着那个他视为废物，费尽心思想要赶出摘风学院的身影，一时间不知该说什么好。

"你说，这人到底什么来头？"莫林却还要和他聊聊。

"我不知道。"西凡说。

他只知道，路平和苏唐是三年前出游的院长领回来的。据说两人都是孤儿，从此以学院为家。苏唐很快显露出才能，备受期待；路平则被叫了三年废物，受尽冷眼。但是他依旧我行我素，各种冷嘲热讽与针对打压，他都默默忍受着，从来没有因此引发过什么冲突。于是大家更觉得他没有出息，没骨气，是个孬种。

但是现在看来……

西凡只觉得大家都该和他一起，庆幸路平平时的"没出息"与"没骨气"吧……

第 13 章

优秀的学生

"摘风废物"路平回到了两人身旁，西凡顿时变得更加局促不安，完全不知道该说些什么。好在他拥有六重天境界的精之魄，还是有些过人之处的，他发起精神控制，头一歪，强行让自己晕了过去。

"了不起！"莫林赞叹着，只是感知者，魄之力就能运用到如此程度，西凡确实是有些过人之处。

"失血过多，伤势不轻，但应该还能活。"莫林对路平说着西凡的情况。

"先搬到我房间去吧！"路平边说边走上前去。

说是搬，其实他就是抓起西凡的衣服，随手一拎。

"哎，那三个家伙怎么处置？"看到路平"提"着西凡就要离开，莫林连忙问道。

"那是找你的，你看着办吧！"路平说。他的言外之意，是要莫林自行处置。

"你不怕我放走了他们，泄露了你的情况？"莫林疑惑地问道。他一直猜测路平的低调隐藏实际是在躲避着什么。三年没被学院的人发觉，可想他有多么地谨慎，那么按理来说，这三人应当被灭口才对。可现在看来，除了被种到地里的罗音好像毫无反应，罗冲、罗星都还倒在地上痛苦地呻吟着。

路平没有回答他，只是做了个无所谓的表情。

"哦……"莫林没有再多问什么。

消除一切痕迹。

作为一个刺客，这些事他完成得干净利索。虽然平时接任务他会有相当大的选择性，但他会接杀罗明的任务，自然对杀星罗四人组的其他三人没有任何心理负担。

从某种意义来说，莫林觉得自己不能算是一个专业刺客。

专业刺客，接任务，刺杀，拿酬劳，根本不问究竟。而他呢？或许应该说是一个被兴趣驱动的刺客，他想当的其实并不是刺客，而是一个惩奸除恶的英雄。只是英雄都是义务劳动的，而他则借着"英雄行径"顺便赚点生活费。他觉得无可厚非，可在别人看来，他就成了刺客。

刺客就刺客吧！莫林也不是太在乎，这名头，他感觉也挺酷的。

莫林麻利地料理完星罗四人组的那三人，也回到了路平的小屋。西凡被路平随手扔在了地上。至于路平，他倒是舒舒服服地躺回了床上，好像快要睡着了。

"喂喂！"莫林狂喊，这是一个对待伤者的态度吗？他实在看不下去了，西凡好说歹说也算救了他。

"睡了。"路平说。

"你是睡了，他就这么被扔在地上啊？"莫林叫道。

"地是干净的。"路平说。

"这不是干净不干净的问题吧！"莫林继续叫道。

于是路平不知从哪儿随手扯来一块布，一抛，就把西凡整个人都盖上了，像是盖着一具尸体。

"也不会着凉了。"路平说。

"不管了！"莫林无奈地叫了一声，一屁股坐在了窗台下边。其实他也感知到了，西凡呼吸均匀，体温正常，确实已无大碍，至于他自己，此时也实在没什么力气，也管不下去了。

"地上没事，那就在地上睡吧！"莫林嘟囔着，干脆就睡在了窗外的花圃中。

"喂，还有没有东西盖啊！"莫林突然喊道。

他觉得有点凉。

"哗……"

路平不知从窗里扔了什么东西出来，莫林也懒得去看是什么了，接住它，一裹，就在花圃中睡了过去。

"怎么回事？发生了什么？"

第二天清晨，把三人一起吵醒的是苏唐的叫声。她一大早来找路平，结果就先看到窗台下边睡着的莫林。

昨天莫林凑上来时，苏唐就在，她怎么也想不到这家伙居然虔诚到一直守在窗外，不由得一阵惊叹。但等她进了房间，看到地上的被单不知盖着个什么东西，掀起一看，竟然是西凡，她就有些茫然了。

她先探了探西凡的鼻息，在她看来，西凡和路平能长时间共处一室，除非其中一个是死人。

事实证明，西凡还活着，这让苏唐忍不住紧张了一下，不过她很快就确认了路平也还活着，终于忍不住把三人都叫醒了。

路平、莫林都是从沉睡中醒来的，至于西凡，则是从半昏迷状态中醒来的。他看清楚周围的状况后，眼中的茫然不比苏唐少多少。

"你怎么样？"路平先问了下西凡。

西凡试着动了动，立刻感觉到伤口的疼痛。

“还活着。”他说。

“你们打架了？”苏唐问。

如果是一天前，西凡会很希望有机会和路平打一架，那样他就可以狠揍这个废物一顿。但是现在，和路平打架？西凡倒吸了一口凉气，牵动得伤口又是一痛。他试着想站起来，失败了。

苏唐这才发现西凡的伤势并不是满脸血这么简单。

“怎么回事？”她扶着西凡坐稳了，看了看他后背的伤势，血是早已止住了，不过伤口不知道处理得如何。

“来了三个刺客。”路平一边下地，一边说道。

“星罗，听说过吗？”莫林也在窗口那边露了个额头出来。

“星罗？”苏唐望向路平。

“找他的。”路平指了指那额头。

“对，找我的。”莫林使劲踮了踮脚，努力露出额头以下的眼睛。

“看到我的草帽了吗？”莫林问。被苏唐吵醒后，他第一时间关心的事，是他的草帽不见了。

“没有。”路平说。

“你昨晚找到我们的时候我有没有戴着？”

“好像没有。”

“你们能不能说重点！”苏唐无语了，她急着要知道到底发生了什么，结果两个人在一个破草帽的问题上讨论个没完。

“星罗四人组的三个人来找他。”路平说。

“后来……后来怎么样了他们？”路平问莫林。

“变成肥料了。”莫林说。

“就是这样。”路平对苏唐说。

知道了大概的苏唐随即也就不再多问了，后续的重点当然是处理西凡的伤势。很快，学院的医师被叫来了，风纪队也知道了队长重伤的消息，再然后，学院上下都知道了，这中间，自然也包括院长，院长还亲自过来看望。毕竟，西凡是学院数得上的优秀学生。

看望伤势的同时，院长当然也免不了过问了一下昨天的事。星罗四人组中的三人来追杀莫林，后来，他们就变成肥料了，故事还是这么言简意赅。

但是星罗四人组这个名字还是让在场的不少人倒吸了一口凉气。莫林很高兴有这么多的人认知和他一样，他们显然都觉得星罗四人组是个很可怕的存在。

一群井底之蛙啊！莫林幸灾乐祸。

但是能把可怕的星罗四人组中的三人干掉的人，无疑更加了不起。赞叹、震惊的目光纷纷投向西凡，大家都认为一定是西凡拼死一战，这才身受重伤击杀了星罗四人组中的三人，而那个林默，境界也不错，大概也帮了不少忙。至于路平……他怎么没被星罗四人组中的三人干掉呢？所有人纷纷为此露出惋惜的神色。

"不错，都很不错。"院长郭有道倒是一碗水端平了。

"摘风学院的未来，就是要靠你们这些优秀的学生！"郭有道感叹着。

"院长。"西凡用微弱的声音提醒郭有道，"我还有三天就要毕业了。"

"院长。"莫林也举手讲话，"我只是路过的。"

"院长。"路平也有话要说，但这次有人抢了他的话。

"他还有三天就要被开除了。"

一片哄笑！

大家都觉得这话接得太美妙了，美妙得无懈可击。

路平笑了笑，没说话。西凡和莫林却对望了一眼，他们觉得，三天后的大考，会有好戏可看。

联合大考

风纪队弄来了一副担架，准备把西凡抬回他的住处休养。

西凡数次望向路平，一副想要说点什么的样子，但最终那个"谢"字还是没有说出口。他对路平的情绪，到底还是没办法这么快就转换过来。

西凡被抬走，来慰问的人群立即就散了。对莫林这个进入学院才一天的新生都有人表示一下关心，但对路平，他们连一句问候都没有。

没有人理会他有没有受伤，也没有人过问他在这次事件中充当的是什么角色。

"那还用问吗？肯定是累赘呗！"所有人都是如此一厢情愿地认为着。

小屋恢复了冷清，只剩下苏唐和路平。

这三年来，会来这间小屋表达关心的人只有苏唐。她默默收拾好小屋，站在窗边。

又是一个好天气，但是窗外的花圃不像平日那么缤纷了。昨晚那一场恶战，让花圃遭了殃。莫林站在一片被压扁的花草旁边，正被莫森骂得狗血淋头。

"你还不去上课？"路平在她身后问道。

"马上就去。"苏唐把目光从窗外移回来，伸手指了下小桌，"早餐放那儿了。"

"好。"路平点头。

"那我走了，那个什么星罗四人组还会有后文吗？"苏唐问。

"应该不会了。"路平说。

"当心些。"

"放心。"

苏唐离开了。路平去小桌处拿了早餐。

包子已经凉了，路平也没在意，站在窗边默默地吃着。他已经习惯了，在苏唐去上课、修炼的时候，独自一个人。

窗外，莫林还在被莫森责骂着，一脸的无奈。

路平看着看着，忍不住笑了出来。

这一幕在他看来其实很温暖。爱之深，才责之切啊！莫森老师那么反感他，训斥他的次数也不少，但从来就是说两三句重话后就不再理会他了，什么时候有过这么长篇大论苦口婆心的数落？

这家伙和莫森老师的关系，看来比自己一开始想的还要深一些啊！

正想着，那边莫森总算训斥完了，然后去检查昨晚弄坏的花草有哪些是还可以拯救一下的。莫林呢？早上醒来不见了的草帽也不知被他从哪儿捡了回来，扣回头上，又往小屋的窗边来了。

路平这次没有回避，提袋里的包子他还给莫林留了两个。

莫林接过路平递来的包子。

"才两个？"他嘟囔着。

"都凉了。"然后他又嫌弃道。

"吃凉的对胃不好。"莫林一边往嘴里塞了一个，一边接着说道。

"你和莫森老师是什么关系？"路平问。

"他是我二叔。"莫林说。

"你也姓莫。"

"对，其实我叫莫林，不是林默，不要说出去哟！"莫林说。

"有必要吗？"路平说。

"当然，我可是个刺客，而且我正在逃避……呃……追杀？"莫林的声音越来越微弱，说到最后，他才想起来，追杀他的人现在已经成为这片花圃的养分了。

"好像确实不是特别有必要了。"莫林说，"不过作为一个刺客，名字隐藏一下总是好的。你的名字是不是假名？"

"不是。"路平说。

"你能不能做我导师？"莫林说。

"什么？"路平被莫林冷不丁的这一句话吓了一跳，他原本以为莫林接下来就又要问他昨天总在好奇的那些问题了。

"我昨天入学院的时候，院长问我想跟哪个导师，我当时随口说了我叔叔的名字，但是现在，我觉得你最合适。"莫林说得无比认真。只看年纪的话，他比路平还要大个两三岁，但他丝毫不觉得这有什么难为情的，十分期待地望着路平。

"我教不了你什么。"路平说。

"不要这么快拒绝嘛！你再仔细想想。"莫林说。

"确实教不了。"路平说着又躺回到床上了。

"又装尸体，喂喂！"莫林狂叫。他又被"拒之窗外"了。

三天的时间一晃而过，摘风学院一年一度的大考终于来了。

这三天，学院传出一个不好的消息——风纪队的队长西凡因为重伤，需要休养，无法参加大考。

消息传开后，新生莫林立即找到了院长郭有道。

"能不能代考？"他认真地问着。

西凡受伤，莫林觉得自己有很大责任，如果不是因为他，星罗四人组中的三人完全没可能出现在摘风学院，同样如果不是为了救他，西凡也不会伤成这样。所以他觉得，他替西凡去考试，这非常合理。

可摘风学院的院规再宽容，也不可能允许代考这种事，哪怕这次有很特殊的情况。

于是，莫林当时就被轰出了院长办公室。

不过院长也决定特别通融一下，可以等西凡身体恢复后，给他一次重新考试的机会。

虽然如此，还是有不少人为西凡感到惋惜。

学院大考，会关注的可不只是学院的导师和学生，还有这片大陆上的各个国家，各种势力。

虽然摘风学院不像四大学院那样闻名整片大陆，但是在峡峰区这个偏僻的辖区只有两座学院。不过比起另一座峡峰学院，摘风学院的影响力还是要小上不少。

峡峰学院已有两百多年历史，是和峡峰区共同建立发展起来的，拥有深厚的资源和背景，也一直被峡峰区所推崇。摘风学院是后来建立的，靠着院长郭有道四大学院出身的名师身份迅速壮大，但终究还是比不上峡峰学院两百多年的积累。

一年一度的大考是两座学院一起进行的，自然也有点竞争的意思。峡峰学院学生更多，一直以来都稳占上风，但最近几年来，摘风学院频频出现极优秀的学生，也因此大出风头，让峡峰学院有些颜面无光。

而西凡已经在连续两年的大考中大出风头，这次四年级大考，他本来会成为峡峰学院的心腹大患，但他因重伤无法参加大考的消息一传过去，顿时让峡峰学院觉得喜出望外。

"好遗憾啊！西凡怎么会这么不小心呢？"监考台正中坐的自然是两座学院的院长，峡峰学院的院长巴力言正皮笑肉不笑地向郭有道表达着他的遗憾和慰问。

"人没事就好。"郭有道淡淡地道。

"哈哈，没错，这个当然是最重要的。"巴力言笑着，身旁一排峡峰学院的导师也跟着附和起来。

当众人笑完，立即有人凑上来道："院长，时间差不多了。"

"哦，那好，那就开始吧！还是像往常一样，从一年级开始，让摘风学院先来，他们人少，比较快一些。"巴力言意气风发。

没了西凡，他不认为摘风学院还有什么人能扫了他们的颜面。

开考的预备钟声敲响，两座学院的一年级学生一起列队站在了魄之塔下。

魄之塔，各大学院考核学生时通常会用到的场所，不同学院会有不同的设计标准。摘风学院和峡峰学院用的这座魄之塔共分十二层，学生进塔，以登塔为目标，每层八分，十二层共计九十六分，但若连第十二层也突破了，再加四分，得满分一百分。

从九十六分到一百分，虽然只是四分，却是最难的四分。摘风学院二十四年的大考历史中，仅有四人创造过满分的纪录，而这四人，最终都进入四大学院进修，让摘风学院引以为豪。

"今年的摘风新生都很精神嘛！"巴力言的目光在摘风学院的学生身上逐一扫过，假惺惺地向郭有道夸赞着。

事实上，他早就知道摘风学院这批一年级学生的水准。

"哟，五种魄之力，真不错啊！"巴力言假装惊讶着。他早知道摘风学院的一年级中有这么一个学生，至于名字，他没记住，因为他完全不觉得这个水准的学生有让他记住的必要。

今年峡峰学院的一年级学生里，能感知到五种魄之力的学生多到巴力言都记不过来，能感知全部六种魄之力的也多达十二人，当中更有三人已经突破了一重天的境界。在这一年级学生的实力对比方面，摘风学院必定惨败。巴力言不介意多赞美摘风学院几句，捧得越高，摔得就越狠嘛！

他笑眯眯地逐一看下去，当他看到队伍倒数第二个学生时，发现是个戴着草帽的家伙，他稍微愣了愣，而后将魄之力提高了一个程度，才确认自己没看错。

巴力言的脸色瞬间就变了。

"郭院长，你们的一年级学生里有一个不太对劲吧？枢之魄六重天？这是一年级的学生？郭院长真是不遗余力！不过，这有点太难看了吧？"巴力言脸色是变了，但也没慌张。这种境界的学生会是一年级学生？根本不会有人相信。摘风学院将这样的学生排到一年级里加强竞争力，未免太愚蠢了点。

"巴院长说的是戴草帽的那个吗？你误会了，他只是随便看看热闹，不参加大考的，他是进修生。"郭有道不慌不忙地说道。

"进……进修生？"这下巴力言可就有点管不住自己的脸色了。

进修生，作为一个学院院长他太清楚这意味着什么了。

这意味着一种认可。

因为，只有更为优秀的学院，才有可能受到别人的青睐，才有人愿意前来进修。峡峰学院纵然有两百多年历史，但地处这个偏僻的大区，在整个大陆上的名气也没比摘风学院大多少，从来没有人来他们这个学院进修过。但是现在，摘风学院居然有一位进修生？

巴力言深深怀疑这件事的真实性，但是郭有道已经说了这学生不会参加大考，是不是真的来进修，完全没有必要向他说明。

无奈，巴力言顺势再往后看。在草帽男身后，排的是摘风学院的最后一名一年级学生。

嗯？嗯？

巴力言这次也是接连确认了两遍，才敢肯定，而后就笑出声来："这样的学生，郭院长也会留他到大考，让人佩服呀！他不会也是来看热闹的吧？"

第 15 章
内忧外患

巴力言这一次总算是说中了要害。郭有道虽然还算神色如常，但摘风学院的导师们神色就有些不自然了。

一年级学生都只到刚刚接触魄之力的阶段。以监考台上这些导师的水平，摘风学院和峡峰学院一年级学生的差距是一目了然的。

摘风学院肯定会被比下去的，而且会被比得很惨。

更惨的是，他们当中还有个路平，有这个家伙在，简直就是雪上加霜。

这时，巴力言身旁的导师凑上来和他说了几句，巴力言听了之后，笑得更开怀了。

"原来他就是路平啊！听过听过，连续两次大考不过的留级生？为什么我之前好像没有见过呢？"巴力言笑道。

"因为之前两次他不是没过，而是根本没有来考。"郭有道说。

"哈哈哈。"巴力言更加快乐了，"你这话，说得好像他来就能考过似的。老郭啊，不是我说你，你的院规真的太宽松了。就像这种学生，你还给他三次机会？这要在我们峡峰学院，一个月我就让他离校，考都不用考！"

"院长，院长……"旁边的导师连忙拉了巴力言两下，他们的院长得意忘形，太失风度。

"喀喀……"巴力言也意识到自己有些不太稳重，连忙咳嗽了两声，稳定了一下情绪，而后用四平八稳的口气宣布，"这就开始吧！"

"开始！"魄之塔旁的监考导师宣布大考正式开始。

"先从摘风学院开始，叫到名字的学生入塔进行考试，内容就是登塔，用什么方法都可以。一到四层，每层限时半分钟；五到八层，每层限时一分钟；九到十一层，每层限时两分钟；第十二层，限时四分钟。到达第七层，就算及格。此外，整体用时的多少也会影响最终评估。明白我的意思了吗？"监考导师宣布考试规则。

"明白！"学生们齐声回答。

尽管他们是一年级学生，但对于魄之塔的考核方式，他们从学长、学院导师处听说过。

"很好，那么现在开始。一号考生，瑟南。"

"到。"

被叫到名的学生从队伍中站了出来，两位监考人员利用魄之力飞快地对他进行了感知。这不是探察瑟南的境界，而是检查他是否携带武器、药品等所有严禁在大考中使用的物品。

"没问题。"在得到两位监考人员的确认后，瑟南这才获准走向魄之塔。

塔门紧闭，门上有一个凹进去的手印，瑟南将右手缓缓按了进去。虽然他听学长们说过，这一关极其简单，只要被感知到魄之力，就可以通过，但他心里依然七上八下，有些紧张。

很快，他就听到"咔"的一声轻响，像是钥匙拧开了门锁，魄之塔的大门，缓缓打开了。

果然非常简单！

不需要操作任何主动技能，只是将手掌放上去，魄之塔的大门就自动感知到了被考核者所拥有的魄之力。

八分，轻松到手。

瑟南七上八下的心总算平静了不少，他回过身，向他的同学们挥了挥手，然后走进了魄之塔。

塔门在他的身后徐徐关闭。

"瑟南加油！"摘风学院的一年级学生们用力喊着。

"哈哈哈哈！"但是，那些加油者随即听到许多凌乱的嘲笑声。

"连一年级的考试都需要加油，那得是有多差劲啊？"

等候考试的峡峰学院一年级学生对摘风学院的学生们的加油声不屑一顾，在他们看来，一年级的考试无比简单，居然还需要"加油"这样的鼓励？

"真是一群土包子。"峡峰学院的学生们纷纷议论着。

摘风学院的学生们自然极其不爽，有人立即反唇相讥，不过没等双方口角升级，就已经有监考人员过来严厉制止了。

"坦白说……"队伍尾巴的莫林对路平小声说着，"我觉得他们说出真相了，这么简单的考试也要喊加油？我现在站在这队伍里都有点羞耻。我的脸红了没有？"

"没有。"路平倒是很淡定。

这时，瑟南在魄之塔中的进展也称得上势如破竹。第一层、第二层、第三层……他每过一层，魄之塔就会亮起一圈，成绩当场就公布，一目了然。

紧跟着，他过了第四层、第五层、第六层。这几层他也过得极其迅速，连续冲到第六层，总用时刚过一分钟，看起来毫不费力。

摘风学院的学生们顿时都得意起来，忍不住向峡峰学院那边投去挑衅的目光，结果队伍的末尾又有人在泼冷水，莫林一脸受不了的表情，扶着额头："这有什么大不了的啊……一会儿有他们脸红的时候。"

莫林的境界虽然未到贯通境，但想感知这些一年级学生的水准还是足够的。和很多导师一样，他完全清楚摘风学院的一年级学生比峡峰学院的要差不少。可惜这些一年级学生却不知道，此时的对抗意识非常足。

"自取其辱啊……"莫林感叹着。

再看峡峰学院那边，他们对摘风学院的挑衅采取的都是不屑一顾的态度，一副"你们在我们面前连当对手都不配"的高姿态。只有莫林清楚，他们完全有资格摆出这样的高姿态。

"哎哟，太闹心了。"莫林捂着胸口，"我入学院才几天啊，怎么有这么强的荣誉感。我先去别处转转，快到你了再回来，能挽回一点颜面的也就只有你了，不过这种测试……"

莫林看了看魄之塔，摇了摇头。

一年级的大考实在太简单，就算拿个满分也不至于被认为是惊为天人。他看到峡峰学院那边至少有三个人都突破到了一重天境界，这在一年级大考中都是有机会拿到满分的。这风头，靠路平一个人也压不住，到最后只能是摘风学院自己人被路平的表现"打脸"打得啪啪直响。

可怜的是，摘风学院的学生们完全不清楚状况。他们还在津津乐道地议论着瑟南的表现，跟路平则保持着距离，不小心有目光转过来时，都要连忙换成鄙视的。

离开的莫林四处瞎逛，最后在四年级这边看到了重伤的西凡，这家伙居然不在床上好好养着，反倒弄了架轮椅被风纪队的人推来了考场。他无法参加考试，却还关心着学院的荣誉。

"摘风学院的未来，就是要靠你们这些优秀的学生。"莫林站到了西凡身后，模仿着郭有道的口气。

"你在这里干什么？"西凡问，他知道莫林是不用参加大考的。

"随便转转。"莫林说。

"那边……怎么样？"西凡问的是一年级那边。

"内忧外患。"莫林说。

"怎么？"西凡不解。

"外有峡峰学院的碾压，内有路平即将到来的打脸表现，你说惨不惨？"莫林说。

西凡默默一想，还真是这么回事，他一时间也不知道该说什么好了。

"就是不知道那家伙会怎么表现，他太淡定了。我这样一个入学院还没几天的人，都想把峡峰学院那帮嚣张的兔崽子全击败，你说我的荣誉感怎么这么强？"莫林说。

西凡根本没理他这些胡说八道的话，忽然听到一年级那边传来阵阵欢呼。

"怎么回事？"西凡问道。他的鸣之魄无境界，听不到太多的信息。

"在讨论一个叫伯用的。"莫林的鸣之魄达到了三重天，一动用魄之力，立即收获到了信息。

"哦。"西凡知道伯用，算是这批一年级学生里最出色的一个，已经感知到了五种魄之力。

"伯用，伯用！"摘风学院的一年级学生整齐地呼喊着。

伯用用上了更快的速度，势如破竹地冲到第六层，令摘风学院的学生们彻底兴奋起来的，是他连第六层也轻易地闯过了。

之前的学生从第一层到第六层基本都很顺利，很有气势。但在第六层都耗费了快一分钟的时间，显然从这一层开始难度大不一样，想闯进代表及格的第七层，终究是需要花费一点不一样的心神的。

尽管如此，参加考核的学生都做到了，暂时没有出现到不了第七层，不合格的现象。只是到第七层之后，明显没了之前的气势，有的人就停在了第七层，有的人到了第八层，目前最出色的一个，也不过抵达了第九层。

而现在，伯用，摘风学院最出色的一年级学生，不费吹灰之力就迈上了第七层。

摘风学院的学生们有羡慕，有忌妒，但在和峡峰学院针锋相对的考场上，大家更多的还是同仇敌忾。

欢呼声中，伯用已经冲到了第八层，难度陡然提升，他不得不多花费一点时间，但不管怎么说，第九层、第十层……都没有难住他，直至第十一层……

一分钟、两分钟、两分半钟……三分钟……时间到了。伯用还是只停留在第十一层，被传送出来的他脸上写满了懊恼。

"唉！就差一点点！"他对其他学生说着。

"不要紧，已经很出色了。"和他交好的学生安慰着。有一些不安分的学生再次得意扬扬地向峡峰学院的学生发起挑衅。

"真是受不了你们这群井底之蛙了。"峡峰学院的学生队伍中走出来了一人。

"你叫伯用是吗？"这人对伯用说着，然后伸手向东北方向一指，"两百米外，树梢上落着的那只鸟，是什么鸟？"

"什么？"伯用一愣，顺着那人指去的方向望去，树是看到了，树梢上，落着鸟？

"看不到吧？所以，知道差距了吗？"那学生不屑道。

"胡说八道谁不会！八千米外那只鸟是什么？麻烦你告诉我。"有摘风学院的学生叫道。

"呵呵，可以请老师验证一下呀，是不是有只杜雀站在树梢上。"这学生自信地说着。而他所说的监考导师就是摘风学院的，直接摆脱了串通的嫌疑。

　　这位导师早就听到了两边的争论，此时叹了一口气："是有一只杜雀，冲之魄一重天的话，应该就可以看清了。"

　　"冲之魄……一重天？"

　　摘风学院所有一年级学生的脸色都变了。

第 | 16 | 章

塔不及格

"呵呵呵。"峡峰学院的一年级学生们都在笑着,笑容看起来很谦虚,一点都不张扬,但是对比起之前摘风学院的伯用冲到第十一层后摘风学院的学生们那意气风发的张扬模样,峡峰学院一年级学生们这副装出来的谦虚模样顿时就成了莫大的讽刺。

摘风学院的学生个个觉得无地自容,伯用更是目瞪口呆地站在那儿,半晌都说不出话来。

在摘风学院,同学们都称他是天才,导师们也时常拿他做同学们的榜样,这让他潜移默化地接受了这个设定。虽然也有导师提醒他人外有人这样的道理,但他一直觉得,这是导师怕他骄傲。

他不会骄傲,但是,也不会妄自菲薄。

他是天才,但也要做一个努力的天才。他是这样认为的,也是这样做的。可现在看来,感知到五种魄之力,原来根本就不算什么!峡峰学院的一年级学生,甚至有的人都突破到一重天境界了。

"继续加油吧,你还只是一年级学生,境界并不重要。"摘风学院的导师特意过来对伯用讲着。

"哦……"伯用应了一声,但是他的心思已经动摇了。是自己真的不够出色，还是说……峡峰学院的培养方式，更加出色？

峡峰学院一重天的冲之魄算是给了摘风学院一个十足的下马威，所有人都变得没精打采起来，不再互相打气鼓励，更不敢挑衅峡峰学院，连望向对方的目光都变得畏首畏尾的。

"加油啊！"

"打起精神呀！"

峡峰学院的学生们倒是好像很有关怀精神似的给摘风学院打起气来，他们那嬉皮笑脸的模样，还有故意拖着各种尾音的怪调，显然是在奚落摘风学院。

摘风学院的学生更郁闷了，可是又有什么办法？一重天的境界啊！他们谁能去抗衡？连伯用都被彻底比下来了。

"哈哈哈哈。"

监考台上的巴力言若不是考虑到风度和稳重问题，恐怕会笑到手舞足蹈。

今年的一年级学生，真是解气啊！

这话他只能心里想想，说出来就显得没气量了。

"摘风学院的孩子有点没精神啊！"巴力言如此说道。

是的，在遭受了那样的对比打击后，摘风学院的学生彻底没了精神。他们排着队，听着叫名字的声音，依着次序很是机械地一个个走进魄之塔进行考试，似乎都在盼着大考快点结束。

这之后进行大考的学生也再没有哪个有什么优异的表现，绝大多数都只是踏上七八层，甚至有两个学生竟然没有踏上第七层，这绝对是发挥失常，这让那两个人变得越发垂头丧气了。

终于快要完了……

看着队伍不断缩短，摘风学院的学生个个都有松了一口气的感觉。直至队伍的最后，路平被叫到了名字，他进入了准备区。

摘风学院的学生耷拉着的脑袋顿时更低了。

真不幸啊！已经被峡峰学院比得无地自容了，最后这个家伙还要来拉低下限。这个完全没有魄之力的家伙，到时候会连门都进不了啊！

不少学生已经开始捂脸了。

不只他们，就连监考台上不少摘风学院的导师都露出尴尬的表情。

因为魄之力不充足，或是发挥失常，没能冲到第七层的状况总还是时有发生的，但是如果连塔门都进不去，连第一层的八分都拿不到，这可算是丢人现眼到家了。这得是什么水平，才能教出一个一点魄之力都没有的学生？导师们顾惜路平的脸面，更顾惜摘风学院，以及他们这些摘风学院导师的脸面。

"似乎大家都对这个学生很期待啊？"巴力言注意到了摘风学院上上下下的窘迫，兴味盎然地和郭有道说着反话。

期待路平表现的，分明应该是他们峡峰学院才对。

郭有道笑了笑，没说话。

这时，两位监考人员对路平进行了感知，结果都露出了奇怪的神情，两个人交流了一下眼神，加强了能力又感知了一遍。

"怎么？"主考导师走了过来。

"他……没有魄之力。"这本不是这两位监考人员需要负责的问题，只是在之前的感知中发现了这一情况，一时好奇，他们又细细感知了一遍，结果发现这位考生真的没有魄之力。

"什么？"主考导师也感知了一下，果然没有。

对，不要让他考了！

摘风学院的学生们心里齐齐生出期待，就在这里把路平卡掉的话，总比看着这家伙连塔门都打不开要强得多吧？

但是……

"你也要考?"主考导师把选择权交给了路平。

不要啊!众人心中齐声呐喊,可路平给出的回答是:"是的,不然就要被开除了。"

他在垂死挣扎!

摘风学院上上下下都如此想着,想到会因为这个废物让他们再次大失颜面,心里就一股子憋屈。

"好吧,下一个到你。"主考导师没有再阻止路平。

"我再确认一下,只要是往塔顶上冲就可以是吗?"路平忽然道。

主考导师看了他一眼,点头:"是的。"

这家伙想要什么小聪明吗?

听到路平最后这句话,不少人都觉得会是这样。但是主考导师完全没去计较路平这话里会不会有什么文字陷阱。

想用什么小聪明来挑战考试规则,真当他们这些监考者是没脑子的木头人吗?

"当!"

魄之塔传来一声钟响,刚刚进去的摘风学院的考生最终停留在了第七层。他没能继续往上,但总算合格了,随即被魄之塔传送了出来。

"及格!"主考导师当场宣布,随后叫出摘风学院最后一个考生的名字,"路平。"

"到。"路平应声。

主考导师没说什么,只是示意他可以开始了。

摘风学院上上下下一片长吁短叹,只有两个人除外……

莫林推着西凡,悄然回到了一年级考场这边来看路平考试。莫林一脸期待,西凡则左右为难。摘风学院如此受挫,他不愿意见到,但最后被路平这个大家一直认为的废物震惊，他也不愿意见到。因为他经历过，那种感觉，真的一点也不美妙。

怎么样才好呢？西凡想不出什么好点子。

路平这时走到了塔门前，抬起右手，按进那个手印中。

塔门毫无反应。

看吧，就知道是这样啊！摘风学院上下欲哭无泪。而峡峰学院这边，一年级学生境界有限，他们可不知道路平是没有魄之力的。他们稍愣了一下，才意识到塔没反应是个什么状况，这超出了他们的认知范围，实在是从来没有听说过还有这样的状况，毫无概念啊！

居然……居然还有如此差劲的学生？连塔门都打不开？

"哈哈哈哈哈！"这一次，峡峰学院的师生们顾不上再装什么谦虚了，彻底笑疯了。不少人捂着肚子，笑得眼泪都飞出来了。

笑声好像利剑，扎着摘风学院上上下下所有人的心。

主考导师早料到会如此，已经准备上前示意路平考试结束。连塔都没进，倒是把传送的工夫省了。

谁想就在这时，突然听到"轰"的一声巨响。

门开了。

不，准确来说，应该是门飞了！

所有人反应过来的时候，路平右手按过的塔门已经不见了。

然后，大家就见他走进了魄之塔，然而他的身后没有了徐徐关上的塔门，他的背影就这样一直存在于所有人的视线里。

再然后，是脑海里。

因为背影已经不见了。

上第二层了？

所有人抬头一看，果然，一道光环飞速被点亮，但是……亮得有点高啊？

不对，这好像不是第二层，这是……第七层？

一步……七层？

什么情况？

所有人目瞪口呆，下边六层的光环统统都没有亮起，路平这一步，直接就上到了第七层！

"怎么回事？"峡峰学院的院长大人巴力言失声叫道，一下子就从座位上站了起来，他的大肚子一挺，浑厚的魄之力不由自主地释放出来，直接把面前的那张桌子顶飞了。

"砰！"

桌子摔得四分五裂，魄之塔第十层的光环也在此时亮起。

一步七层，第二步就到了第十层！

许多一年级学生奋力也无法到达的高度，路平只用了一转眼的工夫，只用了两步。

再然后，第三步。

第十二层！

第十一层也被跳过了，这本是摘风学院之前由伯用取得的最好成绩，但是现在，在路平这里，竟然没有让他停留一下的资格。

"这……"巴力言总算没有一直惊讶失神下去，他的目光瞬间变得冷厉起来，扫了身旁的峡峰学院的导师一眼。

这位导师立即心领神会。

第十二层，他们有一点特别的安排，但是他们原本可没想着要用在一年级学生这里。对一年级学生而言，这种安排太过火，弄不好会出乱子。

但是院长已经示意了，而且这家伙看起来也不是普通的一年级学生。

发动吧！

导师正准备使用他的能力。

"轰!"

又一声巨响传来!

第十二层已破!一个人影已经站在了塔顶,拥有冲之魄境界的人都可以看清,是路平。

"轰轰轰轰轰!"

还没等任何人做出反应,魄之塔传来接连不断的轰响,每一层中都有尘土向四面飞扬,塔在倾斜,在下沉。

"快跑!"主考导师大叫。

魄之塔下聚集的监考导师和两院学生连忙四散躲避。

魄之塔塌了,片刻间成了一片废墟,荡起的浓浓尘埃升向蓝天,一个人影从中渐渐走出,越来越清晰。

是路平。

"这塔不及格。"路平说。

第 | 17 | 章

塔倒了怎么办

时间仿佛停止了。

监考台上的院长、导师们，四个年级考场附近维持考试纪律的监考人员，还有参加大考的一到四年级的学生，学院外以选拔人才为目的特意来观看大考的各方势力成员们……所有人都是一样的姿势，一动不动，只有眼珠在随着某个身影的移动而转动着。

一年级的大考，原本不会是大家关注的重点，二、三、四年级的大考才更能展现出学生的水平。但是眼下，一年级大考却把所有人的视线都吸引过去了。那些一开始没有关注的人一时间尚不明白到底发生了什么，他们把魄之塔的倒塌当作了重点，可当明白过来事情的原委后，立即和所有人一样，目瞪口呆地瞪着那个身影。

路平不慌不忙地走着。他的步子没有太快，也没有太慢，就像一个人极寻常地走在路上一样，然后回到了摘风学院的学生队伍中。

摘风学院的学生下意识地与路平拉开了距离，只是眼下大家的目光再不是嫌弃，而是像看到了什么可怕的东西似的，本能地闪避着。

路平神色如常，和三年来被大家鄙视唾弃时一样，还是那么平静。

学生们面面相觑，监考导师们也是大眼瞪小眼。主考导师手里拿着成绩表，却不知该如何下笔记录了。

登到塔顶，是满分一百分。

把整座魄之塔都弄塌了，这该怎么算分？

没有这样的先例啊，整个大陆都没有。

主考导师想了又想，实在没办法定夺，于是准备向两座学院的高层请示一下。

一看到他要离开，峡峰学院的一年级学生们立即慌了，纷纷围了上来。

"老师，我们的考试怎么办？"峡峰学院的学生们纷纷问着。

主考导师顿时更头大了。

对啊！这峡峰学院的学生还没考试呢，魄之塔却已经没有了。这魄之塔都是专门设计制造的，二、三、四年级的魄之塔让一年级学生来用绝对不合适，勉强使用的话还有可能有生命危险。

"大家稍等，我去问问……"主考导师也不敢给任何承诺，安抚了一下峡峰学院的学生们就匆匆离去了。

峡峰学院的学生此时哪里还像之前一样意气风发？路平到底有多厉害，他们暂时都顾不上了。现在重要的问题是，一年级的魄之塔没有了，这让他们怎么考试？在整个峡峰地区，这座塔都是唯一的。摘风学院要和峡峰学院一起大考，事实上最主要的原因就是摘风学院没有自己的魄之塔。

"大概会用别的方式吧？"

"我可从来没听说过还有什么魄之塔以外的考核方式，尤其是一年级学生，去像四年级学生那样试炼吗？怎么死都不知道啊！"

"总不能等着再修一座魄之塔吧？"

"那要等到什么时候啊？"

"这不是等于变相留级了吗？"

峡峰学院的一年级学生们七嘴八舌的，不管是感知到五种还是六种魄之力，甚至是突破到一重天境界的学生，此时都一脸忧色，不知道这魄之塔的倒塌是不是会对他们造成不好的影响。

摘风学院的学生看到峡峰学院这边如此惊惶，自然是大出了一口恶气。而对路平呢？他们的情绪转换并不如西凡那么艰难。毕竟西凡是处心积虑盯了路平近三年的人，原先的情绪有多稳固那还用说吗？至于这些一年级学生，他们当中不少人其实就只是听过路平的传言而已，根本没有什么直观的印象，只是人云亦云，此时一看到路平这么震撼的表现，以前的情绪很快就无影无踪了。

"太厉害了，你是怎么做到的？"终于，有学生凑上来和路平主动交流了。

"没什么。"路平说。

"你这么厉害，以前两次大考为什么会不过呢？"

"哦，因为我没去考。"路平说。

"为什么不去？"

"因为没必要啊……"路平说。

"那这次呢？"

"这次不考，我就要被开除了。"路平认真地解释。

这对话，一旁过来的莫林和西凡也都听到了。

"大实话！"莫林感叹道。

路平的实力，根本就凌驾在摘风学院的学生水准之上，最大的疑问应该是他为什么要来摘风学院，而不是为什么考试过不了或是没参加考试。

没必要，这个理由绝对真实，绝对可信。就连西凡都不得不点头表示认可。

"早知如此，何必要他考试呢！可惜了这塔啊，不少钱吧？"莫林说。

西凡沉默了片刻，终于还是说了一句："塔是峡峰学院的。"

"哦哦。"莫林一脸恍然大悟，"那还好，还好。"

严格来说一年级大考还没结束，西凡和莫林两个不允许太接近路平，只是在一旁看着。然后他们见到路平向着监考导师举了下手。

"什么事？"有一位监考导师过来问道。

"考完是不是可以离开了？"路平说。

"呃……"监考导师语塞，回头看了看那一地的废墟，尘埃都还没有散尽。这路平的最终成绩还没有录到记分册上啊，因为他们根本不知道这应该算多少分。

"还是稍等一下吧，等主考导师回来。"监考导师说。

"好吧！"路平只好继续等，目光向三年级大考考场那边扫了扫。但现在全场的重心其实都在他们一年级这边，不知有多少魄之力飘过来在路平身上感知着……

主考导师来到了监考台上的两位院长面前。

摘风学院的郭有道神色还是比较正常的，但峡峰学院的巴力言就不一样了，原本摆放在他身前的桌子被他肚子顶飞，摔碎了，目前还没有搬来新的。此时他瘫坐在座位上，眼睛瞪得溜圆，望着那变成废墟的魄之塔，嘴角不住地抽动着。

主考导师左右看了看，觉得还是先找郭有道说话比较合适。

"郭院长，路平的成绩，您看怎么给？我拿不准。"

郭有道微微一笑："那还用说，当然是满分。"

"好的。"主考导师没有提出任何异议。

原本打分是魄之塔的工作，他的职责只是记录。现在塔没了，自然是需要找有决定权的人打分，而他照旧负责记录就好。

路平满分。

得到这个答复后，主考导师再看看巴力言，似乎还是有点没缓过来，但他还是不得不硬着头皮上去问了一声。

"巴院长，这个……峡峰学院的一年级学生考试，接下来怎么安排？"

巴力言还在愣神，直至身边的导师唤了他两下，这才回过神来。他将主考导师刚刚的问题在脑中又过了一遍后，顿时更闹心了。

光顾着心疼魄之塔，他都把这一茬给忘了。他们峡峰学院的一年级学生还一个都没考呢，这可怎么安排？

"不如我来写封推荐信，就让他们去天照学院考吧？"郭有道建议道。

"不用！"巴力言果断拒绝。

他当然知道天照学院是距离他们峡峰区最近的志灵区的一座学院，听说天照学院院长和郭有道交情不浅，有郭有道一封推荐信，确实会省了不少麻烦。

但是巴力言可不想承郭有道这个情！

这家伙，想用这么一封推荐信就解决掉摘风学院的学生弄塌了魄之塔这事吗？没这么便宜的事！另找学院临时安排一下大考而已，他巴力言也不是没有这个人脉。

"安排一下这些学生，让他们去双极学院，我稍后会安排人打点这事。"巴力言吩咐着。

"好的。"主考导师不过是听命行事。

两座学院虽然在一起考，但是互不干涉对方学院的事务，主考导师当即依照两家各自的安排去处理了。

监考台上，巴力言可没觉得这事就这么完了。

"郭院长，这事，你看接下来怎么办呢？"巴力言开口道。

"哦？什么接下来？"郭有道说。

"别装糊涂！"巴力言这会儿正烦着呢，根本没耐心和郭有道兜圈子，也顾不上什么气度，"这魄之塔是被你们摘风学院学生给搞毁的，我不要求你负全责，但你多少也得给我点说法吧？"

"哦，难道要我赔你塔？"郭有道问。

巴力言当然很愿意，但也知道这要求有点痴心妄想。塔是摘风学院的学生弄坏的不假，但这种事大陆上史无前例，所以在摘风学院商量借用魄之塔的时候根本没有约定这方面的处理办法，现在哪里扯得清楚？

"赔塔就算了，这种事谁也想不到。你把弄坏塔的那个学生给我留下吧！"巴力言说到"那个学生"的时候咬牙切齿，一副深仇大恨的模样。

"哦，路平。"郭有道笑了笑，很痛快地点头，"可以啊！"

"啊？"巴力言一愣。在这个问题上，他还在思考如何周旋呢，想不到郭有道毫不犹豫。

郭有道的这个痛快劲，别说巴力言，连摘风学院的导师们都吃惊不小。要是换了以前，有学院要路平，他们倒贴钱都愿意送走，但现在，瞎子都看得出路平非同小可，哪座学院还会把这样的人往外推？郭有道倒好，答应得毫不含糊。

"说话算话！"巴力言不敢多想，连忙说道。

"我说话算话，只是，学生自己愿不愿意，这事当然由不得我。"郭有道说。

"哦？"巴力言顿时又听出了几分意味。需要学生自己愿意，这话当然没错，但是郭有道的态度看起来相当自信，隐约透露出路平绝不会离开摘风学院的意思！

大考在继续

虽然心有疑虑，但是郭有道的话已经说到这份上，巴力言也实在没法再挑理了。大家毕竟是办学院的，有身份有地位，可不能像市井之徒一样耍无赖。

主考导师带着两位院长的决定回到了一年级考场。摘风学院这边，大考就算结束了，路平最终拿到了一百分的满分。峡峰学院这边也总算有了解决方案，但是需要跋山涉水赶往双极学院参加大考，这也不是值得多么高兴的事，峡峰学院的一年级学生们个个愁眉苦脸，这就去收拾行李准备上路。他们还想偷偷地给造成这一切的路平一点仇恨的目光，结果路平已经不见了。

得知大考通过后，路平立即就离开了。他绕了考场半圈，最终来到了三年级学生的大考场地。

"这里！"苏唐远远就看到了他，向他挥手。

路平也挥了一下，示意自己看到她了。但是考场有规定，参加大考的考生不得和场外人员接触，非考生和非监考人员也不许随意进入考场范围，路平只能站在考场外看着，于是两人进行了远距离的大声对话。

"那边怎么回事？"苏唐喊。

"塔塌了。"路平喊。

"你有没有事？"苏唐问。

"我没事。"路平答。

"那就好。"苏唐喊。

两人对话的音量，但凡有鸣之魄境界的人都听到了。峡峰学院的人那叫一个气愤啊！修一座魄之塔可是件很不容易的事，就这样塌了，心疼的不止巴力言一个人。但现在苏唐和路平的对话里是满满的"塔不要紧，人没事就好"的口气，听得他们分外不舒服。塔不是你们的，所以你们不心疼啊！

"你还要多久？"这时轮到路平喊话了。

"还早着呢，挺慢的，要不你先回去？"

"没事，我等你。"路平喊。

"那好，等我一起。"苏唐喊。

"你俩差不多得了啊！"监考导师中终于有一个看不过去的了。

考生和场外人员禁止接触，这接触本也应该包括对话。只是没有什么实质性影响的话，大家一般也就睁一只眼闭一只眼，就这样过去了。但这两人居然没完没了。

两人随即闭嘴。

苏唐又向路平用力地挥了挥手，示意他放心。路平点了点头，在考场外围随意找了个地方坐下了。

"她没问题的。"这时，莫林推着西凡到了路平旁边，西凡对路平说着。

西凡试着放下以往的情绪，和路平进行新的交流。

"当然。"路平说。

"三年级就有六重天境界，非常出色了。"西凡说。

“你三年级的时候呢？”莫林问，他显然是学院外“野生成长”的，并不太了解学院培养学生成长的进度。

“精之魄三重天。”西凡说的是自己最突出的那一项魄之力。通常来说，每个人都会精研某一项魄之力，其他能力为辅。

摘风学院的教学培养就是基于这种安排，一年级让学生感知并习惯魄之力的存在。二年级开始突破境界，在这一年中，找到自己感知修炼最顺畅、最拿手的魄之力。到了三年级，学生修炼的方向就有了明确的分支，课程开始有所选择，魄之力的修炼也将分清主次。四年级时，多在实践中磨炼魄之力，进一步提高主修的魄之力以及其他辅助的魄之力。

“三年级的境界平均来说都在多少？”莫林问。

“三重、四重吧！”西凡答道。

“那你有点逊啊！”莫林快言快语。

“因为摘风学院没有优秀的精之魄导师。”路平这时说了一句。

“哦哦，那你差不多等于自学成才？”莫林说。

“知夜老师给了我很大的帮助。”西凡说。

“帮你洗衣服吗？”莫林问。

西凡一愣，脸居然红了起来。

“不是吧？猜对了？这也能对？我胡说八道的啊！”莫林惊讶万分，他确实只是随口乱说。因为路平是强者，所以他相信路平的判断。西凡说有什么老师给他帮助，他立即觉得这只是客气话，随便就接了一句。哪知这一句还真是说对了。这位知夜老师就是有感于自己在精之魄上教不了西凡什么，所以经常帮西凡料理一些生活上的琐事，希望他能把更多时间用在感知和试炼上。洗衣服确实是其中一项，西凡多番推辞，但没成功，最后只能默默接受，结果现在莫林胡说八道，竟说中了。

“所以还是基本自学，现在居然达到了六重天，了不起。”莫林扯回正题赞扬西凡。

"或许吧！"西凡没谦虚，但也没完全接受这种说法，只是这样模棱两可地应了一声。

而后三人默默地看着三年级的大考。

方式和一年级一样，也是登上十二层的塔，一样的冲层计分方式。只是每一层给的时间更多，每一个学生需要花费的时间也更多，而且不合格率远比一年级的学生要高。

先进行的同样是摘风学院，目前有十四个结束了大考，当中就有四个没能到达第七层。他们当中有一个甚至是气之魄五重天，这在三年级中算是优秀的了，结果在第五层就被传送出塔了。可见在三年级的考试中，临场发挥变得更加重要了。

考试缓慢进行着，苏唐当初和路平一起入学，比开学时间晚了几天，学号自然落在所有人之后，此时按号排序，她也就成了最后一个。

塔里的状况，外面的人根本看不到，所以大考其实根本没有观看一说，有的只是等待，等待每一个学生最终考出的结果。

一年级的节奏很快，但到三年级这儿就变得十分漫长了。莫林看了一会儿就觉得无趣了，开始犯起困来，他先是坐在地上，然后干脆躺平了，再然后，他就睡着了。

大考继续。

二年级那边的节奏比三年级又要快上一些。摘风学院率先结束，表现得最好的人是突破到了第十一层，等同于一年级学生中伯用的表现。

这样的成绩让摘风学院的二年级学生显得十分谨慎低调。已经有了魄之力境界的他们，有了感知对手境界的能力，虽然不太准确，但也能大致判断出来，不会因为突破到了第十一层就有什么优越感。他们稍微对比了一下双方的实力，意识到峡峰学院似乎要更强一些。

果不其然，峡峰学院开始大考后，第四个学生就突破到了第十一层，打平了摘风学院的最好成绩，再之后，第七个突破到了第十二层，完成超越。再之后，第十一层、第十二层的成绩时不时就会出现一下。虽然一直没有能突破第十二层抵达塔顶取得满分的，但已经把摘风学院比下去了。而以往摘风学院取得优势，那都是靠极优秀的学生突破第十二层抵达搭顶。如此一来，峡峰学院达到第十一层、第十二层的成绩再多，也显然会黯然失色。

但是这一次，没有……

二年级的大考，顿时成了摘风学院学生的煎熬之旅，让峡峰学院一扫刚刚一年级大考时引来的郁闷。

摘风学院三年级这边情况也不乐观，突破到第十一层的倒是多了不少人，但是没有突破到更高层的优秀学生，显然还是会被峡峰学院的人数优势淹没。不过三年级学生没这么快就垂头丧气，因为他们当中有一个很值得期待的人。

苏唐。

三年级，她就达到了力之魄六重天的境界，远超同年级学生的水准，应该可以突破到塔顶，将峡峰学院比到黯然失色吧！

所有考完的三年级学生都将期待的目光投向了苏唐。

"到我了！"终于轮到苏唐了，她先回头冲这边的路平喊了一声。

"喂！"监考导师立即出来打断了她，禁止她与路平又嚷嚷地聊起来。

苏唐吐了吐舌头，朝路平挥了挥手，然后向着魄之塔走去。塔门同样是按手印打开，苏唐不费吹灰之力就打开了，然后，第一层、第二层、第三层……

她冲层的速度明显要比其他人快上许多，如此一来，摘风学院的学生们越发期待了。

峡峰学院的学生一开始还不以为意，直至苏唐势如破竹地冲到第十二层时，他们的神色变了。

这……好像是要突破到塔顶的样子，峡峰学院这边的学生有能与之抗衡的吗？

"放心，有我。"好像是感受到了所有人的担忧，峡峰学院当中一个学生自信满满地说着。他被众人环绕，一身装束也与众不同，极显身份。

"气之魄……六重天。"西凡感知到了这人的境界，但是就在他感知这个学生境界的过程中，他那六重天的精之魄突然察觉到了一丝异样，似乎有一道魄之力在不间断地指引着这边，牵动的是魄之塔……第十二层？

"好像有什么不对？"西凡脱口而出。

"啊？什么？"莫林一个骨碌翻起身，望向身边的西凡，很快就又有了另一个疑惑。

"路平人呢？"莫林问。

第|19|章

平安的平

路平不见了。

要不是莫林说起，西凡到现在都没有察觉。就算他的鸣之魄没有境界，但路平原本就在他身边不过一米，他居然毫无知觉。

"去哪儿了？"莫林东张西望。

西凡不知道，但是他有一种预感。刚刚感知到的那道魄之力，难道是路平的？

"对了，你刚刚说什么不对？"莫林问道。

不，不是路平！西凡很快肯定，虽然那道魄之力此时他已经察觉不到，但他方才那一瞬间察觉到的魄之力绝对来自另一个方向。

"有一道魄之力……"西凡对莫林说着，他的目光则转向了他所判断的方向。那边，只有监考台上坐着的两院导师，还有院长。

是什么不对，西凡也无法更准确地描述给莫林听，他只是觉得，路平的离开，或许和这有关。

三年级魄之塔的第十二层上，苏唐凭借自己六重天的力之魄一路顺畅地冲到了这一层。

正如西凡所说，三年级，魄之力在三重天、四重天境界的居多，五重天境界的算优秀，六重天那就是相当突出的才能了，足以在这三年级的魄之塔冲顶中取得碾压级的优势。若说难度所在，就只有这第十二层。

第十二层不再是靠境界碾压来通过，在这一层，对魄之力的运用能力将起到至关重要的作用。西凡三年级大考时能突破第十二层，靠的就不是境界，因为他当时最高的精之魄不过四重天，这意味着，别说是第十二层，就连第九层以上都不是靠境界就可以支撑过去的。他靠的就是对魄之力的运用，不仅仅是精之魄，还有所掌握的其他一切魄之力。

苏唐，境界上比西凡更具优势，运用上也显露了一定的才能，摘风学院上下对她如此期待不是没有缘由的。

果然，她没有让大家失望。

在和把守在第十二层的这头像是狮子的幻兽周旋了数个来回后，她终于摸清了这幻兽的攻击方式和套路，以三重天的冲之魄无比精准地捕捉着幻兽的动作。

"呵！"最后一声轻喝，苏唐右手疾出，正面扑来的幻兽被她准确地按住了头颅。她的左手飞快地跟上，双臂猛然一起向下用力。

幻兽咆哮起来，却无法和这突然爆发出的六重天力之魄的力道相抗衡，脑袋重重地撞向了地面，砸出了一个大坑。它的后半身因抵挡不了这急扑的惯性，翘向了半空。

"轰！"

幻兽倒翻在地，头颅奄拉在那坑中，停止了挣扎。

苏唐松开了手，小心翼翼地退后了两步。这幻兽确实有些不好对付，她的呼吸变得有一些沉重，但她没有马上放松警惕，依旧紧密注视着瘫倒在地的幻兽，直至幻兽彻底消失，她才真正放松下来。

"呼。"苏唐长出一口气，一边检查着左肩在之前周旋中受的一点皮肉伤，一边就要向塔顶走去。

忽然一道劲风袭来！

还没完！

苏唐极其机警，身子向右一跃，便避过了这记攻击，再向身后看去，幻兽确实消失了，这次出现的是一个人，看起来和幻兽一样，也是魄之力所凝聚的，方才一击不中，此时好像显得有些惊讶与迟疑。

不好对付！

苏唐立即有了判断。那头幻兽虽然凶猛，但只是无所畏惧地执行着攻击命令，而这次出现的幻象，竟然会在一击不中后有情绪流露。这样的对手，比那头只是机械进行攻击的幻兽要难缠得多。

果然这第十二层的难度要比下边的大很多啊！苏唐有些遗憾地想着。

击倒幻兽，她已经有些疲惫了，她不确信自己能再击败一个比那幻兽还要强大的对手。

但是，她总不能就这样退缩吧！

苏唐迅速恢复镇定，调动起她的冲之魄、鸣之魄，紧密关注着对方的一举一动。

对手消失了。

苏唐惊讶极了，她已经盯得足够紧了，疲惫也没有降低她的注意力。但是，以她三重天的冲之魄，却没有看到对手有任何一点动作。

对手就这样凭空消失了。

她那188度的全视角内完全没有对手的踪迹。

身后，只能是身后！

虽然三重天的鸣之魄没有听到任何声音，但是苏唐已经做出了这样的判断。

她转身，扫腿！

苏唐的反应和动作都已经足够快了，但面对这个对手还是不够。对手出现在她身后，并且抓住了她扫来的这一腿。

亮着光的幻象露出了一抹微笑，甩手就要把苏唐扔出去。

但是，他的力道不够！

他指尖传来的，是六重天力之魄带来的强大阻力，这女孩实力之强在他的意料之外。

"你是谁？"他听到苏唐在对他说话，因为他那一抹微笑，让苏唐觉得很不自然。

之前那貌似惊讶、迟疑的情绪，可以理解为幻象在对接下来要做的攻击进行盘算、思考，是更高级更复杂的幻兽的举止。但是这一抹微笑又是怎么回事？由塔凝聚的魄之力产生的幻象居然还带这种真实人类的情绪？

苏唐立即觉得不对了！

她意识到，这幻象可能不是由塔控制，而是由某个人控制的，再或者，这可能干脆就是某个人。

幻象没有回答，他已经意识到自己一时大意露出了破绽。这是因为，他从一开始就没有这方面的戒备。他甚至以为自己都不用露出正面，以最初那一记偷袭就可以结束这次考试。

他没想到的是偷袭不中，更没想到苏唐会有这么快的反应，躲避的同时又攻击身后，也没想到自己一甩手居然没能将苏唐丢出去。

他不想再有这样的意外发生，他决定加快行事节奏。

此时他在神游状态下，若是比蛮力，他并不能占到便宜，于是他决定不去和苏唐较劲。他已经准备放开抓住苏唐的手了。

但是这一次较劲，苏唐找到了自己的优势在哪里。

力量！

她的力量，是这个身法诡异的幻象无法轻易抗衡的。

于是她左脚蹬地，发力，发全力！

她那被抓住的右腿猛然向前甩出，幻象原本抓着，她还算受到点阻力，但这一瞬他正想着要放开，不料她这一脚竟如此强硬地直接踹了过来。

　　双方的距离本就没多远，这一脚结结实实地踏到了幻象的胸膛，踢得他身体一通扭曲。

　　看起来确实只是一个幻象，但是这幻象和之前的幻兽不同，幻兽被击中时可没这样扭曲过。

　　到底是什么？

　　不管了，先打再说！

　　苏唐没有错过难得的优势，身子无比快速地跟上前去，挥拳、出腿！

　　格斗的技巧自然是最容易发挥出力之魄的能力的。幻象在连续的击打中竟然一直就没从扭曲中恢复过来，一直都是这么一副半成品的模样。

　　好像这样的话，他就没办法再做什么了？苏唐如此推断着，顿时攻击招式变得更紧更密了。

　　幻象在心中暗暗叫苦。

　　他确实不是魄之塔所生成的幻象。其实，在苏唐击败幻兽过后，苏唐就已经能通过十二层的考试了。

　　他是峡峰学院的导师——元夷，一位精之魄的贯通者。此时他就坐在峡峰学院院长巴力言的身边，出现在第十二层塔中的幻象，是他精之魄贯通后的四级能力——神游。

　　幻象完全由他来控制，峡峰学院准备用这样的方式阻挠摘风学院的学生突破魄之塔的第十二层。他原以为一记偷袭就可以完成使命，却没料到会纠缠到现在，眼下他更是落了下风。

　　不妙，太不妙！

这样下去，别说是阻挠，他自己甚至会因为神游幻象被摧毁而受到伤害。

管不了那么多了！

元夷本来也不想伤到摘风学院的学生，只想破坏对方的成绩。但是现在，他阻止不了对方突破第十二层不说，自己还要受到伤害，实在也顾不上手下留情了。

四级能力神游，可不只是这样的实力。

元夷汇聚精神，精之魄力被他源源不断地引导着，开始全力施展神游。

魄之塔第十二层上，苏唐挥出一拳，顿时打空了。已经被她揍得快没了形状的幻象突然消失了。

精之魄不是苏唐所擅长的，她在二年级勉强突破到了一重天后，就没有再花太多精力了。不过，仅凭这一重天的境界，她也感受到了身后浓郁的精之魄力，随着危险一起来临。

她转身，攻击！

苏唐的反应和身手依旧是那么快，但是这一次，对方更快！

被她打到几乎破碎的精之魄力重新恢复成了人形，甚至比之前还要清晰一些，但没等苏唐看清些什么，幻象一击即中……

苏唐体内所聚集并施展出的力之魄力瞬间涣散，她失去了力道，甚至失去了意识，被对手攻击释放的魄之力肆意伤害着。

还不如早这样出手呢！一击结束了战斗的元夷心下想着，他正要结束神游，忽然觉得身后有异样。

幻象下意识地转身，然而喉咙已经被一只手锁住了。

什么人？

元夷惊讶极了，对方根本没打算和他做什么交流，毫无征兆的澎湃力量在他无法察觉的微末时间中汹涌而来，没给他任何反应的时机，他连对方是谁都没来得及看清。

"轰轰轰轰！"

又是一阵巨响。

这样的巨响，今天已经不是第一次出现了。

全场的目光再一次聚集起来，所有人都目瞪口呆地看着巨响的来源。这三年级的魄之塔好像……也是要塌了吧？

"快跑！"塔下的监考导师大声喊着，所有人连忙散开了。

相比一年级的魄之塔，这三年级的魄之塔倒塌得更突然，更没征兆。忽然间的巨响之后，整座塔就崩塌了。

"搞什么？"所有人都呆住了。

一年级的魄之塔被搞塌，三年级的魄之塔也被搞塌，能不能有点新意啊？

摘风学院的人想笑，峡峰学院的人想哭，巴力言院长这次顾不上发作，因为在魄之塔倒塌的一瞬间，他身边的元夷突然发出一声闷哼，一口鲜血喷出了足足三米。

倒塌的废墟中，身影逐渐显现。

男孩背着女孩，从废墟中一步一步坚定地走出，仿佛那年的雪原上，他背着那小女孩。

他叫路平，平安的平。

第 20 章

一路向前

一步一步，路平背着苏唐向前走着，没有左顾右盼，没有停留，他眼睛所盯着的一直就只有一个方向。

所有人都愣了好久才回过神来。

"怎么回事？"

"苏唐怎么了？"

"路平怎么出现在这儿了？"

摘风学院的学生疑惑得很。他们原本在开心，在笑，因为他们一直以为是苏唐太厉害，直接把魄之塔搞塌了。虽然是个重复发生的状况，但他们依然觉得十分痛快，兴高采烈地欣赏着峡峰学院三年级学生们的表情。

然而转眼间，从废墟中走出的，竟然是背着苏唐的路平。

事情好像并不像他们想的那样。他们想上去问问，可看到路平的模样，没有一个人敢走上前去。

摘风学院的人没动，峡峰学院的学生却按捺不住了。

"怎么回事啊？这是怎么回事啊？"

"这小子是谁？怎么跑到魄之塔里去了？"他们知道一年级的魄之塔被摘风学院的一个留级生弄塌了，却不认得那个人就是眼前的路平。

"这是什么情况？是作弊吗？"峡峰学院的学生们嚷嚷着。这个怀疑当然很合理，魄之塔里出现了两个人，这很不符合考试规则。于是他们当中有人直接跳了出来，蛮横地拦到了路平身前，身后还有一帮簇拥者。

出头的，正是那个气之魄六重天的少年。

"喂，说你们呢，怎么回事啊？"少年冲着路平喊道。

"让开。"路平的目光并没有在少年身上停留，也完全没有在拦路的其他人身上停留，他的目光依旧和之前一样，直指一个方向。

"你这家伙，很嚣张啊？"少年怒了，迈步上前，双手朝着路平身上推去。

他很自信，因为他是一个气之魄六重天的感知者，有能力冲上塔顶的存在。而眼前这家伙呢？从他身上少年根本感知不到任何魄之力。

少年毫不犹豫地出手了。

路平没有停下脚步，依然向前走着，少年凑上来推他的动作妨碍到了他走下一步，于是他也毫不留情地伸手推向少年。

看起来，这只是很寻常的推搡，但之后或许会发生一番争斗，所以监考导师们迅速赶了过来。

但是紧跟着，少年飞了出去。

只是很平常的一推，谁也没有看到路平如何发力，但少年像是被什么东西猛然撞击到了一般，倒飞出去，在空中飞了足足二十米，而后落地，接连翻了四个跟头，又贴地滑出去六米。

一切就发生在这么一瞬间。监考导师们要来阻止，但还没有所动作，少年就飞出去了。原本是面对面的两人，转眼就已经相距近三十米。

路平的脚步没有停，目光也没有动，还是那样继续向前走着。

在少年刚飞出去的时候，那些跟在少年身后的峡峰学院的学生本来还在大呼小叫，可路平继续这样笔直走过来后，他们不由自主地闪到了两旁，呼喊叫骂声也越来越低了。

路平就这样从人群中穿过，就这样笔直地走着，不断地接近那少年。

"不好！"监考导师们加快了冲上来的速度。

考场范围外，只被允许旁观而不允许进入考场的非学院人员中，也有两人不顾学院规定连忙冲进了考场范围。学院维护秩序的人员想要上前阻拦，但看到这两人衣服上两座山峰图案的徽章后，就默默地不再阻止二人了。

峡峰徽章，是峡峰城城主的家徽，被路平推飞的少年正是来自城主家，峡峰城现任城主卫仲的独子，卫天启。

但第一个到达卫天启身边的，还是路平。

卫天启已经完全茫然了，从地上坐起来后，他就一直在发愣，直至路平的身影出现在了他面前。

卫天启惊慌失措，连滚带爬地向后闪避着。监考导师高喊着"住手"，城主家的两名护卫更是焦急地取出了武器，其中一人端起手中的杀魄弩就要朝路平射去。

但是路平谁也没有理会。

包括地上的卫天启，路平也看都没有看一眼，他还是那样一步一步地向前走，从卫天启身边走过去，继续向前。

护卫放下了端起的杀魄弩，每一个冲向那里的人都松了一口气，放慢了脚步。

他这是要去哪儿？

所有人都在看着，也只是看着。监考人员原本打算问个究竟的，但眼下又都犹豫了，一个个面面相觑，没有人再上前。当然，机灵一点的都跑去扶起卫天启表示关怀了。

"骨碌碌……"

车轮滚地的声音，打破所有人目瞪口呆时的短暂宁静。莫林表现出与所有人大相径庭的兴奋，推着西凡猛追路平。

看到路平背着苏唐走出来时，西凡就猜到了七八分。

那一道精之魄力，虽然他还不清楚是谁发出的，但现在看来，应该是针对苏唐做的手脚。他仅仅是察觉，但路平显然判断得比他更清楚，而且在那时候就赶去魄之塔了。至于路平怎么进的魄之塔，又怎么上的第十二层，谁也没看到。总之最后，魄之塔塌了，苏唐看起来还处在晕迷中，果然还是中了对方的暗算。

是峡峰学院想阻止摘风学院的学生冲上塔顶？

西凡不清楚是不是有人与苏唐有私人恩怨，所以还不太敢确定是不是峡峰学院搞的鬼。他也想知道究竟，于是莫林推着他的轮椅狂奔，颠得他伤口似乎都要裂开了，他咬着牙，愣是没吭声。

最后先掉链子的是莫林，开始他推得还挺快挺猛，但没跑多远就开始气喘，然后越来越慢，好在路平走的也没多快，两人到底还是跟上了。

路平的目标，正是监考台。

随着距离的不断接近，他的目光所指，似乎也越来越清晰。

巴力言身边的元夷。

他刚口喷鲜血，弄得峡峰学院这边手忙脚乱，也不知道是先顾他，还是先弄清楚那边魄之塔塌了是怎么回事。只有巴力言猜出了事情的大概，脸色变得越发难看了。然后所有人就看到路平背着苏唐，笔直地朝着这边走来。没用多久，他就走到监考台前了。

“你要做什么？”

峡峰学院力之魄的贯通者毕格拦在了来意不明的路平身前。

“让开。”路平依旧只说了这两个字。

毕格没有动。

他看到了路平抬手就能把卫天启推飞近三十米，知道这个学生不简单。但是，作为一个贯通者，而且不同于其他导师，他不认为自己有理由畏惧眼前这个少年。

毕竟，他是在战场上厮杀过的有真正实战经验的贯通者。

他没有动，也没有说话，只是拦在路平身前，他想看看路平要怎么做。

路平只是继续向前走，尽管他的目光被毕格魁梧的身躯挡住了，但是他的眼神没有变。他所注视着的，依然是他最初关注的方向。他注视着目标，使得拦在他身前的毕格好像直接被他的目光穿透了一般。

这是无视的眼神。

这眼神让毕格有些愤怒。

他原本不打算主动出手的，但是现在，他改变主意了。

他决定让这少年吃吃苦头，谁也别想阻止他，他谁的面子也不会给。

"给我站……"毕格一边厉喝，一边出手。

因为路平背着苏唐终于走近了他，下一步，他再不让开的话，路平就没有办法迈出去。

于是路平伸手，将他向一旁推去。

但是毕格只厉喝出了三个字，手也只抓出一半，路平就已经推向了他，然后他就飞了出去。

二十米距离的平飞，落地后又翻了四个跟头，还有之后的六米贴地平滑。

他的待遇和卫天启的一模一样，这好像就是路平给拦路者设下的统一警告，谁也不会不吃亏，谁也别想占便宜。

然后路平继续向前走，背着苏唐，踩在元夷留下的血迹上，望着桌子后边脸色苍白的元夷。

"你想干什么？"路平问道，他的表情很认真。

第 21 章

力不能停

万籁俱寂。

监考台上，两院导师坐了整整一排，个个都达到了贯通境界，此时竟然没有一个人说话。

不只是峡峰学院的导师们在惊诧，摘风学院的老师也一样，他们甚至比峡峰学院的老师还要惊讶。

这可是他们眼中最差劲的学生，没有之一。

然而现在……

依然没有人感知到路平的魄之力，但所有人都见证了路平的强大。毕格，峡峰学院的实战强者之一，只一个照面，都没有来得及交手，就被路平推飞了。

二十米平飞，四个跟头外加六米贴地平滑，和气之魄六重天境界的卫天启一模一样的待遇。这是不是意味着，毕格这个力之魄的贯通者，在路平面前和一个六重天的感知者根本没什么区别？

所有人都沉默了。

路平根本就没有理会任何人的反应，包括巴力言，这个说起来应该算是全场最有话语权的人，路平也连看都没有看一眼。

他只是盯着眼前脸色苍白，嘴角的血迹还没有擦干净的元夷。

原本在一旁查看元夷伤势的峡峰学院医师，在这样的注视下也变得手足无措起来，不知道该不该继续。

元夷已是处于半昏迷状态了，努力抬着眼皮，看着眼前逼问他的少年。

魄之塔第十二层上，他根本还没来得及看清对方的面孔就一败涂地，但是他记得那一瞬间的感觉，和眼下所受到的压迫完全一样。

元夷微微张了张嘴，似乎想要说点什么，但刚要发声，喉头一热。

"哇！"

元夷嘴里再次喷出鲜血，但这次不像之前那样喷得很远，只是淋在了身前的桌上。

不少人惊叫出声，在他左右两旁的人，包括峡峰学院院长巴力言也都下意识地躲避，路平却没有动，任由血珠溅到身上。

"别欺人太甚！"一声暴喝传来。

毕格被路平单手推飞后，本也惊惧交加，也在犹疑，可看到路平这咄咄逼人的架势，看到元夷再次吐血，一股热血上涌，让他豪气倍增。他猛然从地上蹿起，近三十米的距离，他杀气腾腾地冲过，贯通境界的力之魄力已被他催发到了顶点。

力之魄，所包含的并不只是力量。

速度、耐力、灵敏、柔韧……这所有的人体机能都是通过对力之魄的感知、修炼来提高的。

箭步冲来的毕格，飞身跃起，一脚踩在元夷吐出的血染红的桌面上。

"哗！"

桌子在这一脚的力道下碎裂，毕格的拳头已然挥出。

力之魄，毫无疑问是六大魄之力中最具破坏性的，是战斗搏杀中不可缺少的手段。力之魄的贯通者所掌握的能力，最常见的就是各种增强破坏力的杀招武技。

毕格所练就的就是这样的能力，在昔日战场上它曾一次又一次帮他杀敌保命，但自从来到峡峰学院，他就再也没有使用过。

因为没有必要。

宁静的学院，并不需要如此凌厉的杀人武技。

但是这一次，毕格没有保留。

并不仅仅是因为他从路平身上感受到了屈辱，更重要的是，他在路平身上感受到了威胁。

战场上磨炼出的习惯和直觉，让他在面对威胁的时候从来都不会有一丝心慈手软。即便现在身处学院，可这种从尸山血海中汲取到的经验可不是那么轻易就会被舍弃的。

四级能力，连力拳！

普通的名字，不普通的威力。

四级的评定，就是最好的证明。

当毕格一拳挥出时，那连绵不绝涌出的力道就连他自己也无法使之再停下来。当年在战场时，这一拳的力道曾将三人一击毙命，重伤四人。而这一次，这所有力道，冲向的只有一人。

连力拳，拳出，力不能停，这是一个有进无退的杀招，所爆发出的破坏力远在元夷神游所制造的幻象之上。

虽然大家同是贯通者，同样是四级能力，但在搏杀方面，力之魄的破坏力，终究是占据统治地位的。

但是路平依旧不退却，他依旧背着苏唐，当毕格的拳头挥来时，他迎了上来。看起来，桌子被踩垮之后，倒是给了他活动的空间。可他没有闪避。

而毕格此时的力也不能停，就算他有心留力也无可能。

拳头挥下，力之魄力涌出。

路平的拳头也在此时挥出。

拳对拳，力对力。

"轰！"

巨响传来。

这是远比两座魄之塔倒塌加在一起还要剧烈的轰然巨响。

澎湃无比的魄之力碰撞着，从两拳相撞的中心形成一股肉眼可见的气流，迅速掀起，迅速扩散。

路平没有魄之力？

不！

在这一刻，所有人都清晰地感知到了，这是魄之力，从路平的拳头所涌出的，和毕格的连力拳碰撞的，确实是魄之力。

但是，这是何种魄之力？所有人一时间都没有办法分辨。

两道魄之力碰撞所产生的冲击力，让他们不得不用各自的魄之力抵挡一下。

连力拳，力不能停！

汹涌的魄之力，自毕格的拳头继续疯狂地向外涌着。

但是，毕格的神色已变。

他的魄之力只是没有停而已，对方的魄之力却在变得越来越强。两人拳头相抵时，因魄之力聚集会产生光团，可对方的光团正变得越来越大，渐渐就要将他的光团吞噬了……

这是什么境界的魄之力啊？

毕格的脸上已经浮起畏惧的神色，但是他……力不能停。

"轰！"

又一声巨响传来。

这次不再是碰撞，而是毕格拳端的魄之力被彻底击溃，那数倍于他拳端魄之力的光团正向他吞噬过来。

要死了……

尸山血海中练就的直觉，告诉了他这一信息。

毕格并不十分畏惧死亡，他只是有些无法相信。

这是什么力量？

这是什么人？

"叮当，叮当……"

就在这时，毕格突然听到如此响声，有些刺耳，但在这魄之力疯狂的碰撞中极为清晰。

听到的不光是他一人。

有的人不只是听到了这声音，还看到了不可思议的场景。

背着苏唐的路平，他的双手好像挂着锁链，在魄之力凝聚的庞大光团的照耀下，时而模糊，时而清晰。

"那是什么？"不少人忍不住互相问着，之前他们可没有看到这锁链，眼下却突然出现了，这是什么能力吗？

没有人知道。

峡峰学院的巴力言的境界比其他导师都要高一些，他的见识也远在一般人之上，当看到那若隐若现的锁链时，他神色全变了，绝对是来到这里后变得最厉害的一次。他甚至情不自禁地向后退开了几步，像是要远远地避开什么。

他满是震惊的目光四下扫着，似乎是想要找到一个认可，最终，他看到了郭有道，看到了郭有道并不像所有人那样惊讶，而且正在望着自己。

"这是……"巴力言艰难地开口。

“是的。”郭有道点了点头。

“销魂锁魄……”巴力言深深地吸了一口气。

澎湃的魄之力此时忽然消失。路平依然背着苏唐站在那儿，手上也没有什么锁链，而毕格，从半空中落下，正撞到了元夷身上，两个人一起摔翻在地。

第 22 章

天醒者

销魂锁魄。

如果说之前巴力言还一直保持着院长大人的镇定，那么在念出这四个字以后，他脸上的神情终于也和其他人保持了一致，被畏惧取代。

他看看郭有道，又看看路平。

魄之力已经消失，消失得特别彻底，特别干净。

路平和毕格的交手，事实上也就是一瞬的事，两人所完成的，不过是一拳的对轰。

毕格倒下去了，甚至还撞翻了元夷，但这时所有人竟然都忘了关心这二位，都只是望着路平。

之前还在查看元夷状况的峡峰学院医师，在二人交手的时候直接被吓得坐倒在地。

路平的神情已经恢复了平静，苏唐恰巧醒了过来。

趴在路平背上的她，此时也算是被所有人注视着，但她没觉得有什么不自然。她看了看眼前倒在地上不知生死的二人，望了望那个坐在地上吓得直哆嗦的医师，还有周围所有带有防备和畏惧眼神的其他人，开口说出的第一句话是："我多少分？"

"不知道，塔又塌了。"路平马上回答了她。

然后，两人的目光一齐指向了郭有道，毕竟，他可能是所有人中唯一一个神情自若的。但这绝不是两人看他的关键，关键是苏唐的分数他最有话语权。

"满分。"郭有道笑了笑，给出了分数。

"太好了。"苏唐表示由衷的高兴。

"厉害。"路平也赞叹了一下，然后问道，"那我们可以回去了吗？"

"可以。"郭有道点了点头。

于是路平转身离开，依然是这样背着苏唐。

现场一片安静，谁都没有说话，然后……

"骨碌碌……"

打破安静的又是轮子转动时磨地的声音，莫林推着轮椅，连忙跟上了那二人，渐行渐远，留给所有人四个看起来有些奇怪的背影。

监考台上的人都面面相觑，保持着这份安静。

"啊……"忽然有人叫了一声。

所有人听到声音扭头，看到是毕格恢复了意识，略微一动，感觉到了疼痛，不由得叫出了声。

大家这才意识到这儿还躺着不知伤势如何的两个人，有人连忙围了上去，就在二人身边的医师也连忙上前查看二人的情况。

"骨折……"他抬起毕格耷拉的右臂看了看后说。但是紧接着，他又觉得这个描述并不准确。

"确切地说……是骨碎，快些送去医疗。"他的话表明毕格右臂的伤势已经不是他能解决得了的，接着他又飞快地感知了毕格的其他状况，神色放轻松了不少，"其他没什么问题。"

所有人都跟着松了一口气。

方才那超强的魄之力释放出来，大家都以为毕格死定了。最后他竟然只伤了一只手臂，大家又下意识地觉得他简直赚大了。

毕格也是硬汉一条，自己扶着伤臂，忍痛站起了身，和所有人一道，望向那些背影。

医师接着检查元夷的伤势。

首先，他确认了元夷也还活着，连忙把这个好消息告诉了大家。再细细检查了一下，他的神情再没有轻松下来。

"怎么样？"看到他迟迟不说话，有人凑上来问道。

医师抬起了头，可是在围观的人群里并没有找到院长巴力言。

"可能……废了……"医师犹豫着说道，似乎还不太敢确认。

"废了是什么意思？"周围的人问。

"性命没大碍，但是精之魄非常紊乱，也很微弱……"医师说。

所有人沉默了。

元夷是一个精之魄的贯通者，这境界被摧毁的话，确实是废了。

医师安排着人将毕格和元夷送去进一步检查和治疗，然后努力搜寻着院长的身影，最后，他看到巴力言竟然和郭有道在一起，好像是在避开所有人，小声谈论着什么。

"销魂锁魄？你确定？"巴力言还在和郭有道讨论这个问题。

"我确定。"郭有道说。

巴力言倒吸凉气，没完没了的。

"谁会用这种手段对付一个孩子？难道他是……"巴力言想到了又一种可能，比起这个可能来说，销魂锁魄这种由六级能力加六级道具施展出来的强大禁锢手法也就变得没那么可怕了。

"天醒者。"郭有道说出了巴力言想到的那种可能。

巴力言又在倒吸凉气了。

天生可以感知到魄之力的，被称为觉醒者，这种人，已经被称为万中无一的存在。无论是摘风学院还是峡峰学院，目前都没有这种学生。这种人，在意识到自己的才能和价值后，也不会满足寄身于摘风学院或是峡峰学院这种名不见经传的地方。更何况，有这种天赋的，很多都出身于优秀血脉的家族。

但是在觉醒者之上，还有一种更有天赋的存在，据说亿万人中也未必会有一个。即便是有这种人，大家也仅仅当作一种传说，甚至有人认为这不过是无聊人士杜撰出来的。毕竟有了这种天赋，那肯定极其不凡，可大陆中名声显赫的觉醒者很多，什么时候听说过有天醒者？

天醒者，天生的魄之力贯通者。

传说中是这样的。

"怎么可能！"巴力言倒吸完凉气后又笑了，"那不过是胡编的，哪有什么天醒者，我看这也就是一个天赋出众的觉醒少年，达到贯通境界以后被人锁魄了吧！"

"或许吧……"郭有道说着，目光所注视着的背影已经渐行渐远，慢慢消失不见了。

"但是……被销魂锁魄了，怎么还能放出这么强大的魄之力？"巴力言又疑惑。

"我知道的并不比你多多少。"郭有道说道。

"别忘了，这个学生你答应过要放给我的。"巴力言忽然又提起这一茬。

"如果他愿意。"郭有道还是这话。

巴力言随即也就不多说什么了，赶紧去看他那两位导师，还有倒塌的魄之塔，以及处理三年级未完成的考试……一堆足以让他头脑发晕的烂事还在等着他。

郭有道也回到了他的位置上。

大考还没结束，但是现在完全没有人关注学生的成绩了，所有人的心思都还在那个背着苏唐离开的路平身上。

"院长，天醒者？"摘风学院这边有导师听到了郭有道和巴力言的对话，凑上来问着。

天醒者，他们有的人听说过这个说法，有的则没有，但是听说过的，也只把这当作是一个玩笑。毕竟，这样的所谓天醒者从来没有真实存在过，虚构的可能性实在太大。

"天醒者……"郭有道望着考场上那些还在努力的学生，"就是无论你怎样努力，无论你如何挥洒汗水，到最后可能都望尘莫及的存在。"

"但是，这只是虚构的，不是吗？"有人说道。

"或许吧……"郭有道淡淡地回应着。

第 23 章
六魄贯通

"骨碌碌……"

莫林推着西凡，走在背着苏唐的路平一旁，在沉默了很久后，终于按捺不住了。

"我说，不要一直扮酷啊，说点什么吧。"莫林说。

"嗯？"路平看了他一眼。

"苏唐没事了吧？"莫林开始找话题。

"还好，我觉得没什么问题。"苏唐自己回答了他。

"不能大意，快下来，让我帮你看看。"莫林严肃地说。

"你是不是走不动了？"苏唐笑。背着她的路平没见有多疲惫，推轮椅的莫林倒是已经气喘吁吁了。

"这只是原因之一。放她下来吧！"莫林对路平说道。

"你会看？"路平的目光中充满了质疑。

"会用毒的人，通常也懂一些医术，这个道理你不懂吗？"莫林说。

"但你的毒很一般啊！"路平还是表示不太信任，但苏唐已经被他放到路边的一棵大树下，他扶着她背靠树坐稳。

"那是你太强，好吗？你知道吗……"莫林对西凡讲述了他对路平下手三次却都没有得手的惨痛经历，试图博取同情，但是最后，只等来西凡不以为意地说了一句："三次而已。"

是的。他当然有理由不以为意。虽然他的目的不是杀死路平，但是针对路平使手段，他可是折腾了三年，折腾了不知道多少次。三次没得手，也有资格在他面前诉苦？西凡向莫林传达的正是这一信息。

莫林的脸黑黑的，不再理会西凡，蹲到了苏唐面前。

"手给我。"莫林说道。他接过苏唐伸来的右手，搭到了她的脉上。

"你搭脉啊？"路平说，"能搭出来吗？"

"对啊，你没有力之魄啊，触觉应该很差吧？"西凡说。

"你们俩吵死了！"莫林气极了，"我枢之魄六重天，难道我就应该上去拿舌头舔她的脉吗？"

"呵呵。"苏唐笑着，左手随意从身旁捞起一块拳头大的石头，一用力。

"噗！"

石头直接被她握成了末，粉尘四散。

"这么精神，肯定是没事了。"莫林脉也不搭了，直接把苏唐的右手扔开。

"但身子还是提不起劲。"苏唐说。

"多休息，多喝水。"莫林说。

所有人脸上怀疑的神色更重了。

"还是回去找林竹老师看吧！"路平将苏唐重新背起。

林竹是摘风学院的医师。

"不信算了。"莫林也没太在意，主要是这么停下歇了一会儿后，他觉得又可以推西凡走一大截路了。

这时却是西凡主动开口说了话。

"你手上的锁链呢？"西凡说道。没有绕弯子，没有废话，直接发问。

"一直在，平时看不到而已。"路平说。

"能摸到吗？"莫林伸手试探，哪里有什么隐形的锁链！

"这东西封住了你的魄之力？"西凡推断。

"是的。"路平证实道。

"可是你明明还是可以使用，对吧？"莫林问。

"我用了很长时间，才可以稍微冲破一下它的禁锢。"路平说。

"只是稍微吗？"西凡和莫林面面相觑，这都只是稍微，那如果完全没有这禁锢的话，这家伙要强成什么样？

"什么时候可以完全解除它？"莫林问。

"不知道。"

"谁给你戴上的这玩意儿……呃，如果是戴上去的话。"莫林说。

"组织。"

"什么组织？"

"我只知道是组织，不知道组织的名字。"路平说。

"所以说，那天晚上，你最初以为我是这什么组织的人？"莫林说。

"是的。"

"所以你是逃出来的，他们在找你？"莫林问。

"或许吧！"路平说。

"什么叫或许？"

"我并不确定他们是不是在找我们。"路平说。

"我们？"莫林看了一眼路平背上的苏唐，"苏唐也是那个组织的人？"

路平点头。

莫林挠了挠头，他有一肚子的疑惑，但偏偏不知道该从哪里问起。

"所以对那个组织，你知道的东西也很有限，是吗？"于是西凡开始发问，他首先找到了明确可以获取信息的方向，以此再来确认问题。

"是的。"

"你在那个组织时每天都在做什么？"西凡问。

"吃各种奇怪的东西，做各种各样的测试。"路平说。

"什么时候开始有的这锁链？"西凡问。

"不记得了。"路平说。

不记得的意思，自然就是指从有记忆开始，路平就被锁链禁锢着魄之力。

"所以，你并不知道自己的身世，所有的记忆都是在那个组织？"西凡说。

"是的。"路平说。

"苏唐呢？"西凡转问苏唐。

"我在组织长大，我的父母，或许就是组织的什么人，但我从来没有见过或是听说过他们。"苏唐说。

"你也和路平一样每天吃奇怪的东西做各种测试？"西凡问。

"没有。"苏唐摇了摇头，"我也不清楚我算是什么存在，或许就是个打杂的。"

"路平，你觉得你是什么呢？"西凡问。

"实验品。"路平说。一个很残酷，很可怕的猜测，从他口中却是很简单地被说出，他似乎完全没有因为这种可怕的猜测产生什么特别的情绪。

"所以这个不知名的组织是在对魄之力进行某种研究，从你一开始就被锁链禁锢来看，你从出生起大概就带有可怕的魄之力，这或许就是你会成为被研究对象的原因吧……"西凡阐述着自己的推断和分析。

"出生就有可怕的魄之力，难道是……"莫林年纪虽然也不大，但毕竟在外面闯荡过，听到的东西不免要多一些，此时也立即想到了那个传说，又或者是无聊者虚构的事情。

"天醒者。"西凡抢先他一步说了出来。

"天生的魄之力贯通者，这一点，你自己有什么感觉吗？"西凡继续问。

"或许是天醒者吧，但我没什么感觉。"路平说。

"怎么又是或许？"莫林说。

"如果没有这东西的话，我也许能更确认一些。"路平晃了晃他那看起来空无一物，事实上却被极强的力量禁锢着的手腕。

"凭你展现出来的战斗力，毫无疑问应该是贯通境。不过，贯通的是哪一魄呢？你自己能感知出吗？"西凡问。

这一次，路平没有马上回答，沉默了片刻后，他才开口。

"六魄贯通。"他说。

"我的天！"莫林惊叫，"你确实应该被好好研究！"

沉重的八个字

六魄贯通，这就和天醒者一样，是一个仅存于想象中的概念。就像从来没有过什么天醒者一样，大陆也从来没有出现过六魄贯通的强者。

不过比起天醒者，六魄贯通至少更让人觉得真实可信，人们都觉得这是一个通过努力终有一天会达到的境界。强者们的境界确实在不断地突破极限。

六百年前，大陆有强者首次达到三魄贯通，惊为天人。

二百四十年前，有人实现了四魄贯通，再次刷新实力的上限。

到了如今，大陆有六位赫赫有名的强者都已经达到了五魄贯通的境界。人们开始期待的六魄贯通的大圆满或许将在这个时代诞生。

但是就在今天，传说中存在的天醒者，大陆顶尖的强者都需要再努力才能成为的六魄贯通者，就这样活生生地站在莫林和西凡面前。

你说你是个传说中的天醒者，忍了。

你说你达到了六魄贯通，也忍了。

但是，你居然是一个六魄贯通的天醒者？

这是什么概念？

这个概念的意思就是，路平一出生就具备了大陆顶尖强者至今还在锲而不舍追求的境界，他一出生，就站在了金字塔的顶端。

时代由人来创造？

创造时代的人还在努力，但是有的人一出生就改变了时代。

不知该说什么好了，也不知该问什么。

路平在组织的状况显然十分悲惨，但是现在，莫林和西凡对他怎么也同情不起来。在他们知道这家伙可能是个六魄贯通的天醒者后，两人只有一模一样的心声——为什么不是我？这种莫名其妙的，一出生就占据最强天赋的人，为什么不是我，为什么就是别人呢？

"啊啊啊啊啊！"莫林突然扶着西凡的轮椅仰天长啸起来。

西凡则沉默了，对那个组织，对路平以及苏唐，他本来还有一些问题想问来着，但是突然间就好像提不起精神了。

六魄贯通的天醒者！

这八个字实在太沉重了，听到这八个字的人没在忌妒中发狂，那心理素质就相当不错了。

一个沉默，一个乱叫。西凡和莫林各自消化着这八个字的意义，苏唐显然早就知道这一切，看着两个人那毫不掩饰的羡慕忌妒恨，笑个不停。

"我觉得你一定是有什么地方搞错了！"莫林还在挣扎，期待这当中有什么误会，不然的话，这人生实在太不公平了。人家是天生的六魄贯通者，自己呢？是感知不到力之魄的莫家血脉传承者。

"或许吧！"路平确实也不太确定，销魂锁魄的禁锢和限制让他没办法对自己的魄之力进行最准确的估量。西凡断定他肯定是贯通境界之上，也是因为他所爆发出的魄之力击垮了贯通者而已。

深呼吸了几口气的西凡调整了一下自己的情绪，正准备就之前的疑惑再问几句时，身后突然传来喊叫声。

声音没有使用魄之力，是扯着嗓子实打实地高喊，即便没有鸣之魄境界的西凡也完全听到了。四人一起回头望去，就见一个挺着大肚子的胖老头健步如飞地冲了过来。

四人只是看着新鲜，但这一幕若是出现在峡峰学院里，许多人的眼睛估计都会瞪得老大。他们的院长巴力言什么时候会这么不顾形象地卖力奔跑？他可是非常讨厌他的下巴和肚子上堆积的肥肉的，可眼下这一跑，两处的肥肉都在甩动着，要多显眼有多显眼。

"巴力言？"西凡第一个认出了对方。

"哦？那是谁？"路平问着，莫林脸上也带着疑惑的神色。

"峡峰学院的院长。"西凡说。

"他是在喊我们吗？"莫林说。

"除了我们，好像没有别人了。"路平左右看看，这条路上眼下只有他们四个。

转眼，巴力言已经赶到了四人身边，胖归胖，这一路狂奔下来，巴力言不出汗也不喘气，可见魄之力的境界相当不凡。

"巴院长是在喊我们吗？"认得巴力言的西凡代表大家发问。

巴力言也认得西凡，连续两年大考扫了他们峡峰学院的颜面，在路平搞塌两座塔之前这就是巴力言心目中最无法忍受的事。这次大考，巴力言一度因为西凡受伤无法参加而暗自高兴，否则的话，四年级的魄之塔第十二层一定也会有像针对苏唐一样的安排。

"哦，是西凡啊！"但此时的巴力言摆出一副慈祥的模样，笑眯眯地表示着关怀，"听说你受伤了，怎么样，没事吧？"

"没大事。"西凡说。

"没事就好，大考不用担心，回头肯定会给你补考的机会，老郭要是不答应，我和他说理去。"巴力言一副好人模样，通过和西凡的对话，先树立一下自己的形象，这才转向他扔下未完的大考，亲自来追的目标。

路平？

不！并不是。

路平是巴力言的最终目标，但此时他不顾形象亲自追来，要找的人却不是路平。

"苏唐同学，你的情况好像有点严重，怎么走这么急？我刚安排了医师，正要给你检查，回头一看，你们已经走得没影了。"巴力言转而对苏唐开始了他的关怀。

从这一点上，已经可见巴力言城府之深。

他想笼络路平，用一般学生的那种优待肯定是没用的。路平的实力甚至凌驾在贯通者之上，这还是在有销魂锁魄禁锢的情况下。这种实力，无论是摘风学院还是峡峰学院，根本都没有任何资源能成功吸引路平。

所以，他还是要从路平所在意的其他方面着手，而这，即便是对路平还全无了解的巴力言，也看到了一个答案。

苏唐。

这个女孩毫无疑问是路平相当重视的人。

眼下对于巴力言来说最难堪的事，是他的安排让苏唐受了伤，这肯定会让路平对峡峰学院十分不满，等同于他一上来就先失了一城，而且很有可能是决定性的一城。所以他果断行事，在飞快安排好学院那边的事务后，一个人亲自追了出来。他要快些表态，以洗除路平对他们峡峰学院的讨厌感，这才可能会有下文。

短短的时间里，巴力言已算是用尽了心机，摆尽了姿态。但是苏唐对于他的关怀只是笑了笑。

"我没事，多休息，多喝水就行了。"她说。

带他来

"那怎么行呢？"巴力言想也不想地回答着，一脸严肃，但话语中饱含着浓浓的关怀，"不如你们就在这里先休息一下，我叫医师过来。"

"然后呢？"路平说。

"然后？就好好做一下检查啊！"巴力言顺口就答，他觉得，路平这"然后"问得着实有些多余。

"然后呢？"结果路平又问了一遍。

巴力言愣了愣，原本对于路平搭话他感到欣喜，这似乎是要接受他好意的信号，那么一切都可以慢慢化解。可是现在，一句废话一样的"然后"之后，又是一个"然后"……

巴力言望向路平。

路平的神情很认真，眼神就和他从魄之塔的废墟中背着苏唐走出来时一样，坚定、直接、毫不躲闪。

巴力言顿时明白了，路平所说的"然后"，是最终的那个"然后"。

路平没兴趣兜圈子，不想和巴力言玩这种虚伪的人情游戏，他就想巴力言直截了当地告诉他。他所说的"然后"，其实指的是最后……

巴力言无法回答。

"然后"是什么？是希望路平进入峡峰学院？还是希望利用路平的实力提高峡峰学院的地位？"然后"有很多，但这些真实的目的根本不是可以让路平心动的理由，原本他需要很多华美的包装来粉饰，可是现在，面对路平这种直指本心的追问，他无言以对，忽然有种所有话都已说尽的口干舌燥感。

　　巴力言硬挤着笑容，连他都知道自己此时一定笑得很难看，比哭还要难看。

　　"没有然后？那我们可先走了。"莫林跟上一句，给了无言以对的巴力言最终一击。

　　这个学生……

　　巴力言起先没怎么注意莫林，此时又看，突然想起，这不就是郭有道所说的那位进修生吗？

　　路平、苏唐、西凡、莫林……

　　巴力言忽然发现，此时走在一起的这摘风学院的四名学生全是精英，好苗子。

　　路平就不用说了，强到巴力言都觉得不可思议。西凡，连续两年让峡峰学院感到头痛的人。苏唐，如果不是他安排手段搞破坏，恐怕也已经让峡峰学院感到难堪了，当然，搞手段后现在他们更难堪。还有这个莫林，枢之魄六重天，学生中的顶尖水准，而他这进修生的身份，又是对摘风学院声望的一种认可，虽然莫林这么一个名不见经传的学生影响力可能有限，但是至少，摘风学院有，而他们峡峰学院没有。

　　四个人转身继续向前走着，巴力言呆呆地站在路中央。看着这四个身影，他这堂堂院长忽然有一种很凄惨的感觉。四个人就这样走了，他这个堂堂院长出现在这里，他们居然连一句讨论都没有，传入巴力言耳中的最后一句，是那个进修生的抱怨："我们真的要这样走回摘风学院吗？"

声音就此消失了。

巴力言也没有再动用他的鸣之魄去试图听到更多，他有些颓然地转身，准备返回学院，就在这时，他突然感知到了什么。

这是强者的一种自卫本能。

巴力言今天确实被搞得很狼狈，但若说实力，他在峡峰这一大区绝对是位列前十的存在。

什么人？

集中精力的巴力言瞬间清楚地定位到了目标的方向。

路边的稻穗在风中左右摇曳着，当中就有一个身影悄然向前移动，配合着稻穗摇曳的律动，不露出丝毫行迹。

一级能力，远视！

巴力言毫不费力地施展出了一个冲之魄贯通境所能掌握的一级能力，那身影在巴力言的眼中一下子就被拉近了许多，顿时也变得更加清晰起来。

这是……

不等看清人，巴力言就看清楚了那人被稻穗挂起的衣角，一枚双峰相叠的徽章。

巴力言立即收起了他的能力。

这是……城主府的密探。

此人是执行什么任务要如此隐秘？巴力言不禁望向远处已经变得很小的四个身影。

他们已经被盯上了吗……巴力言默默地想着。

但是，这已经不是他所能掌控的事了，他站在原地又发了一会儿呆，迈步向着峡峰学院的方向走去。

峡峰城，城主府。

城主卫仲每天清晨五点四十五分准时起床，会在十五分钟内完成穿衣、洗漱、方便、吃早餐等每个人起床后都要做的事，六点整，他会坐在他那宽一米有余，长足有四米的奇怪书桌前。

大量需要他处理的文件每天都会如山一般堆放在书桌前，而他会坐在桌子的最左端，逐一处理这些事务，直至将整张桌子上的文卷全都处理干净。

其实这当中有绝大多数事务他完全可以交给手下去办，但他喜欢亲自处理。他亲力亲为，事无巨细，希望一切都在他的掌控当中，如果有一点不在他的控制之中，他就会焦躁不安。而在处理这些事情的时候，他会觉得十分充实，十分满足。

今天一上午，卫仲处理完满满一书桌的文件后，觉得十分过瘾。虽然他知道手下为了投其所好，有时甚至会没事找事地弄些影响不大的琐事让他处理，但他并不介意这一点。

在度过了这样一个上午后，下午卫仲召集起手下，将很多事情很仔细地安排了下去，清晰地吩咐了每一个细节。于是，充实又完美的一天似乎就要过去了。但是就在这时，他看到他的儿子，本该是在参加峡峰学院大考的卫天启，愁眉苦脸地站在了议事厅的门外。

卫仲的脸顿时沉了下来。

这个时间，卫天启绝不应该出现在这里，除非是发生了什么意外。

意外，卫仲最讨厌的字眼。他希望一切都在他的掌握之中，意外简直就是他的天敌。

"进来，说。"卫仲只说了三个字。

他另外一件讨厌的事，就是浪费时间。这让他无论做什么都显得极具效率，哪怕是对待自己的儿子。

"魄之塔倒了，我们三年级要去双极学院参加考试。"卫天启显然十分清楚父亲的习惯，所以没说一句废话，用最简洁的语句说明了状况。

如果父亲想要知道得更详细，他会再问。

"怎么会这样？"卫仲果然接着问了。

魄之塔倒塌？这种事情他从来没有听说过。

"是摘风学院的一个学生，他今天毁了我们两座塔，一年级和三年级的。"卫天启说。

"有多强？"卫仲没像绝大多数人一样惊讶一个学生怎么会做到这种事。既然是已经发生的事，惊讶又能解决什么？卫仲需要的是效率，最高效地掌握最关键的问题，那就是：这个学生有多强？

"不知道，但他随便一推就把我推飞了，也是随便一推，就推飞了毕格老师，然后……"

"卫虎！"卫仲直接打断了儿子的回答，只因儿子说了不知道，而儿子之后描述的又只是一些根本无法精准断定对方实力的模糊场面。

听到叫声的卫虎立即走进了议事厅，他正是今天出现在三年级大考考场的两名护卫之一。

"我也不是很清楚。"卫虎没有犹豫与含糊，诚实地说出了自己的判断。

"但我已经派人去盯了。"他很快又补充了一句。

"为什么要盯？直接派人去找他，说我要见他，带他来。"卫仲对卫虎的细心安排完全不满意，显然他觉得那还不够高效。

"半个小时之内，我要见到他。"卫仲说。

这才是令他满意的效率。

"是。"卫虎微微一欠身，飞快地退出了议事厅。

城主的邀请

"骨碌碌……"

车轮滚动，一辆马车拉着三男一女还有一架轮椅驶向摘风学院。

路平他们四个到底还是雇了马车代步。莫林起初很高兴，但在和健谈的车夫聊了几句后，情绪顿时低落起来。

车夫挥动着马鞭，却只是凌空发出声响，十分小心地不让马鞭落到这匹黑马身上。

"怎么样，跑得快吧？"车夫很自豪地说着。

"挺快。"路平点头。

"我就说，我一直觉得我这马至少达到了力之魄三重天，你们是摘风学院的学生，帮我看看是不是。"车夫说着。

魄之力并不是什么秘密的东西，整个大陆人人都知道有这种力量存在。很多学院也有流传在外的修炼教材，普通人拿着它们感知到魄之力，甚至突破一点境界，那也是常有的事，但绝大多数人也就能感知到一两种，能有个一、二重天的境界就算不错了，所以学院的所有人才会觉得路平太弱。三年都感知不到魄之力，这要么就是毫不用心，要么就是毫无才能，否则在学院里接受系统的教导，怎么会感知不到呢！

要知道，动物也可能会感知出魄之力，比如此时车夫滔滔不绝谈论着的爱马。

路平、苏唐、西凡三个人都不说话，齐齐望向莫林。

莫林神情阴沉，一副要杀人灭口的神情，一只手一直塞在他衣襟内侧的皮囊里迟迟没有拿出来。

连一匹马都能感知到了力之魄，这事真是……太伤自尊了。

苏唐忍着笑，她是力之魄六重天的境界，对力之魄更加熟悉，随即对车夫说道："大叔，这马是感知到了力之魄呢，但是还不到一重天。"

"是吗？"车夫有点失望。他到底还是想得有点多。多少人怎么努力都只能停留在一、二重天，何况只是一匹马，又不是什么有异能的妖兽，能有点感知已经相当罕见了。

车夫看起来很快也想通了这一点，重新笑容满面道："那也挺好的，总比没有的强。你们说是吧？"

"冷静，冷静！"路平连忙把莫林按住，这家伙直接从皮囊里掏了一根折成三段的扦子来，抖直了足有一尺见长，这一扦子捅进去，足以把毒送到他想送的马的任何部位。

"别拦着我！"莫林挣扎道，"真当杀手没脾气吗？我杀起人来不眨眼的我跟你讲。"

"知道知道知道。"路平连连说着，但是马车此时猛然停下，弄得马车里的四人东倒西歪。

"知道怕了吗！"莫林叫着，苏唐忙要去解释，但一看，马车之所以停下，是因为有人拦住了。

一排黑衣甲士齐齐列在了马车前。

车夫连忙从马车上跳了下去，迎上前去。这可是峡峰城的戍卫军，借他十个胆子他也不敢得罪。此时他一脸惶恐，全然不知道自己为何会被拦下，难道是……他们看中了自己这匹感知到了力之魄的马？

车夫心里一阵刺痛，但没等他开口呢，戍卫军中领头那位已经快步走上前来，根本没看他，径直走到了马车前。

"谁是路平？"他望着马车里四人问道。

他们小队原本在城内巡视，忽然接到城主府传来的命令，要将路平带回。

路平，男，十五六岁，摘风学院学生，三男一女同行，后来搭乘马车一辆，黑马，两轮，方形车厢。

目标信息准确而又迅速地传递到了需要的人手中。所有人都知道城主重视效率，没有人敢怠慢，于是很快，路平所搭的马车便被这支巡查的戍卫军发现了。

"我是。"路平对来人说道。

"下车，跟我们走。"来人说道。

"不去。"

没有问对方的来意，也没有问去向何处，路平只是拒绝。

"去城主府，城主要见你。"来人皱眉。

传达的指示只说将这少年带回，城主要见，并没有说明这是邀请还是逮捕，这让他一时间也无法拿捏分寸。

于是他说明了意图，一个在峡峰城，甚至可以说整个峡峰区都没有人可以拒绝的意图。

但是路平好像没听到一样，还是丢下两个字："不去。"

"不识抬举！"来人有点怒了。虽然指示中看不出城主的确切意图，但听起来应该没太大恶意，否则的话自己还会在这里和对方废这么多话吗？但是这家伙居然拒绝得如此干脆，真当自己是什么人物了？

哼，连点魄之力都没有，普通人一个而已。

简洁的情报只是说要找到路平，并没有提到路平的实力，他将两座魄之塔搞塌的事现在也还没有传开。不过来人迅速感知了一下马车内四人的实力，发现其他三个颇不简单，但就这路平根本只是常人一个。

"调头，去城主府。"来人干脆不理会路平了，直接对车夫下令。

车夫暗叫倒霉。

戍卫军是他万万得罪不起的，但是摘风学院的学生对他来说也是很可怕的存在。

摘风学院的学生都是有境界的修炼者，回头想找他这么一个普通人的麻烦还不是轻而易举？

左右为难的车夫只好唯唯诺诺，磨磨蹭蹭，祈求着事情能有什么转机。

来人立即察觉了车夫的犹豫，知道车夫在为难什么，但他哪里会去体谅？摘风学院的学生其实他也有所顾忌，真论实力，马车里除路平外的另三个人他根本看不出境界，显然在他之上。

学院掌舵的，自然是很高水平的修炼者，学院出来的学生，无论最终达到什么境界，总比常人要高得多，前途自然也非同一般。摘风学院虽只是大陆四百多座学院中不起眼的一座，但比他们这支戍卫军小队还是显赫太多，摘风学院学生的地位也比他这个戍卫小队头领要高得多。

如此一来，他也不想和摘风学院的学生发生直接冲突，支使车夫，就是他的聪明之处，把这横竖都要得罪人的事推到了车夫身上。

所以车夫的犹豫，他理也不理，只是连声催促，而那几个学生，他希望他们识趣一些保持沉默就好了。

这几个学生的地位是比戍卫军的小兵要高些，但也不能忽视小兵所代表的意义。他们象征的可是帝国的统治，学院地位再超然，也不是独立王国。哪怕是拥有数千年传承和历史的四大学院，也和大陆最强盛的三大帝国有着千丝万缕的关系。

峡峰区地处大陆东南，属三大帝国之一的玄军帝国。峡峰城主，就是这一区的最高统治者，他的命令，对于峡峰区的任何一个人来说都有效。只有他并不会以命令的形式去和所有人交流，比如摘风学院和峡峰学院的两大院长，在他那里都会得到极客气的礼遇。但对区区一个学生，他实在没有这个必要。

带回来，半小时之内要见到。这是他的指示，眼下正有人在执行，但是遭到了意想不到的抗拒。

路平从马车上下来，依旧背着苏唐。于是莫林和西凡也跟了下来，西凡还坐着轮椅，莫林还推着他。

"我们走。"路平对苏唐说着，准备向着摘风学院的方向走去。

第 27 章

讲道理的路平

这一幕在西凡和莫林看来很有趣。

来自城主的，无论是邀请、召唤还是别的什么，只要是在峡峰区，恐怕真的没有人会这样直接拒绝。哪怕是郭有道，或是巴力言，面对邀请也至少委婉地推辞一下，但面对今天这种看起来并不太像是客气邀请的召唤，这两位恐怕都会放下手头的事去和城主尽快见上一面。

但是路平，就是一句"不去"，甚至连有什么事都不问一句。

这孩子疯了！

一旁的车夫瞪大了眼。此时他倒不用为难了，可他不免为这孩子担忧起来。城主要见他，这说不定是好事呢！这孩子怎么就如此干脆地拒绝了？

西凡和莫林却都不会这么想，或者说，在一起走过这条路之前，他们还会这样想，但是现在，他们不会。

因为路平可能是天醒者，六魄贯通的天醒者。

这是什么人？这是会创造一个时代的顶尖强者，对于这样的强者来说，区区一个城主根本不算什么。

而作为一个顶尖强者，说实话，路平的态度已经算得上很温柔很友好了，他还耐着性子准备自顾自地离开，显然也没想着生事，只是不想别人打扰到他。

换作是五魄贯通的六位强者中性情最为乖戾，背地里都会被人叫作疯狗的冷休谈，没准在马车被拦下的那一瞬，这一小队戍卫小兵就已经脑袋搬家了，连马带车夫都被迁怒也不是没有可能。

再看路平，多老实啊！马车被人堵了，不让走了，就自己默默地下来，背着苏唐默默准备离开。不识抬举的，是你们啊……西凡和莫林心里都是这样想的，只是莫林纯粹看热闹不嫌事大，西凡考虑得要更多一些。

"站住！"那戍卫军的小队长呵斥一声，其他戍卫兵见状，正要准备上前拦下路平。此时，西凡自己转着轮椅的轮子，凑到了那小队长身边："这位大哥，城主找路平有什么事啊？"

路平不屑于问的问题，西凡帮他来问了。

"我怎么知道，城主只说要见他，限时让我们带他去城主府。"小队长没好气地答道。他不想和摘风学院的学生起冲突，但也没必要低眉顺眼，更何况，眼下有城主的指示在，如果非要发生冲突才能完成城主的命令，他也在所不惜。

擅长从神情和动作判断人心理的西凡，已经完全意识到了对方的这种决心。

"但我们现在也有要紧的事，能不能迟一些再去？"西凡想争取到一个缓冲时间，那样无论是对路平还是学院，都比较好，毕竟发生这样强硬的冲突在他看来并不理智。当然，路平是强到不在乎，可西凡不是莫林那种看热闹不嫌事大的人。

"半小时之内，城主要见到人。现在还有十七分钟。"小队长说着，挥起了他的左手，他不准备再耽搁下去了。十七分钟，这得抓紧时间才能赶到城主府。城主对时间的重视，他们都深有体会。

"拦住他。"小队长发出了动手的指示，同时也神情戒备地扫了西凡和莫林一眼。

这些他都摸不清境界的学生真要一起为难他，他这一小队恐怕还真够呛。要呼叫支援吗？小队长正这样想着，忽然他眼前人影晃动，队中的两个士兵已经朝他飞了过来……

"啊……"

惊叫声转眼就传到他耳边，小队长连忙抬手，想将飞来的两人接住，不想手一搭上两人的后背，传来的力道根本不是他可以抗衡的，他甚至还没来得及惊讶，就跟着那两人一起飞了出去。

"唉……"西凡叹了一口气，两个人影，带着刚刚还在他身旁和他说话的小队长，就这样从他头顶呼啸而过。他自然不会有什么慌乱，只是很遗憾事情很快就发展成了这样。

西凡针对了路平三年，当然很了解路平的行事风格。路平不想做的事，没有任何人可以勉强。路平会遵守一些规则，也会答应一些要求，但前提是，路平愿意。

西凡此时很庆幸自己实在是一个很讲理的人。三年来，他都是在找合理的依据，从来没有试图以力压人。他算是看出来了，路平根本就没有隐藏实力的意思，路平在摘风学院三年来风平浪静，只是因为没有人真正干扰、威胁过他，而对那些冷言冷语，他根本没有在意过，或者是，没必要在乎。

因为他强。

强得有依据，强得有自信，他不需要对那些言语暴力施以惩戒来证明自己。只有自卑的人才会在面对质疑时急到跳脚。

接着，西凡还觉得，或许路平是觉得那些人的嘲讽、轻视，都有道理。因为他在摘风学院表现得本就不像是一个强者，而更像是一个不学无术，还要抱着苏唐大腿的无赖。这样的人，被人看轻，被人侮辱，有错吗？

所以从这一点上来说，西凡觉得路平也是一个非常讲道理的人。

首先路平自己并没有对所有人解释过什么，所以对于因此所产生的误会，他默默承受着，不以为意。可是当他需要展示出什么的时候，他从来没有犹豫、退缩过。

仔细想想这三年，事实上，如果自己足够用心去分析的话，应该可以发现路平已经显露过很多才能。就比如最近发生的戳穿魏宝指认他去过18号园林的伪证时，他提到的嘴与脸一点七厘米的距离，这恐怕真不是一句随口带出的调侃之言。他的冲之魄就有这种能力。

这些，西凡一直都忽视了。

这队可怜的戍卫军小兵，他们不是忽视，他们是根本就不知道。他们的小队长原本还在顾忌西凡或是莫林会不会插手，哪里想得到他要找的路平本身就是这些人当中实力最强大的。

他从地上爬起来，不可思议地望着路平。这个完全没有魄之力的少年轻而易举就把两个经过严格训练的戍卫士兵扔飞了，而那力道，竟然大到自己完全无法接下？

他的力之魄可已是四重天境界了啊！刚刚到底是发生了什么？他倒吸一口凉气，没办法，只能召唤更多的同伴了。

响箭飞上了天空，小队的士兵都不敢上前，他们只是围成一个包围圈，随着路平向前的脚步，同步移动着。

数支戍卫军小队看到了响箭，迅速向这边赶来。而这里发生的一切，也已经有人将消息送达城主府。因为峡峰城的城主卫仲喜欢掌控一切，他不仅关心半小时后能不能见到路平，这半小时中所发生的一切他也同样在意。

只是前方送回的消息完全无法让他满意。

"拒绝？理由！"卫仲说。

"没有理由，他只说，不去。"因为了解城主的习惯，所以送回的消息包括了所有细节，汇报人准备好了接受城主的任何询问。

"有意思。"城主卫仲笑了，"那么，再派人，请他回来，说我想见他。"

城主卫仲重新发出了指示，这一次不是带他回来，而是请他回来。

虽然还不知道这少年实力的深浅，但就在之前这数分钟内，他了解了峡峰学院元夷和毕格这两位贯通者的伤势。能将这两人伤到这程度，只目前所显露的这份实力，就已经当得起一个"请"字。

"明白。"

新的指令飞快传下。

峡峰城街道上，路平和苏唐已被团团包围。

在共计四支成卫小队的包围下，路平依然神色不变，继续向前走着。

四名小队的队长正准备发出动手的指示，就在这时，他们纷纷接到了新的指示。送来指示的人，将他们的包围圈分开了一条道。

来人身着城主府护卫的服饰，只是他的年纪实在不大，看起来就是个十六七岁的少年，带着很和气的笑容，一直来到了路平面前。

"城主说，想请你到城主府去坐坐。"他将那个"请"字咬得很重，两次指令的更换，重点就在这一个字上。

路平还在向前走着，包围圈中的道路让得更开，听到这少年特意说的那个"请"字，路平叹了一口气，什么也没说，只是向前走着。

少年跟在路平的身后，看了看路平前行的方向，脸上的笑容忽然变得更灿烂了。到底还是一个识趣的人，他想着，不过敢和城主耍这脾气，这家伙也算胆大了。

"好了，大家散了吧，辛苦了。"少年随即向四队成卫军的士兵招呼着。

怎么看他也是一个阳光开朗的少年，可是四队成年士兵望着他时，脸上的神情都有些僵硬，听到他说散了时，才如释重负般立即离开了。

少年没有再理会他们，而是信步走到了西凡和莫林跟前。

"你们两个，是路平的同学吗？"他说着。

"是的。"莫林也在笑着，对这个少年，他倒是挺有好感。

"我们看起来年纪差不多。"他说道。

"我17岁，你呢？"莫林说。

"但是很遗憾，城主没有要见你们两个，所以，以后有机会再找你们玩吧！"少年好像完全没有听到莫林在说什么，只是自顾自地继续说道。

"城主也没有说要见苏唐。"莫林指了指那边。

"我会让他放下的。"少年笑着，转身，不慌不忙地朝路平跟了过去。

第 28 章

这只是路过

"你好像认识他？"对少年产生的好感只持续了三秒的莫林看出西凡似乎知道点什么。

"他叫卫扬，城主府有十二护卫，他是其中之一。据说十四岁开始感知魄之力，十六岁就达到贯通境界，是个不折不扣的天才。"西凡说。

"天才？你是要惹我笑吗？"莫林说。

"今天之前的话，你也笑不出来吧？"西凡说。

莫林当然笑不出来。

无论是摘风学院还是峡峰学院，四年就能突破到贯通境界的人都屈指可数。莫林出身于莫氏家族，接触魄之力的修炼比学院学生还要更早一些，现在境界最高的枢之魄还在六重天，未能完成贯通。

两年，从零开始，突破到贯通境界，说是天才并不过分。只是现在有个六魄贯通的天醒者走在前边，莫林只觉得看谁都很普通。

"走吧！"眼看人都走远了，西凡说着。

莫林又推起轮椅，乖乖地跟在后边。

因为已经没了好感，所以莫林没有推着西凡去赶上卫扬，而卫扬也没有急着要追上路平的意思，只是这样不远不近地跟在后边，不慌不忙地走着。卫扬时不时还会转过头来，朝后边的莫林和西凡远远地笑一笑。

三方就这样保持着距离，却又朝同一个方向走着。渐渐地，远离了闹市的喧嚣，一行人走上了一条宽阔而又宁静的大道。这条大道上除了匆匆走过的行人，没有任何杂货摊，整洁而又冷清。

峡峰城的城主府就在这条街道上，它的占地面积并不大，内里也并不如何豪华，但是城主府的大门极其气派醒目。因为城主卫仲认为门的装潢是不可以低调的，来城主府办事的人如果不能一眼找到城主府在哪里，那实在是很没有效率的一件事。

府门外，两名卫兵站得笔直，注视着从城主府前走过的每一个人。

路平背着苏唐走到了城主府这里，他们身后不远的卫扬此时突然停步，回头，望着身后距离他不远的西凡和莫林，开口说话了。

"你们为什么还跟着？"卫扬说话依旧是带着笑的，说的话却带着"你们不该如此"的意味。

西凡也带着笑，回答了他："回摘风学院，就是这条路。"

"原来如此，那么请便吧！"卫扬不再理会二人，准备赶上路平。他想，是时候让路平放下那个女孩了，因为城主说要见的，只是路平一个人。

西凡和莫林的表情此时变得极为精彩，他们最初也没有意识到这一点，然而当一行人都不吭声，却极有默契地奔向同一方向，走了这一条路时，两人隐约意识到了，现在该是揭晓答案的时候了。

路平背着苏唐，走到了城主府前。

卫兵在注视着他，但他并没有去看卫兵，他只是注视着身前的道路，然后一步一步，城主府的大门就这样被他……路过了。

果然如此！

西凡和莫林顿时都哈哈大笑起来，给这条宁静冷清的道路增添了一些平日不常有的气氛。

起初，他们也以为路平被那个"请"字给打动了，因为这个笑容满面的卫扬还是挺容易让人心生好感的。但是随着这沉默又默契的一路行走，两人忽然意识到，这当中可能有误会。

现在看来，果然如此。

去城主府？

路平说了不去啊！你以为笑容满面地说一个"请"就能改变他的主意了吗？并没有！

他会朝着这个方向来，只不过是因为他要去的摘风学院恰巧也是这个方向。他会走到城主府的门口，只不过是因为路过。

而加快步伐准备赶上路平让他放下苏唐的卫扬，眼睁睁地看着他根本停也未停，就这样从城主府的大门外走过了，身后传来的笑声，更是让卫扬不变的笑容变得有一些扭曲。

他意识到自己是被耍了，更准确地说，是他自作多情。

路平根本就没有理会他，走的依然是他要走的那条路。

城主府？路平只是路过而已。而他卫扬，想得太多了。

于是他的身子就在此时蹿了出去，原本还有几步的距离，他这一蹿之下就赶上了路平。他还在笑着，然而一只手臂已经横到了路平的身前。

"你走错了。"他说。

路平看了一眼前方："没有错。"

"城主有请。"卫扬拦住路平，向着城主府大门的方向做了个"请"的手势。

"我早说过了，不去。"路平说。

"原来你不像我以为的那么识趣。"卫扬的笑容再次变得灿烂起来。

"你在笑什么？"路平感到有点奇怪，按照一般的逻辑，被拒绝的人好像不应该笑得这么灿烂。

"笑你。"卫扬说着，拦在路平身前的手臂突然朝路平挥了过去。

路平横身移动，错开卫扬的手，他还没有出手，但他背上的苏唐这时突然挥出一拳。

这一拳太让人意外，笑容满面的卫扬根本就没想到会有这么一下，被这一拳结结实实地捶中了面门。

"我的天……"莫林看到这一幕，一脸无法直视的表情，坐在轮椅上的西凡也忍不住缩了缩身子，好像切身体会到了这一拳似的。

"力之魄六重天啊！"西凡说着。

"是啊！脸上会留下一个坑吧？"莫林说。

苏唐收回了拳头，路平扭头看了趴在他肩上的苏唐一眼，并没说什么。两人随即一起望着挨了这一拳的卫扬。

"你没用全力吧？"路平问道。

"没有，使不上来全力呀！"苏唐说。

"我说呢，他怎么还站得这么稳。"路平说。

六重天力之魄的一拳，结结实实命中卫扬，但卫扬的身子并没晃动，哪怕他是一个贯通者也不应该是这样。路平的判断很准确，苏唐这一拳没用全力。

虽然如此，卫扬脸上的笑容还是被这一拳完全打没了。这一拳不重，但让他受到了莫大的侮辱。

门口的两名卫兵看到门外的人居然动起手来，一人忙进去通报，另一人急忙冲了过来。

"我要杀了你！"笑容不见了的卫扬咆哮着。

"我要走了。"路平对这样的威胁丝毫不重视，将背上的苏唐往上托了托，迈步向前继续走去。

无视，彻彻底底的无视！

除了城主卫仲，从来没把任何人放在眼里的卫扬从未想到居然会有人对他彻底无视。

卫扬弯腰伸手向裤腿处一探，已经抄起一把匕首，毫不犹豫地朝着路平背上的苏唐扎去。

摘风学院的学生吗？

这种身份他才不会在意，他要让对方为那一拳，为那无视的态度付出代价。

第|29|章

身怀绝技

寒光，直刺苏唐的后背。

可是这一次，卫扬又有一些误会。

他应该顾忌的，根本就不应该是路平和苏唐摘风学院学生的身份，而是路平六魄贯通天醒者的身份。

可惜他不知道。

所以要付出代价的，不是无视了他的路平，而是无知的他。

寒光落下，路平恰到好处地转身，将苏唐从寒光下挪开。卫扬正惊讶呢，眼睛忽然被蒙住。

不只是眼睛，还有鼻子，还有嘴……

路平右手的五指张开，将卫扬的整张脸覆盖住了。卫扬根本没看到路平是如何出的手。这一次，他无论如何也笑不出了，路平的五指卡住了他脸上每一块可以牵动笑容的肌肉。

五指在收缩，一股寒意从卫扬的心底升起。这个自负的天才少年第一次体会到这种无力。这五指收缩的力道，他竟然完全无法抗衡，更无法挣脱。

自诩杀人很拿手的卫扬，在这一刻竟然束手无策了。

匕首在他手中，他却不知道该怎么使用，他的双腿情不自禁地哆嗦着。这份无力是这样真实可怕，他已经感觉到自己的脸在变形，在对手的五指下，他的头似乎就要被捏烂了。

怎么办？

这一瞬，这个自命不凡的少年所产生的念头，竟然是叫救命！他这才发现，自己原来远比想象的要软弱、脆弱得多。

但是，连笑都笑不出的他，此时连喊救命的机会都没有。

卫兵呢，卫兵怎么还不来帮忙？卫扬心中闪过一丝期待。他甚至没发觉刚刚冲上来的那名卫兵已经被路平另一只手抓起随手扔到墙上去了。

"唉……"西凡叹了一口气，他决心还是劝一下路平。就是一个邀请而已，居然激化到了要收拾城主府护卫的地步，这也太没必要了。

西凡张口刚要喊路平的名字，一个声音在他身后响起。

"怎么回事？哪来的孩子在这里打闹？"

身影同声音一道，转眼就从西凡的身后来到了他的身前。

来人步伐很快，当这句话完全说完的时候，他已经移动到了路平和卫扬的身旁。

"咦？"来人面容只有三十来岁，头发却白了不少，走到路平和卫扬身边后，立即露出疑惑的神色，而后看了路平一眼。

"放开他吧，你杀不了他。"来人对路平说道。

"是的。"在西凡看来很难被说服的路平居然点了点头，不过他并没有轻易放开卫扬，而是手掌猛一发力，把卫扬摔向一旁。

"多此一举。"来人摇摇头说道。

他看出路平这一摔多是出于安全考虑，以防对手在他松手的一瞬发起反扑，但是他更看得出，卫扬早已失去斗志，心完全被恐惧占据了。

路平收手，魄之力自然也不再施展。中年人正准备走过去看看卫扬，此时却猛然回过头来。

"咦？"他再度露出惊讶的神色，望向路平的目光变得更加认真了，他眯起眼，仔细地打量了一番，似乎是在确认什么。

魄之力竟然在一瞬间消失得如此干净，消失得连他都感知不到？

"你的手给我看看。"他用不容置疑的口气对路平说着。

他的右手已经朝路平伸了过来。

"你是谁？"路平神情戒备，并不准备将手伸出，而是打算退开，但没想到眼前一花，那原本看起来只是伸在那儿等他伸手的右手突然抓住了他的左手。

"你……"路平刚要反抗，那人仿佛被针扎一般，迅速甩脱了路平的左手。

路平手腕上的那道锁链在那一瞬间突然闪现出来，甚至比路平一拳轰破毕格的连力拳时还要清晰，晃动得也更加剧烈，好像是受到什么骚扰了，正在发脾气一般。

"叮叮叮叮……"

急促的碰撞声异常刺耳，但是就这么一瞬，锁链再度消失了，那中年人脸上的神情变得更加复杂了。

"销魂锁魄？"他嘴里嘀咕着，口气却有些不确信。

西凡和莫林早已察觉这人不简单，他俩一点一点凑上来，想听听他们在说些什么。

"是销魂锁魄吗？"这一次，那人是在问路平。

"大概是吧……"路平说。

"在销魂锁魄的禁锢下，你还能使出魄之力？"这人真正惊讶的地方，其实是在这里。

"不太多。"路平说。

"不不……不应该这样。"这人居然围着路平走了两个圈。

一旁的卫扬在大声地咳嗽，吐出了三颗被路平"不小心"捏下来的槽牙，他的脸上也有很多处骨骼被捏得变形了，他永远失去了那讨人喜欢的笑脸，但是此时没有人看他，没有人关心他，一个人都没有。

围着路平走了两圈后，这人突然把路平放到了一边，注意力集中到了苏唐身上。

"小姑娘，你的伤不轻，是被精之魄贯通者伤到的吧？你紊乱的魄之力里有一道力之魄力需要引导出来，不然后果很严重。"这人说道。

路平、苏唐、西凡的目光一起齐刷刷指向了莫林。

"不是吧？"莫林听到这人的判断时，当即凑上来了，"我觉得没什么大碍啊，多休息，多喝水就好了吧？"莫林坚持己见。

那人回头，扫了莫林一眼，居然又露出了惊讶的神色。

"莫家血脉？"他说。

"这也看得出？"莫林也很惊讶，莫家似乎从来都不是闻名大陆的著名血脉家族吧？

那人提起一指头，朝莫林戳来。莫林下意识想躲，可就连路平刚才都没能避过这人突然伸出的右手，何况莫林？

指头用力不大，但是莫林立即失去了平衡，一屁股坐在了地上。

"太容易认了，除了莫家血脉，谁还有这么弱的体魄？"那人说。

莫林气死了，连滚带爬站起来，有心掏毒扦子扎死这家伙，但也就是想想而已。

"阁下是什么人？"西凡自己转着轮椅移了过来，对这样的高人，他口中的恭敬之意也多了几分。

"等下再说，我先帮她，把她双手给我。"这人嘴上吩咐着，其实根本就是自顾自地上前把苏唐的双手提了起来。

"精之魄力的伤害是很复杂的，它会……咦！"这人一边说着，一边再度露出惊讶的神色，望着移动轮椅出现在一旁的西凡。

"燕家人？"他说道。

西凡的神色顿时变了变，但很快恢复如常。

"我叫西凡。"他说。

"但你姓燕，燕秋辞的燕。"这人说道。

"啊？"这次轮到莫林惊讶了，他显然听到了一个不得了的名字，但是没等他说什么，"轰"的一声，两股澎湃至极的力道突然从苏唐的双手间进放出来，这一声响，竟是这两道魄之力与空间碰撞所产生的。

一个人影飞出。

但只见他在半空中只抖了两下衣袖，就化解了狼狈，最后平稳落地，十分潇洒，只是脸上再次摆满震惊的神色。

"六重天的力之魄就这么强？"这人惊讶着。

而后，他的目光在面前四个少年身上逐一停留，从路平，到苏唐，到西凡，再到莫林。

"怎么回事？"他嘟囔着，"这么巧碰到的四个个个都来历不凡？"

我呢？

墙根下，卫扬的脸痛得说不出话来，耳朵却还灵敏得很，他听到这人的评价，而从这人目光的移动来看，这人所说的四人，绝对没有包括他卫扬。

我可是两年时间就突破到贯通境的天才啊，这四个都是什么东西？最高境界就在六重天而已啊！

卫扬悲愤地想着，脸似乎也变得更痛起来，突然一口鲜血涌上喉头，眼一黑就晕了过去。

"哎哟，这里还有一个呢！"那人连忙赶了过来。

卫扬总算是被想起来了。

第 30 章
显微无间

峡峰城主卫仲极其重视效率，城主府上下自然也养成了这样的风气。门口卫兵进去通报后，早有护卫领了卫兵出来，但是因为这个奇怪家伙的出现，冲出来的护卫并没有轻举妄动。

来人似乎并无恶意，也没有要偏袒某一方的意思。苏唐体内那两道强劲的力之魄力被他引出后，苏唐立即就变得神采奕奕的，而这人已经走向了卫扬。

"你是什么人？"路平问。

"能一眼就识破血脉的，整个大陆只有一人能做到。"西凡说。

"对，是我。"那人俯身检查了一下卫扬脸上的伤势，最后摇了摇头，站了起来，向着城主府门外注视着这边的一名护卫招了招手。

"人没事，但脸毁了。"

"阁下是……"这名护卫挥手示意卫兵上去将卫扬扶回，而他则快步迎了上来。有了西凡那句提示，他隐隐猜出了这人是谁。

"文歌成。"那人笑着。

护卫立即换上早已准备就绪的恭敬神情，向着来人行了个礼："显微无间。"

显微无间是一个能力，也就是西凡刚刚所说的整个大陆只有一个人掌握的能力。所以这个能力就成了这个人的符号，甚至成了对这人的尊称。

这个人叫文歌成，这个能力叫显微无间。因为能力唯一，所以这个人也显得唯一。

虽然从境界上来说的话，只是双魄贯通的文歌成和大陆那些三魄、四魄甚至五魄贯通的强者都有很大差距，但是，唯一的能力，给予了他唯一的地位。就是这么一位双魄贯通，算不上最强者的人，让三大帝国、四大学院都在想方设法努力笼络、争取。

但是文歌成没有接受任何一方的邀请。

他就这样游戏人间，行踪飘忽不定。他突然出现在峡峰城，足以让城主暂时失去对区区一个摘风学院少年的兴趣。当然，如果卫仲知道这个学院少年是一个六魄贯通天醒者的话，那又会不一样了。

新的消息又一次传递进府。城主卫仲的效率果然不同凡响，护卫这才陪着文歌成聊了几句话，他就亲自出现在了府门外。

"文先生！"卫仲的神情严肃认真，字句铿锵有力。只是一句称呼，但所有人都感受到了他那份尊敬和重视。

"卫城主。"文歌成向卫仲也还了一礼。

统御一方的城主，在大陆上可不会像摘风学院这样籍籍无名。卫仲可是一位四魄贯通的强者，而且以他的身份，自然不会像文歌成这样独来独往，他身边贴身的十二护卫，个个都是高手。刚被路平把脸捏烂的卫扬，只是因为天赋才华而骄傲，真论境界实力，他在十二护卫中是倒着数的，当然，他才十七岁，前景无限光辉。

"文先生驾临峡峰城，有失远迎，还请府上一坐。"卫仲接下来也是字字铿锵，散发着让人无法拒绝的魄力。

"其实我只是路过，不过既然城主相请，那就坐坐？"文歌成笑着。

"请！"卫仲利落转身，引着文歌成就往城主府里去了。

至于路平，这个他前后两次下令想要见一下的少年，此时就在他眼前，但他丝毫都没留意。文歌成才是可以引起他真正重视的人，至于那少年，他不过是有一点好奇而已。

府门外瞬间恢复了平静，卫扬被抬进了府，那个被路平摔到墙上的守门卫兵也被人扶走了。府门前换了两名卫兵，依旧笔直地站立着，路平他们四人忽然一下子就变得无人问津了。

"倒是省事了。"莫林说。

原本他在想的是，路平若真的杀了那个卫扬，接下来会如何收场？谁知道这事竟然就这么不了了之了，就因为一个文歌成的出现，城主府上下立即众星拱月去了。

"希望如此吧！"西凡说，他可不觉得这事到此为止了。城主的颜面是可以这样随便被扫的吗？城主府可不是峡峰学院，卫仲更不是巴力言。

"你怎么样？"路平完全不理会这些，问着苏唐。

"好像完全恢复了。"苏唐握了握拳，全身的力量使得没有一丝障碍。

"那到底是什么人？"路平问西凡。

"不会吧，文歌成都没听说过？"莫林惊讶极了。

路平摇头。

按说在学院三年，就算修炼无成，但见识总会增长，也不至于没听说过文歌成。

可路平实在是特殊，三年不只是没跟着学院课程一起修炼，甚至交流的人都仅限于苏唐，还有一些不得已遭遇的比如西凡，这些人显然是不会和他聊这样的八卦的。

"文歌成虽然只是一个双魄贯通者，但是他的能力显微无间全大陆只有他一个人会，哪怕是那六位五魄贯通的强者，也没有人能掌握这一能力。"莫林说。

"这是个什么能力？"路平问。

"怎么说呢，应该也算是一种感知、识别、去伪存真的辨识能力？"莫林说着，望向西凡，有向西凡求补充的意思。

"因为只有他一人掌握，所以外界知道得也不多，总之他总能看出别人看不出的东西，比如血脉……"西凡说到这个词时，忽然就停了下来。

"对了，燕秋辞和你什么关系？"莫林马上想到文歌成识别出西凡血脉时所说的话。

"不认识。"西凡回答得非常果断。

"文歌成可是不会看错的哟！"莫林说。

西凡不理他，自己转着轮椅往前走着，已经完全恢复的苏唐手搭上轮椅推起了他，身后却是路平在问："燕秋辞又是谁？"

"燕秋辞也不知道？拜托，大陆六大强者之一，西北燕秋辞，当世第一刀客啊！这都没听说过？"莫林说。

路平挠了挠头，感觉这个名字似乎有一点耳熟，或许是因为名声太响亮了，无意间从哪里的只言片语里听到过。

莫林此时显然没有给路平普及知识的兴趣，连忙追上苏唐他们，挤在苏唐身边，很讨好地也要一起推轮椅。

"西凡学长！西凡师兄！"他亲切地称呼着，"燕秋辞和你什么关系？说说呗！"

"不认识。"西凡还是如此坚持而又肯定地答道。

"唉。"看西凡坚持不说，莫林也没了办法，只是又想起之前文歌成说的话。

"文歌成刚才可说了，我们四个都来历不凡。你们怎么样我不管，我这份我得先信了。但我到底哪里来历不凡了？你们帮我想想。"莫林说。

"你是来历不明吧？"西凡看着他，"莫家人？林默？你到底是什么人？"

"哎哟，我的天啊，我都忘了我还是隐藏身份的啊！大意了。"莫林叫道。

第 31 章

以此为名

　　路平四人这一路上虽然遇到了不少事，又是峡峰院长巴力言又是城主府邀请什么的，但事实上这些事倒也没耽搁多少时间。只是原本雇好的马车没坐成，最后一路走回了摘风学院，时间大部分花费在这上面了。

　　路平健步如飞，苏唐推着西凡，也算健步如飞，最后就剩莫林"哎哟哎哟"地落到最后，一路不停地叹息、抱怨，累是累了点，但总算没有掉队。

　　摘风学院坐落在峡峰山山脚下，整座峡峰城依山而建，半道上弃了马车徒步行走，差不多算是穿过半个峡峰城，走了约莫有四个小时，他们回到学院时，整座学院都处在落日的余晖下了。

　　摘风学院建院不过二十余年，没什么背景，院长郭有道似乎也没多大财力，唯一能拿来说的，就是玄武学院的出身。

　　或许就是靠着这出身，郭有道不知从哪里圈来了一笔钱，最后办了这座摘风学院，一开始就喊出要赶超四大学院的口号，着实迷惑了不少人。峡峰区毕竟偏远，人们的见识难免要落后一些，对于四大学院没有太多的认识和概念，郭有道这么一说，不少人还真就信了。

　　眼下二十余年过去了，赶超四大学院这种事郭有道自己都不提了，峡峰区大伙的见识在这二十余年也有了飞快的提高，提起这个也都当是一个笑话。在峡峰区，大家还是比较认可峡峰学院的。自家里有了孩子，到了合适的年纪都会试着往峡峰学院里送，若是通过测试发现有修炼的潜力，一家人的未来就都有了保障。哪怕从峡峰学院出来后境界平平，但只要有个二重天、三重天境界的魄之力，在很多事上就比普通人要多一些优势。有二重天力之魄的人，耕起地来可比牛还快!

不过这种比较，可不是学院想见到的。所以虽然纯朴的峡峰民众对峡峰学院好评如潮，但峡峰学院自己这几年过得可不踏实。因为摘风学院，这座建立二十余年，规模不及他们四分之一的小小学院，近年来总有优秀的学生压他们一头，培养出这种有才华的优秀学生，才是学院真正期待的。

明明学生更多，导师资源也更好，但就是培养不出拔尖的好苗子，这意味着什么?

巴力言只能庆幸峡峰学院和摘风学院处在偏远山区，人丁稀少，全区就他们两座学院。换作相邻的志灵区，有天照、双极、宁远、青曲等大大小小的学院共计十八座，竞争极其激烈。志灵区因此设立点魄榜，列的就是各学院学生在统一大考中的排名。点魄榜只取前五十，十八座学院，学生数以万计，能上榜的却只有五十人，竞争之激烈可想而知，但是借此所反映出的学院实力基本靠谱，因此被各大区普遍采用。

这也是峡峰学院方面焦虑的原因。

峡峰区这边，幸亏学院不会用这样的方式来比拼，只是两座学院一起大考，对方什么样的实力各自心里有数。若是真的也像别的区那样竞争，峡峰学院学生众多又怎样? 能进前五十名的恐怕一个没有。摘风学院规模不到峡峰学院的四分之一又如何? 前五十名里哪怕挤进一两个学生，那受重视的程度马上超过峡峰学院。

峡峰学院近些年为了扩大影响，一直计划着参与志灵区的点魄榜，但偏偏没有争气的学生，这要是参与了也是自取其辱。这也是巴力言看到路平就眼睛发亮，迫切希望将这学生招揽入院的原因。

眼下峡峰学院迟迟没办法迈出这一步，但是摘风学院有路平，有苏唐，还有那个西凡，以及那个不知从哪儿冒出来的进修生，若是让他们先走出这一步……

大考结束了，巴力言更加焦虑不安起来。

一、三年级的魄之塔被毁，导致他们学院这两个年级的学生到现在也没法考试出成绩。二、四年级方面，峡峰学院倒是压住了摘风学院的风头，但是，那又有什么用？风头？根本是双方谁都没有风头。出现了能冲到第十二层的学生大家就沾沾自喜了，可若想在志灵区的点魄榜上杀进前五十名，怎么也得是能登上魄之塔顶端的学生，这样才算是拿到了入选点魄榜的资格证。

巴力言看到的唯一一个大有希望的学生，就是路平，为此他迫不及待地跑去修复关系，结果好像撞到了冰山一般。

对方看起来也没有对他有多少怨念，可也没给他任何亲近的机会。不过是个十六岁的孩子，却让巴力言觉得无从下手。

而后他就注意到了城主府的密探。

这张好牌引发的关注看来不仅仅局限于学院之间了，城主府那边又会采取一些什么动作呢？他们注意到路平，是因为他展示出的实力，还是因为他推倒了卫天启这种小事呢……

返回峡峰学院的路上，巴力言一直还在想着，他真的无法甘心。

路平，这个名字在这一天里被很多人记住了。

大考日过去，又一天清晨来临，路平在晨光中醒来。

对于他而言，一切都没有什么变化。学院的学习对他而言一直没有任何必要。三年来，他一直在努力的只是如何冲破这销魂锁魄的禁锢。

"叮当叮当……"

昨天一天内他两次听到这个声音，对他而言，这刺耳的碰撞声曾经无比熟悉。在组织里的日子，每一次被领去做实验，他都能听到这声音。随着这声音一起产生的，是无休止的痛苦。而围绕在他身边的每一个人，都只是面无表情地观察着，记录着。

痛苦，停止痛苦。

他们就像是在操作着什么开关似的，日复一日年复一年地在他身上操作着。他承受着痛苦，麻木而又平静地承受着，他不知道自己还能有什么选择。从他有记忆开始，他所过的就是这样的生活。

而在这之前，自己在哪里？过的是什么样的生活？路平完全不知道，他甚至不知道自己的年龄，就好像他从来没有过年龄。直到逃出的那天，在一张记录纸上，他看到了"大陆1847年4月24日，3岁"的字样，他甚至不确定那是不是属于他的记录，但是他把这当作了他生命的标记，他因此有了年龄。

而后他背着苏唐，在那漫无边际的雪海中艰难行走，他希望有一条路，不要让他这样艰难痛苦，可以平平坦坦地让他走下去。

路平。

这是他第一次有如此真实的期待。

他以此为名。

第 32 章
天才而大胆的想法

"他醒了。"

躺在床上发呆的路平忽然听到窗外传来说话声。

是谁？

路平侧身，望向窗外。

两个人各摆着舒服的姿势倚在他的窗台上，在正常情况下这是绝无可能的。因为路平知道，以他这窗台的高度，不是十分魁梧高大的人，能露个头就不算矮了。而此时倚在他窗口的两位，绝不是有这样身高的人。

摘风学院院长，郭有道。

还有一位，是他昨天在城主府外见过的——显微无间文歌成。

路平一边起身，一边听两人在他窗外闲谈。

"这是峡峰山上的山泉，正经的活水。茶也是好茶，峡峰山才有的高山茶，别的地方你想买都买不到。"院长郭有道说着，右手将一壶山泉高高地拎起，微微一倾，煮沸的山泉带着水汽自壶嘴中细细流淌出来，生出一片云雾，茶香很快洋溢在这片云雾中，跟着飘进了窗内。

"好茶。"文歌成赞叹了一声，转头望向窗里的路平，微微笑了笑。

"怎么是你？"路平一边说着，一边走到了窗边。

他朝外面一看，这两位将折梯倚在小屋的窗台前，当中高高地支起了一张茶台，大清早的，竟然就这样在他的窗外品起了茶。

"为什么不能是我？"文歌成端起茶碗，饮了一口，反问道。

"只是寒暄。"路平说。

"哈哈哈，好直接的孩子。"文歌成大笑。

"呵呵。"郭有道也笑了笑，端起他手中的茶碗，一口豪饮。

他的喝法不对，坐在折梯上的样子也绝不会好看，尤其对于一个学院院长来说，实在有些不够庄重。

"在你睡着的时候，我们仔细研究了你一下，不介意吧？"文歌成说。

"不介意，习惯了。"路平说。

文歌成沉默了，似乎听出了这一句"习惯了"中所包含的惨痛过往，片刻后，他才开口："你喜欢直接，我就直说。"

"好。"路平说。

"我看不出你的血脉。"文歌成说。

"哦。"路平很平静。

他不知道自己的身世，名字是自己给起的，年龄是看到一页记录就定义给自己的。对自己的来历，他也有一点好奇，但是没有过高的期待。对他而言，他就是路平，从组织逃出，在摘风学院生活了三年的路平，就算找到了过去，他也不准备就此改变。

所以这个来历，有还是没有，他都无所谓。

"看来你对这个并不太关心。"文歌成说。

"我不在意我的来历。"路平说。

"但我要说的不是这个。"文歌成说。

"那你要说的是？"

"不弄清血脉，就没有办法完全打开销魂锁魄。"文歌成说。

"是吗？"路平的反应依旧平静，好像这件事他也并不在意似的。

文歌成笑了，端起茶碗，再次轻轻抿了一口茶："果然我的判断没有错。"

"哦？"

"事实上，你并没有想要打开销魂锁魄，你企图掌握它，我说得对吗？"文歌成说。

路平没有回答。

"销魂锁魄是对魄之力的禁锢，可以将魄之力彻底压制，所以从另一方面来说，它也是对魄之力最强的隐藏，你很满意这种状态吧？"文歌成说道。

路平依旧保持沉默，不肯定，但是也不否认。

"相当天才并且大胆的想法。"文歌成说着，而后又缓缓地喝了口茶，跟着不紧不慢地道，"但是有一个漏洞。"

"哦？"路平说。

"终于有点反应了吗？"文歌成笑，一副"如我所料"的模样，关子卖出这个效果，他非常满意，没有继续故弄玄虚，随即向路平说道，"因为这根本是矛盾的，销魂锁魄是通过压制魄之力实现了隐藏。这种方式的隐藏确实很完美，可是也相当危险。主动对敌时，你可以放开压制，爆发实力，可若是遇到偷袭呢？在没有解除压制的情况下，你无法靠魄之力来感知到危险的存在。"

"我并不是真的要用压制来隐藏，我只是利用这种压制状态。"路平说。

"利用？怎么利用？"文歌成问。

"就是利用这种压制，将魄之力压缩在非常微小的程度内。"路平说。

"这不还是压制吗？"

"是压缩，不是压制。压制是让魄之力无法施展，压缩是让魄之力超高浓度地聚集起来。"路平说。

"那这……和销魂锁魄又有什么关系？"文歌成问。

"因为要实现这种程度的压缩，只有靠销魂锁魄这种程度的压迫力。"路平说。

"你的意思，其实就是在销魂锁魄的禁锢压迫下，依然感知到魄之力的存在，而且是高浓度的存在。这样一来，销魂锁魄对你而言就不是压迫，而是魄之力的压缩。"文歌成说。

"你终于明白了。"路平一脸欣慰。

文歌成点了点头，但忽然觉得这好像有什么地方不对。

本来不是自己卖着关子，准备指点这少年一下的吗？怎么到头来成了他指点自己了？不，不是指点，是他向自己解释而已，是解释。

"咦，这不对啊！"文歌成忽然又想起什么，"这么说的话，等于你根本没掌握销魂锁魄啊！你只是在销魂锁魄的禁锢下，依然可以偷出魄之力来使用。"

"对啊！"路平点头。

"那你说你企图掌握它。"文歌成叫道。

"那是你说的吧？"路平疑惑道。

文歌成愣了愣，仔细一想，确实，这是他自己说出来的，而路平根本就不置可否，可恨自己还在那儿洋洋得意地说什么"果然我的判断没有错"之类的话，明明就错得离谱。

"那你现在完成到什么程度了？"文歌成问。

"显微无间看不出来吗？"路平问。

"你这孩子怎么这么讨厌？"文歌成有点气。

"哈哈哈。"郭有道在一旁大笑，再次豪饮一碗茶。

"如果显微无间都看不出来的话，那是不是就没有人能看得出了？"路平认真地问道。

"这个……"文歌成虽然很想自信地告诉路平一定是这样，但是最后，还是无比认真严肃地说，"不能这样认为，世界永远比你我想象的都要大。"

无比强烈的好奇心

世界到底有多大？这个问题路平好奇过。

在那间密不透风的狭小石室里，透过头顶那巴掌大的气孔，路平看到过这个世界。

清晨，会有光线从气孔中照进来，那些光柱中的尘埃可以不知疲倦地飘浮旋转上一整天，路平尝试过抓住它们，但没有成功。不过光柱打在他手上的感觉，很舒服，很温暖。

到了夜晚，气孔那里有时可以看到一颗星星，运气好的时候，或许会有两颗。运气最好的时候，路平甚至发现有三颗星星挤在那里，向他眨眼，为此他兴奋了好几天。

下雨时，会有雨水落进来；下雪时，会有雪花飘进来。有一次，还有一只小鸟落在那气孔处，向里面探头探脑，"喳喳喳"叫了几声才飞走。

世界好有趣，路平想着。只是不知道这世界会有多大，不过肯定比自己这间石室要大许多。或许有一百倍、一千倍那么大。

后来，他终于逃出来了，他看到了气孔外的世界。辽阔的天空，广袤的大地，这些常人都已经看腻，没有兴趣去抒发什么感想的东西，让路平惊讶得有些睁不开眼。

这得有多大？他想着。确定的是，肯定不止一百倍、一千倍那么大啊！

他决心要活下去，和苏唐一起，就在这片天地间。世界到底有多大，他已经不那么好奇了，只要能身在其中，他就觉得很满足。

"咕嘟咕嘟咕嘟……"

又一壶山泉水被煮沸了，小气泡不断地从壶底升上水面，破裂。郭有道伸手抄起水壶，举高，再次冲泡，这一次，他冲了三碗，有路平一碗。

"自己拿。"郭有道说着，端起了他自己那碗。

"有关你的修炼，我可能帮不到你什么。"文歌成对路平说道。

"或许是因为你来得太晚。"郭有道吹着碗中漂浮的茶末，头也不抬地说道。

路平注意到了茶桌上扔着一页信纸，干巴巴的，内容简洁，字迹潦草，这就算是对文歌成的邀请了，而落款日期却是：大陆1857年1月22日。

路平记得这一天。

那一天，他和苏唐从组织逃出，在雪原里走了很久很久，他根本不知道该去哪里，只是一直坚持着走下去。后来遇到了郭有道，郭有道带着他们一同上了路。回到摘风学院，那至少也是一周以后的事了，但是从信的落款日期上来看，郭有道在遇到他们当天就写了这封信。

但是文歌成，赴约竟然用了三年，路平忍不住要对他"肃然起敬"了。

"我能看到这封信就是奇迹了，否则你以为我会看到你这一笔烂字就跑来你这荒山野岭吗？"文歌成说着。

他行踪飘忽，收信这种事对他来说根本毫无概念。所以这封信三年没有遗失，并且最终落到他的手上让他惊讶不已。冲着这份惊讶，他赴了这趟迟到三年的约。

"不虚此行吧？"郭有道说道。

文歌成点了点头，然后对路平说："虽然你自己都不关心，但我对你的来历非常好奇。"

"我会找出来的。"文歌成将手伸进窗，拍了拍路平的肩膀。

"哦。"路平反应平淡，这不出人意料。

不过似乎文歌成的兴致没有被路平的反应打搅，似乎文歌成在下定这个决心后，整个人都充满了精力。

"那么，我走了。"

告别来得如此突兀，路平本以为文歌成对此感兴趣的话，肯定还会问自己不少问题。

"对了。"已经从折梯上跳下去的文歌成突然又想起来什么似的。

"我不清楚你现在是怎么做的，但我有一个建议。"文歌成说，"将魄之力区分开，一魄一魄来偷，可能会容易一些。"

"哦。"路平应了一声，他的脸上并没有出现文歌成所期待的那种顿悟，或是思考的表情。

"你已经在这样做了吗？"文歌成有些悻悻地说道。

"是的。"路平说。

"再见！"文歌成头也不回地走了。

"呵呵。"郭有道再次笑着，满饮了一碗茶，然后望向了路平，"如果三年前你就遇到他，会少走很多弯路吧？"

"是的。"路平点头。

他能从组织逃出，是趁着对方实验时的疏忽。可每次实验中，组织对销魂锁魄的解除都有限定，程度有限，时间也有限。那时的他，临时拥有的魄之力很快就被销魂锁魄镇压回去了。

是在摘风学院的这三年，无数次的尝试，无数次的失败，才让路平最终找到了目前所用的想法。而文歌成，只是初次见到他，就能梳理出这么多的想法，确实极其了不起。如果能在三年前就遇到文歌成，真的可以帮他节省很多绕弯路的时间。

"显微无间，无与伦比的洞察能力，也只有他这种拥有无比强烈的好奇心的人，才可能练就这样的能力。"郭有道说着。

"好奇心？"

"是的。你没看到他对你的事比你自己都上心吗？因为你太值得他好奇了。"郭有道说。

"那我是不是该帮帮他？"路平挠挠头，虽然他并不如何在意，但是别人毕竟是因为他的事忙前忙后，自己不去搭把手，好像有些过意不去。

"放心吧！为了满足他自己的好奇心，当他需要你帮忙的时候，你逃都逃不掉。"郭有道说。

"那我还是离他远点吧！"路平又有点怕了。

"你试试看。"郭有道说。

"怎么忽然觉得很不安呢……感觉他可能会比组织还要麻烦。"路平说。

"当然，那组织没有来打扰你，你就很满足了，而他的好奇心可是无止境的。现在只是好奇你的来历，但是很快，他的好奇会转移到这神秘的组织上。他们的成员，他们的运作方式，他们的目的……这些事，他一定都非常想知道。"郭有道说。

"你把他找来，到底安的什么心哪？"路平问。

"呃……"郭有道想了想，"辨别你的血脉，帮你解决销魂锁魄的问题。"

"现在呢？"路平问。

"现在……只怪他迟到了……"

“有点同情他呢！”路平说。

“不，他乐在其中呢！”郭有道说，“至于你，想不到你现在已经达到这种程度了，你也该报答一下我的救命之恩了。”

“你说。”

“我已经说过了，摘风学院的未来，要靠你们这些优秀的学生啊！”郭有道说。

“你这是作弊啊！”路平说。

“我可是放宽院规，等了你三年。”郭有道说。

“你早说好吗？一年级魄之塔我第一年就能通过了，至于像现在这样冲过头吗？”路平说。

“冲过头好，只是通过，那哪里够啊？”郭有道笑。

第 34 章
点魄大会

"需要我怎么做？"路平问。

"以摘风学院学生的身份，去参加志灵区的点魄大会。"郭有道神情庄重地道。

"哦。"路平说。

郭有道再次满饮一碗茶，等了许久，但是除了这个"哦"，他再没有听到路平说第二个字。

他居然不主动表态！郭有道觉得有点无趣，只好再由自己来点破。

"参加了，就至少拿个第一回来吧！"郭有道说。

"第一"前面用个"至少"，这种修饰明显是不合适的，不过路平自己也不表个态，郭有道索性就将路平往高处推。

"好。"路平回答。

郭有道又等了好久，结果又只是这一个字。

"我说……"郭有道有些忍不住了，"你不是敷衍我吧？"

"当然不会，你救了我。"路平认真地说。

郭有道沉思了良久，开口道："事实上，如果不是因为你带着苏唐，只是你一个人的话，不需要人来救。所以准确来说的话，我救的其实是苏唐。"

"一样。"路平口气坚定地道，"因为不存在我没有带着她这种可能性。"

"好。"郭有道点了点头，也是用一个字高度概括对路平的赞叹。

"苏唐也和你一起参加。"郭有道说。

"她也要参加？"路平的眉头皱了皱。

"你这是什么眼神！好像是在指责我贪得无厌啊？让她参加是为了帮她增长见识，她的力之魄已经达到六重天，她需要更好的磨炼环境。这个环境摘风学院给不了，整个峡峰区也给不了。"郭有道说。

"哦。"路平点了点头。

"还有莫林、西凡。"郭有道说。

"莫林？"

"就是林默，显微无间都来过了，他的身份还瞒得住吗？你早就知道的吧？还挺讲义气。"郭有道说。

"呵呵。"路平干笑，末了又问，"西凡没有问题吗？"

"点魄大会距离现在还有一个月，以西凡的素质，身体康复没有问题。"郭有道说。

"我问的不是他的伤，而是他的身份，照理说，他现在已经应该算是毕业了吧？"路平说。

"还没有参加大考，还不算毕业。"郭有道表情淡淡的。

"你不是准备专门给他安排补考吗？"路平问。

"那是点魄大会以后的事。"郭有道说。

"好卑鄙！"路平忍不住发出感慨。

"没大没小。"郭有道瞪他。

但是说实话，就这样坐在个折梯上，跟粉刷匠似的，目光再严厉路平也觉得一点威严都没有。

"因为还有一个月的时间，所以我特意给你们安排了一个修行。"郭有道接着说。

"修行？"

"去天照学院，我已经联系好了我相熟的老友，他会给予你们最合适的指导。哦，准确来说，是指导他们三个，你只能靠自己。"郭有道说。

"好。"路平点头。

接着，又是片刻沉默，郭有道犹豫良久，终于还是忍不住问道："你交个底，你现在从销魂锁魄下偷出来的魄之力到底有几分？"

"我不知道。"路平摇头，跟着补充道，"因为我根本不知道我的全部魄之力是多少。"

"多加小心，志灵区不像我们峡峰区，那儿有天赋的出色学生本来就很多。再者，也不能保证其他学院没有作弊的可能。"郭有道无比郑重地说着。

"院长都这么卑鄙？"路平问。

"世界很大，人外有人啊！"郭有道叹息着。

峡峰学院，位于峡峰城往东七百余米，是一片占地极大的庄园。在摘风学院之前，峡峰学院是整个峡峰区唯一的学院，四座巍峨高耸的魄之塔，称得上是整个大区的地标性建筑。

但是现在，四座魄之塔中有两座已经不见了，非常对称地坍塌了，两片废墟到现在还没有收拾干净，坐在院长室里的巴力言一偏头就可以看见，胸闷不已。

魄之塔的建造可不容易，对于学院而言，这是一种身份的象征。大陆有记载的四百四十二座学院中，拥有魄之塔的不过九十一座。峡峰学院在这些学院中是排不上号的，但因为是全区唯一的学院，它也拥有了很多学院还没能力修筑的魄之塔，总算让峡峰学院拥有了一点值得自豪的东西。

但是现在，两座魄之塔倒塌了。

峡峰学院凭借自身的实力是修不了两座魄之塔的，当初修筑也是多亏了城主府方面的官方支援。这次两座魄之塔被毁，巴力言只能向城主府那边报备，最终会不会再给他们新立双塔可就不好说了。

今时不比往日，峡峰区可不是只有他们一座学院了。

摘风学院。

现在一想到这个名字，巴力言就恨恨的。今天又收到消息，摘风学院竟然要派人去参加志灵区的点魄大会，这更让巴力言坐立不安起来。

路平！

郭有道所仰仗的是谁，巴力言怎么会不清楚？他意图招揽路平，打的其实也是同样的主意。但是郭有道已和他约好，只要他说服路平，郭有道那边就一定放行，可此时郭有道依然放心大胆地派出路平去代表摘风学院，显然，郭有道根本没把那约定放在心上，郭有道是看准了路平根本不会被他引诱走。

"这老混蛋！"巴力言一巴掌重重地拍到桌上，院长室的门恰好应声开了。

"院长，城主府来人。"他贴身的导师匆匆进来向他汇报着。

"啊？"巴力言一愣。

城主府反应之快超乎他的意料，魄之塔被毁的事，他今天一早刚刚报告上去。他知道城主卫仲极其注重效率，但是没想到会如此有效率。

"请！快请！"回过神来的巴力言连忙说着，城主府的人却已经到了他的门外。

"巴院长。"来人进了院长室，见礼。

巴力言没敢有丝毫怠慢，他认得这人，城主府十二护卫之一，卫明，年纪不大，但据说足智多谋，深受城主卫仲的器重。卫仲交托卫明去办的，一定是卫仲极为重视的事。可如果仅仅是处理有关魄之塔倒塌的事件，似乎还不需要派出城主身边的这位第一智囊来宣布。

这让巴力言不由得忐忑起来，回了礼后都忘了让座看茶，只是呆呆地等候着卫明说明来意。

第|35|章
两件事

对于巴力言稍稍有些失礼的表现，卫明没有太过在意，作为城主卫仲信任的护卫，他很好地秉承了城主卫仲极其重视效率的做事风格。

"两件事。"卫明竖起两根手指，开门见山地就说了起来。

"第一件事，对于峡峰学院近些年的发展，城主不满意。"

"这个……"巴力言苦笑。峡峰学院的发展，他同样也不满意，可他真的没什么办法。

学院设施方面，有着二百余年的发展以及峡峰区一直以来的支持，别说摘风学院了，整个大陆多半的学院都无法和峡峰学院相比，魄之塔就是最好的证明。导师方面，巴力言竭尽所能网罗人才，这个他不敢放眼大陆去比，但比摘风学院，他有绝对的信心。

关键问题就在学生上。比人数，峡峰学院的学生不算少，但是峡峰区这个偏远山区真的就好像是未开化一般，完全找不出几个有天赋的孩子。其他地区或是家族的优秀子弟，那也不可能往空有设施却无建树的峡峰学院送，巴力言真是感到巧妇难为无米之炊。

"您不用解释。"巴力言刚说了两个字，就被卫明堵了回去，"是什么问题，城主比您更清楚，但解决问题是您的责任。城主甚至将他的独子都送到峡峰学院了，这份态度，我想您应该是很清楚的。"

卫明一直很注意地使用着"您"这样的敬称，但是他的态度可没有与之相应的尊重，巴力言的额头已经见了汗。

"我明白，我明白……"他重复着。

城主卫仲对峡峰学院的支持确实没的说，卫明非常简洁地点破了这一点。如此支持，却毫无建树，城主的不满合情合理，这让巴力言都羞于面对，那么接下来无论如何处置，巴力言也只能听命了。

"但是，城主不准备就这样放弃对峡峰学院的支持，两座魄之塔，城主府会补给您。"卫明说。

"啊？"巴力言以为听错了，按卫明之前所说，接下来顺理成章废了他或峡峰学院都合情合理，哪里想到竟然是这样的反转！

"但是这并不代表什么。"卫明接着说道，"只是因为，魄之塔，摘风学院需要四座，而峡峰学院只需要两座，修两座总比修四座要省事，城主喜欢高效率。"

"我明白……"听了这席话后，刚刚喜出望外的巴力言额头再次冒汗。

基于这种原因，城主保持了对峡峰学院的支持，但是同时也给了他更大的压力，峡峰学院若是再没有什么突破性的发展，或许他就应该考虑一下跑路的问题了。

"第二件事。"一件事传达完，卫明没给巴力言什么消化的时间，立即开始讲第二件。

"峡峰学院，要去参加志灵区的点魄大会。"卫明说。

"啊！这……这恐怕不太合适吧？峡峰学院暂时还没有这样的能力啊！一年，再给我一年。"巴力言慌了，这一次他无论如何也要据理力争。他没想到城主府对他的考核来得如此快，居然要让他直接去志灵区的点魄大会见分晓，这可只剩下一个月时间了啊！峡峰学院怎么可能一个月里就突然冒出有实力的学生，除非……除非……

巴力言脑子转得飞快，突然就想到了某种可能性："除非……"

"除非摘风学院的路平转入峡峰学院是吗？"卫明帮巴力言说出了他想说的话。

巴力言老脸一红，但这时也顾不上其他了，如果能争取到路平，绝对是一大幸事，城主府可以出面帮忙那再好不过，于是他立即点了点头。

"你以为城主府就可以随意左右学生的意愿了吗？"卫明突然冷冷地说了一句，这一次，他甚至没有再用敬称"您"，而只是用了"你"。

巴力言有些茫然，城主府如果真有这种指示，当然可以左右学生意愿了。难道还会有学生不把城主府放在眼里吗？他当然不知道，就在昨天，路平软硬不吃地拒绝了城主的召见，甚至还打伤了城主的一名护卫，所以他对卫明这仿佛是在自嘲，却又极度阴冷的口吻十分不解。

"这是峡峰学院去参加点魄大会的学生名单。"这时，卫明忽然掏出一页纸，递了过来。

巴力言茫然地接了过来，抬眼扫去，第一个名字，卫天启。

城主的独子，论境界，确实算是峡峰学院的翘楚，若不是魄之塔倒塌，以他的境界是有冲到塔顶的可能的。但仅仅是这样的实力，也不过是有参加点魄大会的资格，想上点魄榜可没那么容易。

巴力言琢磨参与志灵区的点魄大会多年，自然对此相当了解。点魄大会不分学生的年级，卫天启所要面对的不只是同级生，还有比他高一级的四年级学生。志灵区那边的学院学年期限和峡峰区并不完全一样，他们的四年级学生是要参加完当年的点魄大会后才正式毕业的。而在点魄大会的最终排名，会是他们实力的最终评据。魄之塔的突破层数？这在志灵区可有点拿不出手。

城主大人，是因为自己的儿子而过度自信了吗？

巴力言看到卫天启的名字后下意识地这样想着。但是很快，他扫到了名单上的第二个名字。

卫扬。

卫扬？是那个卫扬吗？两年就从接触感知到完成贯通的天才？城主府的十二护卫之一？

这样的天才，正是巴力言一直渴求的学生啊！只可惜卫扬已是城主府的护卫，已有这样的境界，巴力言求也求不来，但是现在，城主准备将卫扬送到峡峰学院，然后代表峡峰学院去参加点魄大会？

巴力言的太阳穴跳了两下，这是他极兴奋时才会有的表现，他隐隐意识到城主这次指示他们参加点魄大会的用意了。

卫扬之下，第三个名字。

卫明。

竟然是卫明，眼前这名年轻人的实力到底有多强，巴力言也不清楚，但肯定要比卫扬强得多。卫扬虽然是天才，但据说实力在城主府十二护卫中处于末流。

连卫明都派出来了，巴力言对这份名单开始深深期待起来了，他迫不及待地扫向名单上的第四人。

卫影？

这是谁？

巴力言有点茫然了。同是姓卫，那应该也是十二护卫之一了。这不同来历的十二人，在跟了卫仲成为他的护卫后，都被统一赐姓为"卫"，卫影，大概是其中之一了，但是，好像从来没听说过啊？

"看完了吗？"这时，卫明的声音响起。

"看……看完了。"名单上一共就这四个名字，一眼就扫完了。

"多的话不用说了，您来安排吧？"卫明说着，对巴力言的称呼，又恢复为"您"。

"我明白，我来安排。"巴力言不知说了多少次"我明白"，但对他而言，这实在是天上掉馅饼一样的好事，城主府居然派出高手代表峡峰学院参加点魄大会，早有这待遇的话，峡峰学院恐怕早已经闯出名头了吧？

卫扬、卫明，还有那个没听说过的卫影，有了这些高手，只有区区一个路平的摘风学院又算得了什么？

不！

自己怎么还在想摘风学院，还在想路平？这时候还想他们，格局未免太小了，自己真是在峡峰区混傻了。有这样的高手，就该放眼志灵区才对。只可惜，人还是有点少，才四个。这要是十二护卫全派过来，到时雄踞点魄榜十二个名额，峡峰学院该是何等风光啊！

呃，不对，峡峰学院十二人，全姓卫，这也太过扎眼了，太不自然。还是现在好，比较有分寸，再找几个学生充充数，多凑几人去参加。

摘风学院？郭有道？路平？

咱们点魄大会再见吧！

北出口的罪魁祸首

郭有道对这一天期待了有多久，路平也不清楚。

路平只知道当天上午谈过之后，下午他们四人就被郭有道叫到了一起，安排他们上路了。

"这里有一封信，到了天照学院后，交给楚敏老师。呃，或许现在都是院长了，这一个月你们就听她安排吧！"郭有道拿着一封信，目光在眼前四人身上逐一扫过，最后把信交给了轮椅上的西凡。

"或许是院长？"西凡一边接过信，一边质疑了一下郭有道话里的某个词。

"嗯，有些日子没联系了，代我向她问好。"郭有道挥手，示意四人快点出发。而他则负手转身，就这么自顾自地先离开了。

"怎么回事？"莫林脸上甚至还带着午睡后的惺忪，"我一觉醒来，脸还没洗，突然就让我负担起学院的未来了？我到这儿到底是干什么来了，我怎么突然有点想不起来了？"

"走吧！"路平倒是言简意赅，他和苏唐一起推起西凡的轮椅，骨碌碌地就上路了。

莫林站在摘风学院的大门前，望着高挂门楣的"摘风"两个字，始终还是有点恍惚。他发了半天的呆，再回头，发现那三位已经走出去好远了。

"等我。"莫林连忙叫着，匆匆追了上去。

志灵区和峡峰区相邻，两区各自的主城志灵城和峡峰城相距不过数百里地，算不上太远。只是这一路上有太多崎岖难行的山路，通行极其不便，峡峰区较为封闭落后的现状，也是因为交通不发达。

峡峰城北出口，这是去往志灵区的必经之地。从这里搭乘马车的话，还是可以走上一段稍好一点的路的。这条路，峡峰区已经修了两百多年，至今还在修。要是想和志灵区完全连通，或许再有个一百年就可以实现了。

虽然这条路一直在修，但是在和志灵区完全连通之前，很少会有热闹的时候。对很多人而言，这条未完成的路只能算是一条"死路"。

不过今天有些例外，路平四人来到北出口，准备找辆马车先走完这条"死路"时，却发现这里热闹非凡，人很多，马车也很多。

四面八方充斥着各种声音，有细心嘱托的，有担忧的，有寄予希望的，有吩咐着难得出去这趟给家里带点什么的……

四人左右看看，很快，他们看懂了。

这里全是峡峰学院的学生，有一年级学生，也有三年级学生。因为两座魄之塔倒塌了，他们没有办法完成大考，根据学院的安排，眼下他们得赶往志灵区的双极学院完成大考。

路平，毫无疑问是制造眼下这一场面的罪魁祸首，毫不意外地被很多人的目光捕捉到了。因为所有人都目睹了他强大的实力，所以没什么人敢冲他抱怨，所有望着他的眼神，流露出的都是一种受了委屈似的哀怨。这和他们平时居高临下鄙视摘风学院学生的眼神可大不一样。

"罪魁祸首"走在这当中，神色非常坦然。他左看、右看，左看、右看，走马观花似的，像是在享受着所有人的委屈。

这可就让一些人感到不忿了，虽然他们依然不敢站出来叫嚣什么，但至少眼神里偷偷释放了一点狠毒，心里偷偷下了一点诅咒。

就在这时，路平突然停下了脚步。

整个北出口的气氛都因为他这一停步变得紧张起来，正打量着他的许多目光在他这一停后纷纷躲避开了。

结果就见路平很高兴地摸了摸他身前的那匹马："就这辆吧！"

所有人顿时失望……

原来路平只是在挑马车，他们的眼神是委屈，是哀怨，还是恶毒，人家压根就没留意。

以为路平是在挑衅时，他们或躲闪，或容忍。但在发现路平其实并没有在意他们时，峡峰学院的学生们反倒有些不能忍了。

峡峰区就这么两座学院，而他们一直比摘风学院强势得多，他们是峡峰区的天之骄子，这是他们一直以来的认知。

但是现在，天之骄子们被无视了，在人家眼里还不如一匹马。

少年，有时总会忽略后果，只图一时爽快。于是有人立即跳了出来，要给路平添点堵。

"不好意思，这辆马车我已经雇下了。"一名少年出现在路平面前，粗声粗气地说着。

他只是峡峰学院一个很普通的一年级学生，没什么家世背景，实力也远逊于三年级学生，更别说和路平比了。可此时第一个冲出来的是他，这和背景、实力都无关，只是因为心底的骄傲化成了一股冲动。

他左手死死地拉着那匹马的缰绳，目光笔直地注视着路平，摆出了一副绝不退让的架势。

莫林不动声色地凑到了路平身边，用胳膊肘碰了碰路平。

"杀了他。"莫林说话的时候朝那少年努努嘴。

他的声音不大，但也不太小，至少足够让那个少年听到。

少年的腿顿时有点软了，但他更加死命地拉着缰绳，这至少让他没有立即倒下。

但是前来为少年送行的父母已经听到了莫林的话，昨天大考的事他们当然有所耳闻，在普通人一知半解的认知中，考试考到要把塔弄塌，这脾气得暴戾成什么样？而现在，他们的儿子竟然跟这个家伙抬杠，他们慌得很，听到莫林凑上来说"杀了他"时，爱子心切的一对父母飞扑上来，护着儿子的同时还准备用力哀求，结果看到路平转头扫了一眼莫林。

"你有病啊？"说完路平有些惋惜地摸了摸那匹马，然后东张西望地继续挑选了。

"哎，你这人！"莫林气得不行，扭头看看，那一家三口都目瞪口呆地站在那儿，似乎不知道该是什么心情了。

"你想害你全家？"莫林没好气地指了指那少年说道。

冲动过后的少年此时已经知道害怕了，也开始后悔了，听到这话，他哪里还顾得上那马车？死死抓着身边的父母，真的就快要倒下了。

"哎哟！"只听得一声惊叫，莫林的身子倒是先歪下去了。

"你有病啊？"苏唐说着，单手拎着莫林的衣领，居然就这样将他拖走了。

"骨碌碌……"西凡转着轮椅到了一家三口面前。

"别在意，他是个杀手，可能有点职业病。"西凡说。

莫林的底细现在已经不是秘密了，至少他们三人都是知道的。

"杀……杀手？"少年的父亲一直还算镇定，此时脸上顿时蒙上了一层死灰。

"唉……"西凡发现自己坦白的解释似乎并没有起到很好的安慰

效果。

　　"你们还是赶紧上路吧！"于是他说道。

　　"上……上路……"父亲这下彻底支撑不住了，一屁股坐到地上。一家三口抱在了一起，哭成了一团。

　　"我……我还是先走吧……"西凡连忙自己转着轮椅离开了。

第|37|章

小城主

"让开，把路让开！"

热闹的北出口突然响起洪亮的呼喊声，尽管现场嘈杂，可声音还是清晰地传入每一个人的耳中，这显然不是因为嗓门大，而是利用鸣之魄力实现了对声音的控制。

什么人？

有点见识的人都立即察觉到这个呼喊者的不凡。

很快，在北出口道路的正中，一辆由三匹骏马拉着的马车飞驰而来。

马车的车厢比寻常单驾马车可要宽大许多，此时路被人群占成这样，马车难免难以通行。

那施展鸣之魄力高呼"让路"的人，竟然只是马车的车夫。

没有人因此感到惊讶，因为大家都看到了车厢上那醒目的家徽。

重叠的山峰，这是峡峰山的地理特征。卫家的家徽设计，取材自这峡峰山最显著的特点，卫家的势力在这一带极为庞大，民众更是养成了根深蒂固的敬畏之心，于是大家很快让出一条宽宽的道路。

马车的速度却在此时降了下来，三匹骏马昂首阔步，拖着车厢在道路正中缓慢前进。车厢里钻出一人，正是城主的独子卫天启。此处两旁不少都是他在峡峰学院的同学，于是他不住地挥着手，和这个打个招呼，高喊一下那个的名字，享受着众多人的羡慕，却又极力扮出平易近人很好打交道的模样。

两边被他喊到招呼到的学生都卖力地配合着他，满足着他的骄傲之心，至于心底会有什么议论，那旁人也就不得而知了。

卫天启就这样站在马车上，一副意气风发的模样。忽然，他神色一变，因为，他在人群里看到了他十五年来最为痛恨的人。

路平！

卫天启从见到路平到现在不过一天的时间，两人说过的话不超过五句，动手也只是一次推搡而已，但路平已然成为他十五年来最痛恨的人。

因为他是卫天启，城主卫仲的独子，在这峡峰区，这峡峰城，从来没有人敢得罪他，甚至没有人敢惹他不高兴。所以对他来说，让他痛恨一个人，比让他喜欢一个人还要难。因为从来没有人敢做出让他感到痛恨的事。

但是就在昨天，终于有了这样一个人。

摘风学院的路平，他听都没听过的名字，在昨天的大考中竟然把他推飞了。

这可是从未有过的事，这让他立即痛恨上了路平，前所未有的痛恨。

虽然他知道路平的实力很强，至少比他要强，但他并不畏惧。他可是城主的儿子！所以他很清楚，从来没有人会让他不高兴，那是因为畏惧他的实力吗？当然不是。他们畏惧的是他的身份，是他的背景，是整个卫家在峡峰区的庞大势力。

身份、背景、势力……所有这些加在一起才叫强大，单靠个人的实力又能强到哪里去？

所以，路平强，也只是境界强。而自己呢？境界是弱了点，但自己有身份，有背景，有整个家族的势力为自己撑腰，所以在卫天启眼中，他更强，他远比路平要强。

所以他不怕，也不应该怕。卫天启是这样告诉自己的。

但问题是，昨天他被路平推飞了，然后看着路平笔直走到自己身前的时候，他怕了。他真的怕了，在那一刻，他忽然觉得，身份、背景、势力，好像都帮不到自己。那种从未有过的惊慌失措的心情，让他深深地感到不安，这不是过一夜就可以忘记的事。

而现在，他又看到了路平，正挤在人群中，和其他人看起来完全没什么两样。

"停！"卫天启对身旁的车夫说着，马车立即稳稳地停住。

卫天启跳下马车，向前走去，人们下意识地给他让路。很快，他就走到了路平他们身后。

路平还在挑马。

"这一匹不错。"他正指着一匹毛色很杂的马说着。

"有点难看。"苏唐说。

"这个不重要。"路平说。

"那你是怎么看出它不错的？"莫林问。

"喀喀！"卫天启重重地咳嗽了两声。

路平和莫林回头看了他一眼，然后把头扭回去，接着继续分析那匹马。

卫天启愣了，他没怒，先是愣了。因为他实在没想到，他居然被无视了？

还好，他被无视得不是很彻底，同样回过头来的西凡总算认出了他。

"小城主。"西凡招呼了他一下，现在所有人都如此称呼他，直到某一天他的父亲卫仲不在了，那个"小"字大概就可以去掉了。

总算还有人理会，这让卫天启稍稍好受了一点，但是很快，他就听到刚刚没理会自己的那个戴草帽的家伙哈哈大笑了起来："小城主？西凡你还喜欢给动物起名字啊？但这是什么蠢名字啊？"

　　万籁俱寂。

　　认真讨论马匹的路平和莫林也立即感觉到了不对，留意到苏唐给他们使眼色后，两人再次转过身来，当即看到一双快要喷出怒火的眼睛。

　　"呃，这位是卫天启，城主的独子。"西凡还在一本正经地介绍着。因为他知道，如果不介绍的话，这两位恐怕还是不知道这人是谁。

　　"哦……"莫林长长地哦了一声。

　　路平只是点了点头，然后望着卫天启说："有什么事吗？"

　　"你……真不认得我了？"卫天启觉得对方一定是在假装，可路平的神情认真得很，认真到让他有所动摇。

　　"呃……"路平仔细在想，还好苏唐凑了上来，在他耳边轻轻地提示了一下。

　　"哦。"路平顿时恍然大悟。

　　"挡路的。"他说。

　　卫天启的脸色立即就青了，自己原来就是个……挡路的？

　　"有什么事吗？"结果路平又在问。

　　"你觉得呢？"卫天启死死地瞪着路平。

　　路平想了想，明白了。

　　"你是来道歉的？不用放在心上，都过去了，再说你也没影响到我什么。"路平说。

　　"你……你……"卫天启气得话都说不上来了。周围所有人也都觉得路平这是在戏弄卫天启，想笑，但是又不敢。

　　"呵呵……"但是，此时偏偏有人笑了。

"谁！"卫天启一听到这笑声，怒发冲冠，但是一转身看到来人，顿时愣住了。

"明大哥。"卫天启叫道。

卫明不过是城主府十二护卫之一，但是城主的独子对他以哥相称，由此可知卫明在城主府的地位，并不是个家奴那么卑贱。

"小城主。"虽然被卫天启以哥相称，但是卫明对卫天启的态度恭敬得无可挑剔。

当他的目光从卫天启身上转向路平时，他的神色全变了。他当即变得面无表情，仿佛眼前的人根本不值得他浪费一个表情。

"你觉得这匹马不错？"卫明说。

"是啊！"路平点点头，回身又摸了摸马头，那马似乎对此很是受用，摇晃着脑袋，主动在路平的手掌下蹭着。

"是呢！"卫明应了声，突然一抬手。

莫林只觉得一道微风从自己身旁掠过，他下意识地回头。

那马的脑袋似乎更低了，就在路平的手掌下，越垂越低，突然猛地向下一坠，跌倒在地。

"唏！"

血似箭一般自马颈间喷出，手掌还悬在半空的路平被血喷了满身。

"但是它死了。"卫明说。

说完，他抬手指了指已经吓傻了的车夫，这车夫看到他这动作，突然像是想起了什么似的，惊叫着抱头蹲到了地上。

"去城主府，赔你十倍的马钱。"卫明没有理会车夫的反应，只是自顾自地说着。末了，他又望向卫天启，依旧是无可挑剔的恭敬神色。

"小城主，我们走吧！"

"啊？"眼前发生的一幕让卫天启有些发傻，又愣了片刻后，他才回过神来。

"走。"他转过身，走向他的大马车，卫明跟随在他身后。

在钻进车厢前，卫天启忍不住又回头看了一眼，路平还站在那儿，抬着手，一身血迹，犹自在发呆。倒是那车夫在反应过来卫明对他说的赔十倍马钱后，欢天喜地地跑了。

"小城主坐好，我们要赶路了。"车夫对卫天启说着。

"好。"卫天启应了声，钻进了车厢。

马蹄扬起，笔直平坦的大道上扬起一路飞尘，马车很快从所有人的视野里消失了。

第|38|章

路平的态度

城主府的大马车离开了，北出口却完全失去了之前的喧闹。

鲜血洒了一地，路平也被淋成了一个血人。马头，马身，就这样分离了，马无力地倒在地上，很快就有一群苍蝇闻到了血腥味，"嗡嗡嗡"地飞了过来。

"这家伙是谁？"莫林心有余悸，他所感觉到的不过是一道微风，想不到竟有这么大的杀伤力，可想而知那一击到底有多快，才会让莫林只感觉到一道微风。

如果这一击冲的不是马，而是自己，会怎样？莫林有点不敢想下去。

对方的境界远比他要高，这很明显。

"卫明。"西凡开口说道，"城主府十二护卫之一，号称是城主身边的第一智囊。境界不详。"

说着，西凡转过头望向沉默着的路平："你没事吧？"

路平摇了摇头，神情还是一如既往的平静。

"我去洗一下。"路平说着，脱下了那满是马血的上衣，随手抛下，正好覆在那马头上，而后向着道路一侧的溪流走去。

溪水清澈，但很快就被路平洗掉的马血染红了，苏唐一言不发地跟在他一旁，掏出手帕浸湿，帮他将一些未洗到的地方擦干净。

所有人都在注视着路平。他们看着路平去了溪边，看着他清洗完，看着他赤着上身又回到这边大道上。

大家在等，想看路平会有什么反应。

但是路平并没有什么过激的反应，他只是默默地穿过了人群。

在路的一旁，西凡和莫林已经雇好了一辆马车，路平钻进车厢，马车上路，很快也消失了。

"看吧，我就说！"留下的人群议论开了。

"城主府的人啊！你还指望这小子能怎么样？"有人自诩早料到了这结果，正在说着。

"那天他推飞卫天启的时候可是挺嚣张的。"又有人说道。

"没看出来吗？这小子开始根本就不认识卫天启，但是现在，他认识了。"有人说。

"这不对吧？西凡告诉他那是城主独子的时候，他也没怎么畏惧，还戏弄卫天启来着。"

"但他到底还是怕了。"

"因为卫明……"说到这个名字的时候，所有人都下意识地缩了缩头，好像谈话会被卫明听到似的。

显然刚刚卫明果断斩断马头的举动实实在在地吓到了他们，于是一提到这个名字，议论突然就止住了。

"时候不早了，赶紧上路吧……"

"是啊是啊，还有好多山路要走呢！"

"走走走。"

所有人相互打着哈哈，连忙开始张罗着上路，一辆又一辆的马车奔上了大道。

摘风学院四人的马车车厢里，四人左右分坐，西凡的轮椅被捆在了马车后。马车走了快半个小时，一直没有人说话。莫林只是仔细观察着路平的神情，希望看出点什么来，但是一无所获。

这种察言观色，西凡显然更加擅长，可此时即便是他也看不出路平到底在想什么，于是他只能自己开口。

"下马威。"西凡说。

"是杀马威吧？"莫林一看终于有人说话了，可算松了一口气，刚刚那沉默的半小时让他都有跳马车的冲动了。

西凡不理这家伙的胡说八道，继续说着："城主府行事，通常也没有这么强势霸道，但那并不是他们心慈手软，只是因为在峡峰区这个地界没有人敢忤逆城主府，或者说是忤逆卫家，所以他们从来不需要表现得强势。

"但是你昨天推飞了卫天启，后来又拒绝城主府的邀请，刚刚又让卫天启下不来台，杀马，就是给你一个警告。"

"这次是马，下次就是你了。"西凡一口气说了不少。

结果路平只问了一个莫名其妙的问题："杀了我的话，十倍价钱，会是多少？"

"喂喂，你关心的重点错了吧？"莫林说道。

"重点本来就应该是我，而不是那匹马。"路平说。

"所以你觉得他做的事无聊而且多余吗？"西凡说。

"是的。"路平点头。

"忽然就有点同情卫明了……"西凡无语。路平看事物的角度和常人太不一样，总是很直接，非常直接。于是卫明这斩马头的威吓手段，到了路平眼中，竟然成了多余且无聊之举。

"那你下次见到他和他聊聊，让他下回注意吧！"西凡也是会开玩笑的人。

"我会的。"

路平认真的态度，让西凡觉得，自己开的玩笑是不是又横生出什么事端了？卫明，他们应该很快就会遇到吧！

峡峰口。

说是口，事实上这里是大路的尽头。到这里，马车再也无法通行，接下来只能靠双腿翻山越岭。两百余年来，倒也被人勉强踩出了一条出山的道。峡峰口，事实上就是出山道的入口。

城主府的大马车就停在入口旁，家徽醒目，路平跳下车时看到了那辆马车，立即就朝那边走了过去。

坐在马车前的车夫一眼就看到了路平，飞快地从马车上跳了下来，直视着路平，却是一脸满不在乎的神情。

很显然，他并没有把路平放在眼里。

路平也没怎么看他，几步走近后，抬眼朝那大车厢里扫了扫，随即问道："卫明呢？"

"上山了。"车夫顺口答道。

"哦。"路平应了声，转身就走。

"哎……"那车夫失声叫道。

路平回头看了他一眼："有事？"

车夫一脸茫然。他能有什么事？不该是路平找事，然后再由自己狠狠地教训他一顿吗？卫明交代的剧本就是这么安排的。

卫明特意嘱咐马车在这里多待片刻，等到路平出现，就试试路平的态度。如果路平老老实实，那便无事。如果路平上来找事，那这三匹城主府的骏马倒是一个非常顺理成章的以牙还牙的目标，那么……

"狠狠地教训他，杀了也无所谓。"卫明是这样吩咐的。

这车夫可不是一般的车夫，他是城主府十二护卫之一的卫猛。他赶马车，同时也兼做保镖，他的境界不凡，至少在卫明眼中收拾路平已经足够了。

　　看到路平过来，卫猛已经做好大打一场的准备。他没想到的是，路平问了句卫明，得知卫明已经离开，居然也就准备离开了。

　　"你找卫明什么事？"看到路平回头，卫猛忍不住问道。

　　"道歉。"路平说。

　　"哦。"卫猛笑了笑，这小子，还是挺机灵的，态度转变得很快呀！

第 | 39 | 章

荒野宿营

峡峰山不算太高，但连绵起伏，想出山绝不是一时半刻就能办到的事。无论几时出发，在山里过一夜都在所难免。出山的人们一般会结伴而行，互相有个照应，山林里猛兽伤人可不是什么低概率事件。

但对峡峰学院的学生来说，他们并不觉得这有多艰难。他们虽然年纪尚小，但毕竟都是修行者，只要有点境界，应付一般的猛兽都不成问题。可能有个别一年级学生境界较低有点危险，但此时也都找好了同伴同行。

峡峰学院的学生们都不在意，城主府一行人高手众多，更是丝毫不考虑这一问题。赶了一会儿路后，天色渐暗，他们也就随意挑地方驻扎下来。在山里过夜，这是他们早有准备的事。

虽然不觉得会有什么危险，但城主府的护卫们还是不失谨慎。

卫明将周围一带仔细观察了一下，而后回来向卫天启汇报着。卫天启下意识地听着，完全没有往心里去。因为他很清楚，卫明向他汇报也只是名义上走个过场，因为他是他们名义上的小主人。可他的父亲卫仲是一个极重效率的人，他虽是卫仲独子，但毕竟未经历练，还不成熟，在卫仲眼中远远无法独当一面。由他主事，当然比不上由卫明主事来得更有效率。

"周围的情况，就是这样了。"卫明汇报完了当前的状况。

"嗯。"卫天启心不在焉地应了一声，此时，他正望着卫扬。

总是挂着笑容的卫扬现在再也笑不出来了。他戴着一个固定脸上骨骼的面具，看起来笨拙又丑陋。他说不了话，也做不了什么表情，只剩下一双眼睛露在外面，眼神中时不时流露出怨恨的情绪。

卫扬收拾着一行人晚上过夜所需要的帐篷等物品，卫明在向卫天启汇报完状况后也过来帮忙。至于卫影，卫天启只知道有他在，从一开始那家伙就没有和他们一起乘坐马车，倒是走上山路后，卫天启有几次看到卫影的身影，却都是一闪即逝，此时又不知道跑哪儿去了。

"我去走走。"卫天启觉得无聊，起身想去转转，四处有不少峡峰学院的学生在准备露宿，三年级的他基本都认识。

"我陪您。"卫明立即放下了手里的活，跟了过来。

"不用了。"卫天启连忙说着，卫明在一旁总让他觉得束手束脚的，这种感觉卫天启并不喜欢。

"还是小心一些吧小城主。山里虽然没有什么可以威胁到您的，但是有些人……"卫明一面坚持跟了过来，一面提醒着。

卫天启立即明白卫明所指的是什么，他四下看了看，并没有看到摘风学院那四人。不过想到卫扬现在的惨样，卫天启终究还是没有拒绝卫明的请求。

卫明跟着卫天启离开了，在离开前，卫明似有意似无意地朝某个方向瞥了一眼。

道歉吗？卫明微微笑了笑。

赶马车的卫猛是鸣之魄的贯通者，峡峰口遇到路平的情况，他运用二级能力传音告诉了卫明。不过卫明可没打算在此接纳路平的歉意。路平对城主府所犯下的错误，岂是一次道歉就可以洗清的？

愚蠢！

卫明瞥往那个方向的目光中充满不屑，他是一个聪明人，最讨厌的就是愚蠢。他甚至没兴趣停下来针对路平做些什么，这种愚蠢的家伙，顺手打发就好，根本不值得专门对他有所行动。

卫天启和卫明离开后一会儿，路平果然从卫明瞥过的方向出现了，苏唐跟在他的身旁。路平一眼就看到了这边支起的帐篷上那显眼的城主家徽。

卫扬正巧从刚刚支好的帐篷里探出头来，一下就看到了路平，双眼立即蒙上了深深的怨恨，支着地的右手狠狠地扎进了泥土，将一窝小草连根抓烂。

他终究没有动，因为他很清楚，眼下的他和路平有挺大的差距。

但是很快……

卫扬死盯着路平，怨恨的眼神中，忽然又充满了期待。

路平却只看了他一眼，然后就在东张西望。

"卫明呢？"路平问道。

想找麻烦？卫扬心下想着，他倒是挺庆幸卫明刚刚好不在，否则路平被卫明随手干掉的话，自己又找谁去报仇呢？

他没有理会路平，路平自己扫了两眼，不大点地方，很快就发现卫明并不在场。

"他去哪儿了？"路平问。

卫扬随手乱指了一个方向，能这样戏弄一下路平，他并不介意。

"谢谢。"路平说完，朝卫扬所指的方向去了。卫扬真没想到路平这么好骗，他只遗憾自己此时没办法笑一笑。

路平和苏唐离开了，沿着卫扬所指的方向找了过去。四下都是峡峰学院的学生，相互之间基本认识，有来有往有说有笑，路平和苏唐两个走在当中就显得有些另类了，众人看他们的目光都像是在看什么猛兽。

两人顶着这样的目光找了一圈，还是没看到卫明，两人的肚子却先咕咕叫起来。

　　"先回去吧！"苏唐说着。

　　路平没反对，他也不急于这一时。

　　两人随即回到他们准备露营的地方，是最边缘的位置，显然峡峰学院的学生们都不想和他们太接近。

　　两人回来的时候，就见西凡坐在轮椅上，在架起的篝火上烤着肉。

　　"莫林呢？"苏唐问。

　　神情专注的西凡顾不上抬头，朝某个方向点了点脑袋。

　　路平和苏唐望过去，同样是一堆篝火，不过围坐的可都是峡峰学院的人，结果莫林居然也挤在当中，和一堆人谈笑风生，在看到路平和苏唐回来后，莫林和一圈人招呼了一声，拾起身旁的草帽扣在头上就往回走。那一圈峡峰学院的学生竟然有些不舍得莫林离开，望着莫林向路平这边走来，脸上全是"明珠暗投"的痛惜神情。

　　"你还有这才能呢！"苏唐看着莫林，也挺惊叹的。

　　"能随时随地和随便什么人打成一片，是十分有必要的。"莫林说着，然后指了指自己，"刺客，专业的。"说完，他抬起从那边一路拎回来的鸡腿撕咬了一口。

　　"你们吃，我差不多已经饱了。"莫林指指火架上的烤肉，表示自己不再需要了，他在那边蹭吃蹭喝的，已经吃够了。

　　三人也没和他客气，围着火堆坐下，将烤肉分成了三份。莫林继续撕着鸡腿，满嘴满手都是油，同时很随意地问着："卫明呢？死了吗？"

　　"应该没有吧？"路平说。

　　"为什么这么不确定？"莫林纳闷。

　　"因为没看到他。"路平说。

"你还挺严谨。"莫林惊叹道，没看到人，于是就不轻易下结论，这种态度……

"我觉得你有做刺客的潜质！"莫林说。

"如果要你去杀卫明，你收多少钱？"苏唐忽然问。

"为什么问这个？"莫林警惕起来。

"好奇啊！"苏唐说。

"哦。"莫林轻松了一些，想了想，说，"不收钱，我直接死在你面前。"

三人笑。

"看不清对手实力就贸然出手，不如直接死！"莫林说。

"你能看出他的境界吗？"西凡问路平。他看不出卫明的，但路平的实力远超他们。

结果路平也摇了摇头。

"我现在的状况，感知方面要弱一些。"路平说。

"强的方面呢？"莫林问。

"爆发力。"路平说。

想到两座倒塌的魄之塔，莫林点了点头："我信。"

第 40 章

守夜人

夜已深，山林间恢复了宁静，学生们都在帐篷里安然入睡了，只有树梢上的夜莺会偶尔传出几声啼叫。

峡峰学院这边安排了学生守夜，虽然山林间没什么会令他们感到害怕，但有人预警总比没人预警要睡得踏实一些。

不过也正因为这守夜可有可无，被安排了守夜的学生都不怎么认真，有些人很快就找地方偷偷睡觉去了，不过总算还有个别认真负责的一直在坚守。

"喂喂，起来盯一会儿，我要去方便一下。"秦元踢着睡倒在树下的同伴说着。

"怎么又要去啊！"偷睡得正香的同伴被秦元搅了好梦，十分不爽。尤其可恶的是，这已经是第四次了，让他险些暴躁起来。

"没办法，晚上麦芽茶喝多了点。"秦元摸着肚皮。

麦芽茶以大麦芽为主要原料，浓，不会提神。秦元晚上喝了不少，这肚子撑得慌，隔一会儿就要跑去方便一下。

"去吧去吧！"同伴坐起身来，倚在树上，眼睛也懒得睁，催促秦元快去快回。他到底也不好多埋怨什么。秦元很负责任地在守夜，他却在偷睡，秦元没有督促他，只是这种时候稍稍叫醒他一下，他能说什么呢？

"你看着啊！"秦元还在叮嘱他。

"知道啦，你快点吧！"同伴勉强睁了一下眼，看到秦元离开，他虽然也想看着点，但只过了三秒，眼皮又耷拉了下来，再也抬不起来了。

秦元朝今晚方便了多次的老地方走去，左右看看，本该和他一样守夜的身影一个也见不着了，全都不知道跑到哪儿偷偷睡觉去了。

秦元有些无奈，但也没想着去叫醒大家。

反正也不会有什么危险，我一个人也足够了。他这样想着。

秦元拥有三重天的冲之魄和五重天的鸣之魄，用来守夜很是合适，加上他又是峡峰学院戒卫队的成员，这种事他责无旁贷。

来到了老地方，秦元痛快地释放着，同时也警惕地留意着四下的情况，正在此时，令他怎么也没想到的是，一个冰冷的物体贴近了他的喉咙，在他毫无知觉的情况下。还未等他完全反应过来，一只大手将他的嘴死命捂住。

"不想死的话，就老实一点。"一个声音在他耳边轻响。

秦元感觉喉咙处那个冰冷的物体仅仅轻轻划了一下，一阵剧痛顿时传来，他吓得面无人色，连忙点了点头。

两个蒙面的黑衣人一左一右悄然绕到了他的面前，捂着他嘴的那只大手也缓缓地移开了。

"我们不是来找你的，所以，配合一些，对所有人都好。"左边那个黑衣人低声说着。

秦元的右手连忙捂住刚刚被划伤的脖子，不敢出声，只是点了点头。

于是对方也不再废话，立即问道："卫天启在哪里？"

秦元恍然大悟，原来是找城主独子，这实在是一个够分量的目标。但他也很清楚，他若在这里给了对方帮助，事后若被城主知晓，绝不会有好果子吃。

"给你一分钟，带我们过去，如果让我们发现有半点花样……"冰凉的匕首再次架到了秦元的脖子上，毫不犹豫地给他又添了一道口子。

对方看出了秦元此时有一些犹豫，很果断地更进一步威胁着。

秦元没得选，只好给三人带路。

故意绕路引人发现？

找机会发出什么暗示？

秦元不是没有这样想过，但对方显然更加老谋深算。

限时，不许有半点花样，连连威胁，再加上严密的监视，彻底灭绝了秦元以上的所有念头。

他很后悔，后悔自己为什么不有原则一些，后悔自己为什么没有坚持把所有守夜的人叫醒，此时如果有一个人没跑去偷偷睡觉，情况或许就不会是这样了。

秦元很快就绝望了，就连他离开时刚刚叫醒的同伴此时也不见了踪迹，显然他前脚刚走，那人立即又睡着了。

一分钟的时间，秦元没敢绕一步远路，没敢发出一丁点暗示，领着三人到了卫天启一行的歇息处。

卫家的家徽即便在黑夜里也十分醒目，更别论眼下都是拥有冲之魄境界的人，黑夜对他们来说根本不会造成阻碍，不用秦元再指，那三人一眼就认出了卫天启所在的帐篷。

一人继续挟持着秦元，另外两人飞快上前。卫天启虽然拥有六重天的气之魄，但显然完全没有被这两人放在眼里。

但是……不对啊！

秦元死死瞪着那顶帐篷，那上面是卫家的峡峰家徽没错，可那帐篷并不是卫天启的！

秦元会认得，只因为那帐篷是他家的，里面睡的应该是他峡峰学院三年级的亲弟弟秦镇。卫家不介意和其他学生的帐篷扎在一个地方，可是卫家的家徽怎么会跑到他弟弟的帐篷上面？

秦元隐隐意识到了什么。

眼下他顾不上细想，他不知道这三人的目的是什么，是想绑架还是刺杀？如果是刺杀，帐篷里睡的可是他的弟弟！

对弟弟安危的担忧超过了一切，秦元奋不顾身地猛然喊出："错了！"

"噗！"

鲜血从他喉咙涌出。

对方没有说谎，他稍有异动对方就会毫不留情地向他下手。但是"错了"两个字已经喊出，对方听到的一瞬立即意识到这似乎是提醒他们的有用信息，这一刀在顷刻间抽离，刀口虽深，却未致命。

黑衣人正准备问个究竟，不料一个冰凉的物体跟着从他的颈后直穿他的咽喉，无声无息。他瞪圆了双眼，向下望去，只见一截刀尖挑着他的下巴。他张嘴，想说点什么，却根本发不出声，只有鲜血从口中流出。他一手还死死地抓着秦元，身子却逐渐软了下去。

两人一起倒下了。

秦元死命地捂着自己的咽喉，他不知道自己的伤有多重，更不知道身后发生了什么。只是一转头，就看到身后的那个蒙面人倒在自己身旁，瞪圆了两眼，咽喉上留下了一个致命的伤口。

一个黑影从倒下的两人旁边掠过，直接冲向杀向帐篷的两个蒙面的黑衣人。

第 41 章

不如直接死

快!

说不出的快!

秦元倒在地上,他说不出话,也动不了,鲜血好像把他的力气全都带走了,他觉得自己一定是要死了。

即便是这样,他依然感到震惊,连自己的生命都顾不上了也情不自禁地震惊,因为这真的太快了。

他的眼一花,那黑影已经飘过,就好像黑夜一样,夜在哪里,黑影就在哪里。

转眼间黑影已飘到那两人身后,两人甚至都还没有完全转过身。

一切就是发生得这么快。

秦元喊了一声"错了",身后蒙面的黑衣人就被刺穿了脖颈。他们两人倒下时,黑影已经到了另外那两个黑衣人身后,两人转过身来,脖颈无比精准地迎上了那划过黑夜的一道寒光。

不只是快,而且果断、准确,所有的动作都像是精密计算过一样,没有一丝多余的动作,没有一丝不到位的力度,全都完成得恰到好处。

寒光掠过,两人根本来不及转身,就已经倒下。

高效。

峡峰城主府最重视的一个词。

无论做什么事，他们都强调效率，这当中当然包括扫平障碍。

顷刻间，三个蒙面的黑衣人就只剩下一个，他之所以还能活着，只不过是因为城主府需要他活着，否则他早就一并死去了，那寒光完全可以顺势再抹他一下。

完成了这一切后，黑影终于停止了他的动作。穿着黑衣蒙着脸的他就站在那儿，一动不动，仿佛夜一般沉寂。

一切发生得如此之快，唯一的声响不过是秦元的那声"错了"，根本没有什么人被惊动，周围还是那么寂静，依旧只有夜莺在偶尔啼叫。

仅存的这个蒙面的黑衣人发现自己已经被包围，不知从哪里又出现了两人，一左一右，卡死了他的退路。

卫明、卫扬。

蒙面的黑衣人将这两人对上了号。

这和他所得到的情报相符，可眼前这个和他一样蒙面穿黑衣的家伙并没有在情报里出现，这意料外的一环，最终彻底破坏了他们的计划，甚至连思考一下的时间都没有留给他们。两刀，两具尸体，这速度令人心寒。

"你……是卫影……"蒙面的黑衣人声音干涩，他们对城主府知之甚详，就连峡峰学院院长巴力言从没有听说过的卫影他们都清楚。他们只是不知道卫影也会出现在这里。

这个不知道的信息无疑是致命的，卫影根本没有理会此人的兴趣。

"骨碌碌……"

山林里突然响起不该有的奇怪声音，听起来磕磕碰碰的，但是很快便到了近前。

这次一共出现了四个人，三男一女，其中一个还坐在轮椅上，刚才那磕碰的声音就是这轮椅发出的。

四个人没有走得太近，很快便停了步，望向这边。当中一个戴着草帽的家伙对着这边指指点点道："看吧，这就是我吃饭的时候说过的，不清楚对手实力就贸然出手，不如直接死。"

被包围的黑衣人神色悲惨，这个戴草帽的说得很对，他们今天就失败在错误地评估了对手的实力上。

不如直接死，这是一个很好的提议，但是，一定要走这一步吗？他可不是抱着必死的决心来的，只要还有一线生机，他希望可以再争取一下。

就在这时，他身后的帐篷突然传来响动。

他有极佳的把握机会的能力，飞快转身、踏步、出手，这一瞬他也仿佛城主府护卫一般极具效率，从帐篷里钻出的睡眼惺忪的秦镇还没来得及问发生了什么，就已经被挟持了。

"呜……呜……"秦元在地上挣扎着，刚刚那一刀伤到他的气管，此时他完全没有办法说出话来，鲜血从他捂住咽喉的指缝中渗出，眼中充满了痛恨和绝望。

蒙面的黑衣人已经被包围，卫影、卫明、卫扬这城主府的三名高手完全堵死了他的退路，也完全监控着他的一举一动。但是刚才，黑衣蒙面人冲去挟持秦镇时，三个人都连动都没有动一下。

卫影、卫明、卫扬，无论是谁，完全都有机会，也有能力进行阻挠，但是他们一动都没有动，就这样眼睁睁地看着秦镇被对方挟持住。

因为他们早知道帐篷里没有他们的小城主卫天启，城主府家徽会出现在这帐篷上，本就是他们刻意为之。

他们在拿秦镇当卫天启的替身，一个会有生命危险的替身，对此他们却连招呼都没有打一声，当秦镇遇到危险时，他们本来有机会阻止，却连动都没有动。

他们没有阻止，那么接下来，他们当然完全不会顾及秦镇的安危。秦元就是因为认清楚了这一点，所以感到愤怒，感到绝望，偏偏他又什么也做不了，连声音也发不出，只能在地上无力地挣扎着。

"都别动！"蒙面的黑衣人挟持住了秦镇，虽然他马上认出了这人并不是卫天启，但是这终归应该算得上是一个筹码，这让他找到了活下来的希望。

"愚蠢。"卫明一脸厌恶地说着。

这家伙以为随便挟持一个人就可以让城主府听他摆布？这种行为在卫明看来十分愚蠢，愚蠢到让他恶心。

他理都没有理，继续迈步向前走着。

"我说过，都不许动！"蒙面的黑衣人再次大叫，抵在秦镇脖间的匕首立即割破了秦镇的皮肤，他本来也是行事很果断的人。

卫明冷笑一声，这样的蠢货，他连话都懒得说，就这样毫不迟疑地继续向前。

秦元绝望了，他像是在寻找什么救命稻草一般，目光四下搜寻着，而后他看到了路平四人，他顾不上理会这四人是谁，这是他唯一的指望了。他说不出话，只能拼命地向四人使着眼色。

"他想我们救人。"西凡可是能读懂各类表情的专家。

"城主府的家伙显然并不在意人质。"莫林说。

于是路平上前。

"喂……"莫林叫道。

路平如此贸然走上前，举动和城主府的没什么两样。趴在地上的秦元眼中的绝望更浓了。

"站住，给我站住！"蒙面的黑衣人歇斯底里地大喊着，他的眼中也有了绝望，因为他发现他的挟持半点用处都没有，他只好挥起匕首，要将秦镇杀掉。只不过，他还没有死心，动作幅度便稍稍有些大。

他之所以下意识地做出一个幅度比较大的动作，是因为想留给对方一点时间，他希望对方可以及时叫停。

他的眼神，他的这一动作都没有逃过西凡的眼睛，西凡立即意识到了他此时的心态。

"等一下！"西凡立即大叫。

这一声喊叫对蒙面的黑衣人而言有如天籁，终于，还是自己胜利了……

但是他马上发现，喊这一声的人是个骗子，因为他等来的是一记拳头。

"噗！"

拳头很快，很重。

他还想着在最后一刻把人质干掉，可他已经飞了出去。

卫明？

不是卫明，卫明在向他走近。

卫明也准备出手，当然，他不是要救秦镇，只是做他原本想做的事。

可是，这一拳快到蒙面的黑衣人完全无法防备，就算没有那一句"等一下"，蒙面的黑衣人也觉得这一拳的速度足够阻止他。

是谁？

他偏头望去，看到是路平时，他再次大吃一惊。

这个少年之前距离自己明明还有一段距离，只这么一瞬间就用拳头砸着了自己？城主府今天到底来了多少高手啊？这人是谁？完全不认识啊……

但是这一拳真的好重。他觉得自己像是被砸得散了架，浑身都没有力气了，重重地摔飞在地。

卫明加快速度向他走来，他很清楚自己接下来面对的会是什么，他想到了之前那个戴草帽的家伙说的话。

不如直接去死。

是的，与其被城主府抓了活口，直接去死实在是一个幸福的选择。

可是他发现他竟然无法做出这种选择，因为他连手都提不起来。对方这一拳好重，直接断了他自尽的可能。

不愧是城主府，好手段……

他已绝望，但绝望之中又有了一个死马当活马医的点子，他望着眼前的少年，哀求了一句。

"杀了我。"他说。

"好的。"路平答应得相当痛快，伸手卡住了他的咽喉。

蒙面的黑衣人完全没想到对方居然会答应，这幸福来得，也太突然了吧？

"谢谢……"他满心欢喜地说着。

"不用。"路平说。

"你干什么？谁让你杀他了！"卫明赶上来时，正看到路平手指发力，顿时没了他一向成竹在胸的风度，尖叫怒喝着上来阻止，但等他抢上前时，蒙面的黑衣人已经气绝。

"他。"路平指了指尸体，也是在回答卫明的问题。

"路平，来这边。"另一边的苏唐喊了路平一声，路平立即扔下卫明不理，赶了回去。

"你懂什么！白痴，愚蠢，谁要你插手的！谁给你的权力？"卫明还在怒斥。

他当然有理由发怒，这本是他精心布置的引蛇出洞的计划，原想抓个活口再顺藤摸瓜，不料被路平横插一杠，解决了最后一个活口。

"回头再叫你好看！"卫明狠狠地瞪了路平的背影一眼，他到底还是很快恢复了冷静。

虽然没了活口，但从死人身上未必就没有线索可挖，他还有很多要紧的事要做，可没工夫在当口和路平多做计较。

"你们两个，保护好小城主。"卫明对卫扬和卫影叮嘱了一句后，身影匆匆消失在了夜色中。

第|42|章
我救了你呢

很多学生这时才被惊醒，一个个从帐篷里钻了出来，看到这边倒在地上的一具又一具尸体，都目瞪口呆。

"发生了什么？"他们这才纷纷打听着。

秦镇也倒在了地上，不过他没受什么伤，只是受了一些惊吓。

虽然他是感知者，但一直以来都只是在学院里无忧无虑地修炼，未来会怎样，暂不知晓，但这次行走在死亡边缘的经历来得太突然，路平轰飞了蒙面的黑衣人让他得救的那一瞬，他腿一软，就倒在了地上。

他很快看到那边的秦元，他的哥哥，望向他的双眼满是欣慰，却显然正处在某种痛苦当中。

"哥！"身子依旧在颤抖发软的秦镇不知从哪里来的力气，连滚带爬地就扑了过去，离得近些了，更是被吓坏了。

秦元完全倒在一片血泊当中，面如白纸，嘴唇微微颤抖着，似乎是在说什么，又根本没有声音发出。

"你没事就好。"一旁的西凡看他的神情和口型，替他表达着意思。

"什么时候了你还在这儿搞翻译呢？"苏唐说他。

"就这是我强项啊……"西凡说。

"放心吧！死不了呢！"莫林蹲在秦元身前，右手不知从哪儿摸来一根玉米，正啃着，左手拨开秦元捂住咽喉的右手，看了看伤口后说着。

"多休息，多喝水就会好了是吗？"苏唐说。

很显然，因为上次的苏唐受伤事件，大家对于莫林所谓的"会毒也会医"已经不信任了。

"水恐怕喝不了吧？会从这伤口漏出来呢！"莫林说。

"你认真点行不行？"苏唐说。

"你从哪里看出来我不认真啊？"莫林说。

"你右手拿的什么？"苏唐问。

"玉米啊？你要吃啊，给你给你！"莫林不耐烦似的把玉米递给苏唐，苏唐哪里会理他，望向赶过来的路平。虽然路平也不懂治疗方面的事，但他随便说什么苏唐都会觉得至少比莫林可靠一万倍。

"你们那边有没有人懂医术？"路平问秦镇。

"喂喂……"莫林觉得自己被深深地伤害了，大家都很不信任他啊，他不就是失误了那么一次嘛？

"没……没有啊……"秦镇彻底慌神了，听了路平的问题后，他愣了一会儿才反应过来。

魄之力并不光是为了战斗服务，但要做出职业划分，至少也得是贯通境以后。贯通者或根据练就的能力选择方便的职业，或根据想要从事的职业苦练需要的技能。而峡峰学院的学生全都处于感知境，相当于学习基础知识的阶段，这时候还不会拥有治疗方面的能力，但是，有的人或许早早有了方向，倒有可能拥有一些相关方面的知识。

"我去问问陆青。"已经说过没有的秦镇忽然又想起了某个同学，跳起来飞快地跑去找人了。

越来越多的峡峰学院学生已经醒来，山林间失去了夜晚该有的宁静，学生们三五成群议论着所发生的事。无人靠近三具尸体那边，就算有人壮着胆子上前，也会被卫扬或卫影以严厉的目光制止住。两人将三具尸体仔细地检查了一遍，搜寻着蛛丝马迹，而后向终于出现了的小城主卫天启汇报着。

卫天启听着，却还是像之前听卫明汇报情况时一样心不在焉，他更多地倒是望向重伤的秦元这边。听完了报告后，他也不置可否，因为他知道他并不需要发表什么意见，他所拥有的不过就是个知情权罢了。

"秦元怎么回事？"听完了报告后他问。

这个因此受了重伤的人，在之前的报告里竟然未被提起。

"他带刺客接近，并且在看出我们的安排后试图发出提示。"卫影说。

"我们的安排吗？"卫天启看了看本该是在他帐篷上的家徽。他并不知道这个安排，但他知道卫明一定有一个很好的理由解释为什么没有让他知道，可他依然对此感觉很不舒服。

但是，他只是对此不舒服而已。

对于这个安排，他本身并不觉得有什么不恰当，自己可是要继承峡峰城主位置的人，自己的安全当然要高于一切。

"所以呢？"他继续问道。

"不排除他是奸细的可能。"卫影说。

"你们知不知道这顶帐篷正巧就是他和他的弟弟秦镇的？所以他为什么会发出提示很明显吧？"卫天启说。

"即便这样，也不能排除嫌疑。"卫影说。

"说得也是，那么卫明交代了要怎么做吗？"卫天启说。

"密切监视他的一举一动。"卫影说。

"很好，我去监视他一下。"卫天启说着就朝秦元那边走了过去。卫影和卫扬互相望了一眼，没有阻拦，却都紧随其后。小城主的安全，是需要他们最大程度来保障的。

秦元这里已经聚集了峡峰学院的不少学生，他们看到卫天启过来了，都下意识地让到了一旁。

秦元看到了卫天启，却没有藏起他眼中的怨恨。即便他的弟弟最终没事，也无法更改这些家伙完全无视他们兄弟生命的事实。秦元觉得自己马上就要死了，眼下的他没有什么可害怕的。

"大家让让！"人群外这时也传来了秦镇的喊声，他终于把陆青找来了。

陆青只是峡峰学院一个挺普通的三年级学生，在魄之力上他没有什么特别突出的造诣，不过他是一位医师的儿子，而且他立志要接过父亲的衣钵，所以在治疗方面他还是比较有见识的。

当两人走进人群时，卫天启正站在倒地的秦元面前侃侃而谈。

"我不会怪你。"卫天启开口后的第一句如此说道，而后他看到秦镇进来，顺手就指了指秦镇。

"毕竟那是你的弟弟，你不想让他受到伤害的心情，我是完全可以理解的。"卫天启说。

"但是，你给这些刺客带路？

"因为自己的生命受到威胁，就果断出卖了别人吗？

"还好你出卖的是我，我受到的是不一样的保护，但如果是其他同学呢？现在是不是已经被你害死了？"

"说的是呢……"人群里有人不知出于什么心思，发出了附和的声音，"如果换成是我们，现在真的已经被刺客干掉了吧？"

"秦元真是……"

有些人看起来很沉痛，不是因为秦元的重伤，而是因为他的行为。其他并不这样看的学生却不敢说出自己的看法，只是保持着沉默。

秦镇完全无法忍受了，倒在地上的那是他的亲哥哥，生命垂危，却还要被人这样议论。

什么城主的儿子，卫家的势力，他全都不在乎，他迈开步子就要冲上前去。

但是，有人的动作比他更快。

夹带着极其强烈的气流的一拳发出风卷过的呼啸声，直接轰向卫天启的面门。

"啊！"

卫天启只来得及发出一声惊叫，他完全没有料到居然有人敢向他动手。他想闪避，可一时心慌意乱，完全迈不出腿。

还好有一个黑影及时挡在他的面前。

卫影的动作总是很快，很精准。

"轰！"

这是拳头发出的轰鸣。

卫影拦下了这一拳，身子也在剧烈地颤动着，他慌忙向后踩出一步，才勉强维持住了身形。躲在他身后的卫天启只觉得劲风擦脸而过，顿时感觉一痛，伸手一摸，竟有斑斑血迹。

只是拳风而已，竟然划伤了他的脸？

路平？

他认为除了路平，根本不会有第二人敢向他动手。

当他的目光从卫影身上绕过后，看到的竟是一个一脸愤怒的女孩。

苏唐！

挥出这一拳的是苏唐。

卫天启惊讶，卫影也在惊讶。

眼前的女孩看起来也就达到了力之魄六重天的境界，仅仅是个感知者，可这一拳竟有如此惊人的力道。卫影虽然拦住了这一拳，可他的右手，还有后来支撑着稳定身体的右腿，竟然都有一些发麻。

苏唐收回了拳头，神情也平静了许多。

"我救了你呢！"她对被卫影挡在身后的卫天启说，"如果换作是他出手，你现在已经死了。"

她所说的"他"，当然不是正准备冲上来的秦镇。在她的身后，路平正跃跃欲试呢！

第 43 章

又一次恐惧

卫天启很愤怒。

不只是因为他的脸上被拳风划出了一道伤口，更是因为他又一次感受到了恐惧。

如果那一拳没有被卫影拦下，而是直接轰到了他的脸上，那会怎样？

这个状况没有发生，可他还是忍不住要去想，而且越想越觉得心寒，越想越觉得可怕。这种感觉，两天前他第一次体会，而在这个深夜，他又一次体会到了。

身受威胁而感到畏惧，他讨厌这种感觉，他希望消除这种不安。

杀！

杀杀杀！

卫天启涌起疯狂的杀意，仿佛只有这样，他才能消除心中的恐惧。

但他毕竟是城主之子，杀人这种事不能全凭权势，更要有一个理。

而现在，直接杀路平，杀苏唐，他有理吗？

显然没有。

即便他有这个能力，也不能做这个事。那么，他就只能略施惩戒了。

他得让他们畏惧，让他们不安，大概只有这样，才能消除他心中的不安。

仅仅是这样的话，卫天启觉得已经不需要做什么指示了。对方居然敢向自己挥拳，卫影肯定会出手施以惩戒，但是他没想到的是，卫影转过了身，面向着他，说了三个字。

　　"我们走。"

　　"走？"卫天启十分惊讶。他怀疑自己听错了，对方对他挥拳，虽然被卫影拦了下来，但他依然受了一点小伤，刚刚对方更是还说了什么"如果是路平出手你已经死了"之类的话，这应该算是威胁吧？绝对是威胁吧！

　　可是现在，卫影居然说要走？

　　"你……"卫天启刚说出一个字，一旁的卫扬也过来拉了他一下。卫扬说不了话，然而他的眼神给了卫天启足够的暗示。

　　卫天启忽然明白了。

　　卫扬的脸是被路平捏烂的，很显然，卫扬不是路平的对手。

　　卫影的实力虽然不是卫扬可比的，但就在刚刚拦下那一拳后，卫影大概也感知到了什么。

　　他们只能走，因为卫影和卫扬都感受到了，他们的实力并不占上风。

　　实力不占上风，他们还能做什么呢？

　　城主府的威势足以让很多人服服帖帖，但是显然不包括眼前的这两位。明知他小城主的身份，还敢向他挥拳，那会是在乎城主府背景的人吗？

　　想到这一点，卫天启甚至有点怀疑路平和苏唐是不是也有什么背景，是不是也有什么来头？否则的话，他们怎么敢这样对自己？

　　但无论怎样，眼下他只能乖乖地听取卫影和卫扬的意见，就这样老老实实地离开了。

　　峡峰学院所有学生都在发呆。

他们没想到竟然有人敢向卫天启挥拳，虽然这已经不是第一次了。

他们更没想到的是，被这一拳伤到的卫天启居然没有发作，居然带着城主府的两名高手护卫就这样离开了。

他们怎么说也是和卫天启相处了三年的同窗，即便卫天启有个高高在上的身份，但在学院还是免不了要和大家打交道。他们是了解他的，有这样的身份，有这样的背景，他有什么不痛快那都是当场就会找回面子的。但是这一次，他居然默不作声地离开了，为什么？

因为他在躲，在怕……

摘风学院的这几个学生到底是什么实力？敢不怕城主府的背景，能吓退城主府的两名护卫？还是说，他们其实有着更可怕的身份和背景？

山林间忽然又变得静悄悄了，忽然又只剩下夜莺的啼叫了。

先回过神来的还是关心哥哥的秦镇，连忙拜托也在发愣的陆青去看哥哥的伤势，接着他望向路平、苏唐，因为魄之塔的事，他也曾怒骂过这二人，眼下他不知道说什么才好。

两人显然没有在意这些，都注视着查看秦元伤势的陆青。

"命可以保住。"陆青终于开口了，先让所有人安了心。

"早就说了嘛！"莫林说话时还在啃着玉米。

"但伤口需要缝合，要快些送回城里。命可以保住，不过声带有些受损，能不能恢复要做进一步的诊断。"陆青继续说着，"我能做的就是这么多了。"

"你不能缝合？"秦镇连忙问道。

"我不行。"陆青说道，"你快送他回去吧，晚了还是会有生命危险的。"

"不如让我来试试？"莫林说。

秦镇看了一眼他，以及他手里的玉米棒子，马上露出坚定的神色：

"我马上送他回去。"

"我……"莫林郁闷得很。

"我对他的伤口做了简单的包扎，你尽快吧！"陆青说。

"明白。"秦镇点头。

在众人的帮助下，他背起了哥哥，准备离去前，他望着路平还有苏唐，终于还是说了一句："谢谢。"

"不用。"路平说。

"快点跑吧！"苏唐向他挥手。

"嗯。"秦镇点点头，转过身，沿着来路向山下跑去。此时他再不做任何保留，力之魄力全力施展着，很快就消失在了夜色中。

众学生随即各回帐篷休息了。他们醒来时事情基本结束了，山林很快再度恢复了宁静，好像什么事也没发生过，只是多了三具尸体，一些血迹，还有一顶空了的帐篷。再有的就是，负责守夜的学生不敢偷懒偷睡了。

他们三三两两地结成伴，也不敢落了单，一边小心地守夜，一边小声议论着刚刚发生的这一切。他们的目光会时不时扫向两个方向。一边是宿营区域的最边缘，摘风学院的四人就在那边休息。另一边则是区域的正中间，城主府一行人在那儿休息。

摘风学院这边，四人回去后很快就安静了下来，但是城主府这边，有一顶帐篷时不时就会晃动两下，里面的人似乎辗转难眠。

是的，卫天启怎么睡得着？

卫天启一闭眼，那种恐惧的感觉立即就会侵袭着他，两次情景总是会不断地在他脑海中交错闪过，仿佛正在发生的噩梦一般，怎么也挥之不去。

他很想睡，却又不敢睡，他只能极力控制着自己不要去想。他讨厌和卫明相处时的感觉，可此时此刻他又很希望卫明在。卫明在的话，一定可以把一切都处理好的。

就这样，卫天启一直翻身翻到了天亮，卫明还是一直没有回来。

从帐篷里钻出来时，卫天启顶着两个黑眼圈。

卫影依旧不知去向，卫扬戴着那个可笑又丑陋的面具，在收拾着早点。卫天启想和卫扬说说话，随即又想起卫扬现在说不了话，一切的一切似乎都极不顺利，卫天启憋屈得见什么都想踢两脚。

学生们默默收拾着行装，有些人开始上路了，没有人再提昨晚的事，因为一大早起来后，大家发现那三具尸体已经不见了。

这是针对城主儿子的刺杀，显然不会就这么轻易结束，无端卷入这样的纷争可不是什么好事，大家都极力避免着和这事沾上关系。

卫天启四下溜了一圈，时不时往摘风学院四名学生那边偷偷瞄上两眼。

四人也刚起来不久，收拾着，取出早点，用餐，然后打点行装，接着就继续上路了。

卫天启一夜未眠，一大早还要紧张不安地留意着他们四人的举动，但是摘风学院这四位好像没事人一样，行动一切如常。他们很快就走上山路，从卫天启的视野里消失了，但卫天启心里的不安，心里的愤怒，可没有就此消除。

我请你喝粥

路平一行四人离开了，峡峰学院其他的学生动作也挺快，也都三五成群地飞快上路了。昨夜的事虽然与他们无关，但到底还是把气氛搅得有点紧张，谁也不知道接下来这一路上还会不会发生类似昨晚的事情。谁也没有了初上山时那种游山玩水的心情，快些上路，其实就是为了避开城主府一行人，哪怕是平日很喜欢往卫天启身边凑的学生，眼下也不想招惹麻烦。

整整走了一天山路，所有人都提心吊胆的，好在没有再遇到什么麻烦。黄昏时分，学生们陆陆续续走出了山口，峡峰山就算是走出来了。眼前的景象在这一刻变得豁然开朗起来，再不是他们平时司空见惯的山坡怪石，而是一望无垠的千里平原。一条连到山口的大道平坦而又笔直地向远端延伸着，没出过峡峰区的人哪里见过这样的大路，只觉得看几眼都能消除这走了一天山路的疲劳。

继续！

不少学生被这条笔直平坦的大道勾起了兴趣，他们没在山口停歇，沿着大道继续行走起来，看起来有要连夜赶路的意思。

"我们怎么办啊？"莫林一出山口就一屁股坐到地上了，就他这体力，走了一天的山路哪里会不累？况且他可是见过世面的人，不会被这么一条出了峡峰区随处可见的大道弄得心旷神怡。

"你们决定。"西凡不发表意见，因为这一路全都不是他自己走的。在山路上推轮椅其实是相当不方便的，所以事实上，这一路上大半的时间他是被路平和苏唐连轮椅带人一起抬着走的，结果现在两人都跟没事人一样。

"这里怎么没个跑马车的啊？"苏唐四下打量，可因为峰峰山每天出入的人极少，所以没有马车夫会把生意做到这里来，大道边上除了一个路牌指明了这里是去峡峰区的山道口，就什么也没有了。

"往前再走走吧，前边有个小镇，在那儿过夜会比较好。"这时，有个峡峰学院的学生凑上来和他们说了一句，说完就匆匆离开了。而他的同伴因为他这样的举动变得异常紧张，不住地向山口那边打量着，等他回去后也在不住地埋怨着他。

昨晚的事后，其实峡峰学院的不少学生都对路平、苏唐暗生好感。可他们两人毕竟是得罪了卫天启的人，所以大家都不敢和他们走得太近，以免被迁怒。刚刚那位也是看此时没有卫家人在，这才过来和路平他们说了一句话，但回去后立即就被同伴埋怨了。这里是没有卫家人，可是想讨好卫家人的家伙不在少数，被有心人看了去，在卫家人面前煽风点火，谁知道会不会生出什么事端来？

路平和苏唐看着他们这种态度，原本要说的谢谢都忍住了，而后笑了笑，也并不放在心上。

"怎么样，你是就睡这儿呢，还是去小镇上？"两人一起回头望向莫林，问道。

这家伙刚才还只是坐在地上，现在干脆躺平了。

"小镇……小镇……哦，望山镇。"莫林似乎想起了什么，一副狠下决心的样子，一骨碌站了起来，"走走走，去望山镇，街东头的那家虾粥非常棒，我领你们去。"说着，这家伙已经大步流星地上路了，引得路平和苏唐在后边面面相觑。

"怎么这么爱吃啊！"苏唐感叹。

"枢之魄嘛！"西凡说道。

"精通枢之魄的也见得多了，没几个是像他这样的吃货。"苏唐说着，推起西凡，跟在后边。

"据说这也是一种枢之魄的修行。"西凡说。

"那这个修行倒真省事。"苏唐感叹。

四人接着上路，莫林因为有了这么一个动力，难得没有抱怨喊累，居然一鼓作气地走到了望山小镇。

"虾粥，虾粥！"这家伙在步入小镇的那一刻忘情呐喊着，路平三人无奈地跟在他身后，被他熟门熟路地带到了街东头的一家小店。

看到那迎风招展的"粥"字大旗，莫林一脸的"悲壮"。

"快，扶我过去……"莫林一脸要跪下的表情，他的体力终于达到极限了，双腿都在打颤，可他不改要吃粥的决心。

路平无奈，上前扶着他，四人一起向那店中走去。

他们这四人，路平不用说，其他三人在气之魄上虽然都没有特别突出，但是都达到了一重天以上的境界，嗅觉之敏锐远超常人。他们是向着粥店走去，却越来越清晰地闻到一股酒味。

"好大的酒味啊！"西凡抽着鼻子说道。

"怎么回事？"莫林的神色有点茫然了，他的气之魄有二重天，比苏唐和西凡都强，他甚至已经准确分辨出了这酒味的源头，确实是从这店里传来无疑。这让他忍不住抬头看了一眼那面大旗，确定自己没有累到眼花，那上面确实写的是"粥"字没错。

四人带着疑惑来到那店门前，就见靠门的一张桌上，一个女人对门而坐，长发散乱，面色潮红，足足有六个空酒瓶东倒西歪在她身前的桌子上，此时她的右手抓着第七个酒瓶，仰起脖子朝嘴里灌了一口，左手一拍桌子叫道："我的粥好了没有啊！"

"马上，马上！"店里有人急忙回答着。

"猛啊！"门外四人的眼睛都直了。大家的冲之魄境界都不错，所以不用上前也能看清女人桌上的酒瓶，那可不是山上峡峰学院学生们随便喝着玩的麦芽酒，而是以粮谷为原料酿造的烈性酒。麦芽酒的度数在四度左右，而这女人喝的这种烈性酒，通常都在五十度左右。普通人喝个三五两就得醉，喝一斤基本扶墙，但这女人很是不凡，桌上光空酒瓶就是六个，那就是六斤，手里还抓着第七瓶在喝，如此竟然还能中气十足地叫粥，这酒量真不是一般的吓人。

"这个……得是枢之魄的能力吧？"西凡心有余悸地望向莫林问着。他擅长的是精之魄，而精之魄强调对心情、情绪的控制，所以像酒这种东西对精之魄修炼者来说是大忌，西凡向来视之为洪水猛兽。

"难道是传说中的酒囊？"莫林自语。

"你瞎编的吧？"苏唐说。

"不是啊，有这种能力啊！不信你问他。"莫林说话间望向路平。

路平那次喝粥将毒留在碗底的能力，莫林猜想一样可以在喝酒时将酒中醉人的成分留下来。

"那是两回事吧？"路平说。

"不要这么认真嘛！"莫林说。

几人议论的声音并不大，显然也不想让人听了去，哪里想到那个已经喝了足足六斤半烈酒的女人不只中气十足，耳朵也灵得厉害，突然又拍了一下桌子，瞪向四人。

"几个小鬼懂什么？用能力来喝酒，那是对酒的浪费。"女人训斥着四人。

"啊？"四人都愣住了。

这女人听得到他们说话，也知道"能力"这回事，这应该，也是一个修炼者吧？

"什么境界？"

这是每一位魄之力的修炼者遇到修炼者时习惯性要做的事，可最终四人面面相觑起来。

"感知不出……"

感知不出，不是感知不到，这意味着对方是有境界的，只是他们感知不出，这种情况绝大多数都是因为对方的境界远在他们之上。比如卫明，他们也感知不出境界，显然那家伙是有几分实力的。

"咦，卫明！"路平忽然说道。

他们刚刚想到卫明，没想到卫明居然就出现了。

卫明从粥店的另一侧的一扇门迈步进了粥店，眉头微皱，一脸的厌恶之色："怎么这么大的酒味？"说着，他的目光就转到了那女人身上，女人却连瞧都没瞧他一眼。

"粥来喽！"正在这时，粥店老板亲自捧了一碗粥从厨房钻出，端到了那女人桌上，那占领了整间粥铺的酒味，还有那一桌狼藉的酒瓶都没让他生出丝毫不快。

卫明却很不痛快，他很快就站到了老板面前："这么大的酒味，让我们怎么吃？"

"不能吃，就请您慢走。"老板微笑着对卫明做了个"请"的手势。

卫明依旧只是眉头微皱，心下异常恼怒，换了在峡峰区，绝对没有人敢这样对他说话，但这里已属于志灵区。峡峰区城主府十二护卫的威名，小镇粥店的老板就算听说过，也绝不会想到眼前这人就是十二护卫中排名第二的卫明。

卫明决心给他点教训，毕竟，他这一天的心情可都不怎么好。

他的手臂一提，正要扬手，谁想连一厘米都没有提起。

他的手腕竟然被人抓住了。

是那个坐在桌前，喝得一片狼藉，脸颊潮红，醉眼惺忪的女人给抓住的。

"现在的年轻人为什么都这么没教养？"女人像是在自言自语。

卫明惊讶极了，连忙用力挣脱，却不想女人突然一扬手，他那为了挣脱所使出的力道竟然像是全都施加到了自己身上一样。

卫明飞了起来，穿过粥铺的正门，摔到了门外，滚在了街上。他狼狈地抬起头，就看到四张惊诧的面孔，竟然是路平他们四人。

但四人好像没多大兴趣欣赏他的窘迫，已经齐刷刷地扭头，将更加惊诧的目光投到了那个女人身上。

谁也没看到她如何起身，谁也没看到她做出了何种动作，但她此时就端着那碗粥走到了粥铺外。

"有酒味，你就喝不了粥是吗？"她望着还在地上的卫明说着。

卫明满脸惊诧，如果他这时候还意识不到这女人的强大，那他就枉称城主府的第一智囊了。

"这里没有酒味了，张嘴。"女人说。

"你想干……"卫明刚喊出了三个字，那女人的手一斜，那碗滚烫的虾粥竟然就这样直接朝他脸上、嘴里倒了下来。

"我请你喝粥，不用谢我。"女人说着，顷刻间就将一碗粥倒完了。女人随手一甩，那碗刚好飞到粥店老板的怀里。女人举了举酒瓶，向老板致意了一下，又扫了一眼路平他们四人，留给了他们一个摇摇晃晃的背影。

第|45|章
不够效率

卫明满脸都是粥，极烫。虽然这点温度还不至于伤到他，但是所受的屈辱对他而言是前所未有的。

对于一个骄傲的人来说，忍受这样的屈辱，或许还不如去死。

卫明毫无疑问是骄傲的，可此时的他，可以说没有任何作为。

他仅仅从地上站了起来而已。

他的头发上、脸上，甚至脖子里都是粥，模样狼狈又可笑，然而他根本没有急着去擦拭。再站起来时，他的神情已经恢复了一贯的冷漠。虽然这样的冷脸在一碗粥的装饰下看起来相当滑稽。

他没有理会目睹了他变得狼狈过程的路平四人，更没有去追那个女人，只是转身走进了粥店，那家他刚刚被人扔出来的粥店，语气平静地对粥店老板说："给我一碗虾粥，我要等人。"

老板露出了惊讶的神色。

很显然，他也没想到这个年轻人会是这样的反应。他还在发愣，卫明又问了一句："可以吗？"

"稍等。"老板回过神来，回到厨房，很快又端出了一碗虾粥。

"谢谢。"卫明微微欠了欠身，从怀里掏出手巾，将脸上、头发上、衣服上、脖子里沾到的虾粥仔细地擦干净。然后他开始喝粥，很平静地喝粥，就好像什么事都没有发生过一样。

路平四人面面相觑，即便是擅长从动作、神情来判断一个人内心想法的西凡，也根本猜不出此时的卫明到底在想些什么。

"我们还要不要喝粥？"苏唐问道。

"要啊，难道你们不饿吗？"路平说。

"走走走。"莫林说着，第一个走了进去。

四个人坐了一张桌，要了四碗粥，其间依然不住地打量卫明，好像此人就是下粥的咸菜，多看两眼这粥都会添一些味道似的。

直至门外街道又传来脚步声，两个人到了粥店门口。

门外的两人一愣，店里的四人也一愣，卫明依旧保持平静，站起身来，向着门外的人欠身施礼："小城主，你们到了。"

来的竟然是卫天启、卫扬两人，而卫影依旧不知去向。整个行程中，他从头到尾都没有和所有人走在一起过，唯一一次出现，还是因为昨天晚上不得不出手。

"他们为什么也在这里？"看到卫明，卫天启的心里顿时踏实了许多，他甚至有些迫不及待地想从路平他们这里找回场子。

卫明并没有回头看他们四人，只是欠身答道："大概是因为这里的虾粥很不错，而他们恰巧也知道。"

"有他们在，再好的粥也没什么胃口。"卫天启说。

"那么，我们打包带走？"卫明像是在征询卫天启的意见。

"什么？"卫天启以为自己听错了。以卫明的聪明，他不相信卫明会听不出他是什么意思。卫明要打包带走，竟然是选择退让？又一次对这几个家伙选择退让？

卫天启想发作，可一想到卫明素来滴水不漏的行事风格，又觉得这或许有什么用意。

"算了。"他马上隐忍了下来，最终还是相信只要有卫明在，就一定会有一个让他满意的结果。

两碗虾粥很快被端了上来，卫天启吃了两口，心情不错。

或许是因为虾粥的味道确实很好，也或许是因为见到卫明以后，他心中的那些不安终于消除了不少。然后他开始等，等卫明的安排，等卫明的手段，可是，他很快看到的是，路平四人结了账，准备要离开了。

卫天启望着卫明，卫明正在认真地喝粥。

沉稳，不动声色，就是卫天启的父亲城主卫仲一直以来最欣赏卫明的一点。卫天启发现，自己或许确实该多向卫明学学。

他的安排到底是怎样的呢？卫天启猜测着，期待着，然后看到路平他们四人走出了粥店，渐渐消失在了街头，而卫明，还在喝粥。

天卫启又耐心地等了一会儿，终于确认的一件事是，卫明真的没有任何安排。

他立即感到不悦。

"解释一下。"卫天启说道。

卫明没有问"解释什么"。他是聪明人，和聪明人说话总是会比较省心，因为他完全清楚卫天启要的解释是什么。

"我们有该办的事，太过节外生枝，不够高效。"卫明说。

听起来像是敷衍，像是一个说辞，但对卫天启来说，对整个城主府上下来说，这个解释已经足够，甚至可以说，没有比这更合理的解释了。

因为城主府注重效率。不够效率的事，就不去做，这就是他们的逻辑。卫明是在按城主府的逻辑做事，即便是卫天启，也无话可说。

这也是卫明之前会快速冷静下来的原因。

当粥浇到他脸上的时候，他就意识到了，他做了一件节外生枝又极没效率的事。这样的事，就该到此为止。于是他立即恢复到他本来的节奏中来，回到粥店，等卫天启他们来会合，这是他们约好的碰头地点。

当卫天启示意他针对路平四人时，他保持了冷静，他不会再让自己的情绪失控。行事一向滴水不漏的他，似乎因为昨晚的计划被破坏而有些不太淡定。他做事总是会成功，总是很顺利，他没想到一次小小的挫折竟然对自己有这样大的影响。

这样的失误，有一次就足够他吸取教训了。

他是个聪明人。

无话可说的卫天启只能继续喝粥。而路平他们四人走过街头后，也停下来了，他们在纳闷。他们也在等，等城主府的人发作，等城主府的人向他们找事，可没想到的是，对方居然毫无反应，他们一路上也没遇到任何麻烦。

"咋回事？"莫林挠头，他的医术令他多次判断失误，而这次可是凭借"刺客的经验"做出的推论，居然也不准确？

"看来，他是不想节外生枝。"到底还是西凡厉害，仔细研究分析了卫明的心态后，做出了接近真相的推论。

"那我们还要不要回去？"苏唐望向路平。

路平本来是要主动去找卫明说话的，可是被莫林"刺客的经验"给劝阻了，什么后发制人之类乱七八糟的，结果走到这里了愣是没等到卫明他们。

"算了吧，实在走不动了！"莫林被苏唐的建议吓坏了。

"那就以后吧！"路平倒也不坚持。

莫林松了一口气，刚说走不动的时候，他飞快想起了当初路平背着苏唐坚定向前的画面，心想着这家伙不会马上把自己扛到肩上大步流星走一回吧，好在这样可怕的事没有发生。

"先找个地方住吧，明天就可以到志灵城，去天照学院了。"西凡说道。

这一夜，大家基本都是在望山小镇过的，第二天一早上路的时候，大家又在小镇门口不期而遇，然后向着志灵城的方向走去。

直至此时，峡峰学院的学生们才猛然意识到一个问题。

他们是因为魄之塔倒塌，被逼去志灵城的双极学院参加大考的，可摘风学院这四名学生是要去干什么呢？居然跟着他们走了一路？

闯入者

志灵城，志灵区的主城，和峡峰区主城峡峰城大不一样。

峡峰城地处山间，受遍各种限制，就连整个城镇的格局都因为两侧无法逾越的山峦而显得狭长。

志灵城则不一样，地处平原，四面开阔，整个城镇呈方形格局，道路四通八达。哪像峡峰城，就那么一条出山的大道，而且至今还没修完。

路平他们一行人走了约半天，终于算是进入了志灵城的周边区域，道路上的车马明显增多，再不像他们刚出山口时那么冷清。峡峰学院的绝大多数学生是初次走出峡峰山，这与峡峰城完全不同的热闹景象让他们目不暇接。

沿着大道，穿过两端的稻田和村落，建筑群越来越密集，一行人已经进入志灵城的外城区域。远处是高耸巍峨的内城城墙，这也是峡峰城所没有的。峡峰城的内城依山而建，利用峡峰山的山体构建了易守难攻的防御体系，这大概是峡峰城唯一优于志灵城的地方了。

进入外城街区，路平他们开始打听天照学院所在。

天照学院在志灵城甚至整个志灵区都赫赫有名，四人一路打听都很顺利，终于，通过一条僻静却很宽阔的街道，路平四人站在了天照学院的正门外，而他们的身后，峡峰学院的一群学生都用奇怪的目光打量着他们。天照学院正门的斜对面，是气势一点不输天照学院的正门，门楣上高挂着门匾，上面写着两个大字"双极"的双极学院。

天照学院和双极学院，是志灵区的两座著名学院，竟然只隔了一条街道，这一点峡峰区的少年们可从来没听说过。

双极学院那边已经提早收了信，安排好了峡峰学院借魄之塔考试的事，峡峰学院的学生们都顺利进了双极学院，路平他们四个此时却被堵在了天照学院门外。

"楚敏？没有这位导师。"在四人说明来意后，天照学院的门房值勤的工作人员很不客气地将他们拦在了门外。

"也或许，不是导师，是院长。"西凡想起院长临行前给他们信件时交代过。

"捣乱是不是？谁不知道天照学院的院长是云冲大人？我还是他老人家亲自任命的呢！"门房值勤的工作人员一脸的骄傲自豪。

他虽然只是个看门的普通人，但他显然没有把眼前几个貌似修炼者的学生太当回事。他只知道守好天照学院的规矩，有人真敢捣乱，他是没什么本事，不过自然会有人来收拾，他身后这座靠山可硬得很呢！

"怎么回事，老郭是不是搞错了？"莫林说着，他背地里也不叫郭院长什么的了，直接以老郭相称。

"不应该啊！"西凡翻出那信，信封上确实写的是"楚敏亲启"。

"大叔，学院里是不是有别的人叫楚敏呢？"苏唐上前问道。

面对这么一个看着就很懂事的小姑娘，他的口气明显和善了不少，可最终还是一脸无能为力的表情："学院上上下下一万多号人，这我哪里记得过来，你们还是弄清楚了再来吧！"

"能不能让我们进去找一下？"苏唐问。

"不行不行，绝对不行。学院不许陌生人随便进出。"门房值勤的工作人员连连挥手。

"好吧！"苏唐无奈退下。

莫林看那工作人员的模样很是不爽，怂恿苏唐："你怎么不给他脸上来一拳？"

"给你脸上来一拳。"苏唐瞪他。

"那啥，怎么办？"莫林转移话题。

路平已经走上前去。

"让我们进去找一下吧！"路平说。

"你这孩子，说了不行了，你们弄清楚要找什么人再说。"门房值勤的工作人员说。

"楚敏。"路平说。

"没这人。"门房值勤的工作人员挥手。

"你刚说一万多号人你都记不过来，怎么知道没有？"路平反问。

门房值勤的工作人员一愣，很明显，他没想到路平会这样说，不过他很快就反应了过来："谁知道你们是不是乱编了一个名字？你们先弄清楚这人身份，我才好去确认。"

"不是乱编的，我们有信给她呢！"路平指了指西凡手中的信。

"谁知道是不是伪造的。"门房值勤的工作人员说。

"是真的。"

"你说是真的就是真的啊？"

"确实是真的。"

"跟我要无赖是不是？信不信我……呃？"门房值勤的工作人员说着说着，突然眼珠子一翻，腿一软就要倒下。路平手一伸将他扶住，塞到角落，回头招呼三人："走。"

"该说你机灵还是蛮干呢？"莫林擦汗。

"这样不好吧？"西凡发愣。

"你出手没太重吧？"苏唐担忧。

"不重。"路平只回答了苏唐，已经迈步进了天照学院的大门。

"刺客的直觉告诉我，会倒霉。"莫林说着。

"尽快找到楚敏老师吧！"苏唐说。

"就怕院长太久没联系，真的有什么变故。"西凡说着。

三人说话的工夫，跟着路平一起进了天照学院。

宽阔的林荫大道直通学院的主楼。路上一个人也没有，整座学院都很宁静祥和，这却让四人头痛起来。他们本想进来就快些找人打听，结果这么宽阔的道路上竟然连一个行人也没有。

"去楼里找吧！"路平走在最前边，在所有人都没什么主意的时候，他用他果断的行动指引着大家。

谁知就在这时，清晰而又响亮的声音在整个天照学院的上空开始回荡。

"闯入者，有闯入者。三男一女：精之魄六重，轮椅少年；枢之魄六重，草帽少年；力之魄六重，红衣少女；普通路人，灰衣少年。"

四人的特征、境界竟然都被描述得清清楚楚，仿佛亲眼看着四人一般。而这声音虽然覆盖了整个学院，但四人还是都分辨出了声音的源头，齐齐回头。

在他们身后，天照学院的正门前，一个少年叉腰站立，右手端着个喇叭状的东西在嘴边。谁都知道单靠这么一个简单的玩意儿绝不可能达到如此好的扩音效果，少年靠的是不俗的鸣之魄境界。

能达到这样大面积的传音覆盖效果，这不只是达到几重天的境界就能做到的，而是境界贯通后才会产生的声音控制能力。

"以上是戒卫队石傲送出的情报。"少年接着又说出了一句。

戒卫队！这说明了少年肯定是学生身份。天照学院的在院学生竟然有人达到了贯通境界，这学院的实力，果然远非峡峰区那地方可比。

就在这少年送出情报后，学院上空立即有声音做出回应。

"发布三年级修行试题：缉拿闯入者。轮椅少年，两分；草帽少年，四分；红衣少女，六分；灰衣少年，一分。"

"这么少，怎么够分啊！"校园上空顿时响起各种抱怨声。

"有一分算一分吧！"

"先到先得喽！"

声音传递间，远处那主楼竟然已有身影直接跳窗而出，四面八方也各有行动的声响，刚刚还一片宁静祥和的天照学院顷刻间热闹了起来。

"果然要倒霉。"莫林惨叫。

在摘风学院，拥有六重天境界的他是学生中的顶尖强者，可到了这天照学院，只听刚刚那么多人的声音玩一样的传来传去，就知道六重天境界肯定是不够用的，对他来说，这是一个强者如云的世界。

"不怕，和他们说明来意就是了。"西凡说。

"问都不问先打残你呢。"莫林说。

"先跑。"路平说。

"得分头跑，不然目标太大。"刺客出身的莫林到底还是有些经验的。

"你跟我有仇吗？"西凡郁闷极了。平时倒也罢了，可现在他坐着轮椅呢，哪里跑得过人！

"你留下来和他们说明来意啊！"莫林说。

西凡看了看大道远端已经冲出的人群，很多人手里都抄着武器，冲在最前的那个光头少年头皮上文着一道乌黑的刺青，一直到眉角，一副杀人凶手的面相，西凡顿时有些心虚了。

"跑吧！"路平一伸手，就把他捞到了肩上，狂奔而去。

"哈哈哈哈。"莫林还有心情笑，他是想到昨天走出山口时想象的情景，现在在西凡身上成为现实了。

"还笑，你担心一下自己吧！"苏唐说着，就莫林那身体，跑的话和坐轮椅的西凡在速度上其实也差不了多少，苏唐正考虑是不是把这家伙也扛上。

"呵呵，我靠的可是经验和智慧。"莫林说着，他不走大道，已经钻进了道旁的林荫。

"我走这边了。"苏唐指着和莫林相反的方向，对路平喊道。

"我把西凡藏好就来找你。"路平回道。

"你打算把我藏哪儿啊？"西凡郁闷地问道。

"我哪里知道，这儿我也不熟，你说呢？"

"我说，咱能别在这大道上跑得这么光明正大吗？"西凡说。

"多吸引一些注意，方便他们两个脱身。"路平说。

"哦……"西凡有点惭愧，自己光想着自己，这觉悟太低了啊！

"不过，追咱俩的人还是不多啊！"西凡观察着各路冲出的学生的动向，说道。

"为什么？"路平也放慢脚步四下看了看。

"咱俩分低啊……加起来还不如一个莫林。"西凡说。

速度提分

天照学院这分数分配当然还是有一番道理的。路平是普通路人，给一分让大家别白忙一场，算是个安慰。西凡虽然拥有六魄中最难感知修炼的精之魄六重天，但坐着轮椅，显然行动不便，所以只值两分。莫林拥有枢之魄六重天，行动自如，所以值四分。至于苏唐，六重天境界的单魄是力之魄，行动力和战斗力会更强，所以比莫林还要高出两分，是四人中最高的六分。

可怜的路平和西凡两人绑一起才值三分，还不如一个体弱的莫林。天照学院学生众多，要得分就指着这可怜的四人，有实力有自信有野心的学生当然都要去找六分的机会，次一些的也会选择拿到四分，会盯着两分一分这种试题的，从一开始就没什么人。

"闯入者分散逃窜，六分红衣少女向东，四分草帽少年向西；灰衣少年和……呃，抛弃了轮椅的轮椅少年向北，这是最后一次情报发布，接下来将不会有任何提示。另，灰衣少年身体素质惊人，分数修正为一点五分。"天照学院的上空，再次回荡起声音。

从对方的内容和应对态度就可以看出，天照学院真是没太把这四名闯入者当成什么重大危机，而是借题发挥弄成了一次竞争修行。不再进行提示分明是为了提高难度，而提高路平的分数显然是注意到了路平扛起西凡后还能健步如飞，虽然路平没有魄之力，但这体魄实力确实不容忽视。

"零点五分！好小气啊！"

"直接踢到树上去能不能多一分啊？"

不少声音回应着新发布的消息。

西凡听着这些抱怨，再看看那些冲上来的天照学院的学生的神情，发现自己没有留下来"说明来意"真的是太正确了。

"这学院的院风好野蛮啊！充满了胡来的气息。"西凡说。

"追我们的人好像多起来了。"路平观察后发现。

"你的分数提高了嘛，更关键的是……咱俩是打包的，等于三点五分，接近莫林了。"西凡说。

"而且又这么显眼……"路平的脚步放慢了。

他的左侧右侧分别是莫林和苏唐逃走的方向，已经有人追了过去。他的身后自然有人，至于身前，非但是有人，可以说是人潮。

从天照学院的主楼飞窗跳出的大量学生正是朝着他们疾速涌来。他们中有一些人已经偏左或者偏右去试图寻找值六分和四分的目标了，但有一些人对打包的三点五分有些心动。

如此清晰地暴露在大道上的二人，接下来要如何行动，需要慎重抉择一下了。

"不要停，能赶在他们之前的话，就在前方路口转向。"西凡分析线路，叫道。

"好！"路平应声，立即提速。那一瞬间，在他肩上的西凡觉得自己几乎要被惯性甩出去了，只见道路两旁的大树被飞速抛离身后，连成一片树影。西凡努力运起自己的冲之魄力，发现依然无法完全看清。

路平此时奔跑的速度，竟已超出西凡的三重天冲之魄所能捕捉的极限，这恐怕需要四重天冲之魄所提升的动态捕捉视力才有可能看清如此高速移动的画面。

能不能赶在从主楼冲出的学生之前冲到路口？西凡发现自己与其担心这个，不如多担心一下自己在这样的高速移动中会不会感到眩晕。

这突然爆发的移动速度让天照学院的学生们大吃一惊。

这家伙之前竟然没尽全力？

扛着一个人，还能跑这么快？

这是什么样的身体素质？

追在二人身后的许多学生眼睁睁地看着距离被拉开，还能勉强赶上的，无一不是高水平的力之魄修炼者。

"向左！"西凡看不清两旁飞快晃过的树影，但高速接近的正前方的情形他倒是看得很清楚。天照学院的学生也没有聚在大道上对他二人进行封堵，向左右分散的人更多，从西凡的观察来看，左端分散出去的人略少，于是向左是一个更加方便脱身的选择。

可是，转眼便冲到路口的路平毫不犹豫地冲向了右边。

"喂喂，这是右！"西凡叫道，以为路平匆忙中没分清左右。

"我知道。"路平说道。

"这边人多啊！"西凡说。

"我知道。"路平还是这样说。

西凡愣了愣，很快他就反应过来了。这边人多，为什么路平还往这里冲？因为苏唐是向东，也就是从他们右侧逃出的。天照学院的学生大多数人都想抓六分，所以从主楼冲出的人潮大部分都偏向他们右侧移动。路平果断选择向右跑，目的自然是为了干扰对方，甚至可能还会出手修理对方，以此减轻苏唐的负担。

"你这是偏心哪……"西凡念叨着，想想跑向西边完全无人照应的莫林，好可怜的样子。

"这是我应该做的。"路平如此答道。

"我知道啊……"西凡发现自己完全无法辩驳，苏唐跟路平那是相依为命的，"但你就不能稍加掩饰吗？"

与此同时，天照学院的上空再次回荡起声音。

"非提示消息：灰衣少年移动速度相当惊人，分数修正为两分。"

"你又涨分了。"西凡说。

"听到了。"

"这么随性，我看你这分还得涨。"西凡说。

"这个总在发布消息的声音是在哪里，能感知出来吗？"路平问。

"挖苦我吗？"西凡反问。

"哦……忘了，抱歉。"路平说。就像莫林没有力之魄一样，西凡的缺陷是在鸣之魄上，所以这声音自哪里发出西凡完全没能力感知出来。

"总觉得是在哪个居高临下的位置呢！"路平向上空看去。

"想把他解决掉吗？"西凡说。

"有机会的话。"路平说。

"先看眼前。"西凡说。

"看到了。"路平说着。

"哈哈，四分！"前方道路正中，一个从道旁林中高速蹿出的少年正在雀跃着。显然他是一个以速度见长的家伙，所以才能在那么多人之前先一步截到路平和西凡。

拿下这四分，还有足够的时间去拿下六分，如此轻松分数就能到手，所以说，速度才是王道啊！少年心下打着如意算盘，做足了准备迎接眼前这四分。

"你这家伙，在速度上是有什么异于常人的天赋吗？不过在我声速桥影面前……"

啊?

面前?

是的……面前!

就在他说到"面前"的时候,路平就真的到了他面前。

怎么回事?

以速度见长的桥影对速度的判断是极其敏锐和准确的。他原本觉得对方冲过这段距离的时间足够他说完这句话。可是现在,他话还没完,对方竟然就到了他面前。不是他的判断不准确,而是对方,提速了……

在对方扛起一人,展示出不凡的速度后,他的分数从略带安慰性质的普通一分,到了有点难度所以赋予的一点五分;之后他的速度进一步提升,让人惊讶而后分数被修正为两分;再到此时,桥影真真切切感受到了对方的速度再次提升,而且只在一个瞬间,就有宛如爆炸般的一个提升,以至于他根本没有察觉到对方就已经到了他面前。

桥影根本还没来得及惊讶,路平的手掌就已经按在他的脸上了。

要死了吗?这是桥影脑中这一瞬间闪过的念头。因为他了解速度,这种速度所能带来的冲击力足以瞬间折断他的头颈。

路平的手掌离开了他的脸。

他仰天倒下,四面尘土飞扬。

天好蓝啊,云好白啊,就这样随风飘荡着,好悠哉啊!如果能再多看一眼,那该多好。桥影想着。

然后,三秒后……

"桥影你在干什么?"有声音传来。

嗯?

桥影一愣,然后动了动。

自己……没事吗？桥影飞快地爬起来，没事，果然没事，只是仰天摔了一跤而已，这也算事？

"连你也追不到他们？"迟他一些赶到这里的同学们惊讶地问着。

因为桥影并没有吹牛，只论速度的话，在天照学院三年级的学生里，他称第二，没人敢称第一。声速桥影，这绰号是他自己起的，目前来说夸张了点，他还到不了声速，但是所有人都相信，以他在速度上的天赋和对速度的热衷，终有一日，他会达到这种速度，甚至超过都说不定。

"我……大意了。"桥影如此说道。

"哦哦哦。"同学们顿时释然，如果是扛了个人以后的速度还比桥影快的话，那未免太夸张了点。

"还在这儿聊什么，接着追啊！"有人回过神来，立即就跑了。

这一刻，大家其实还是竞争对手来着。

"追追追！"众人纷纷继续追赶，绝大多数人都横穿大道，进入了对面的树林。他们想得到的是苏唐那六分，而不是这边的两分加两分。

两分加两分吗？

桥影有些恍惚了。他原本也是奔着六分去的，只是正好在这里截到了两分加两分，正为自己的幸运欢呼，结果对方就给了他这样的打击。

两分加两分？

不止啊！

那家伙所展示出来的速度，怎么可能才值区区两分？

而且，那家伙是个普通人啊，普通人是怎么拥有这样的速度的？

桥影对路平的兴趣已经远远超过了值六分的苏唐，他义无反顾地朝着路平、西凡跑出的方向继续追了出去。

这次一定要看清楚了，桥影暗下决心。

第 48 章

最新消息

声速桥影，在天照学院三年级的学生里速度数他第一，这是毫无争议的事实，而且他的优势相当明显。于是当他做出决定要锁定路平和西凡时，这无形中是帮了路平和西凡。

在所有人看来，路平无非就是跑得快点，普通人一个；西凡则行动不便，战斗力肯定大打折扣，要处理这两个人，所要做到的事仅仅是"追上"而已。

当桥影飞快超越所有人，一骑绝尘冲向路平和西凡时，原本对这四分抱有企图的人立即停下了脚步，打消了念头。望着桥影飞快远去的背影，他们果断改变了方向，因为没有人觉得自己能比桥影更快。

"喂喂。"西凡这时喊了喊路平。

路平专心奔跑，刚刚又转过了一个路口，正试图将身后的追兵往远离苏唐的方向带。被他扛在肩上的西凡虽然有些尴尬，但还在认真充当着路平的后视镜，他赫然发现他们俩好像没有吸引到太多的注意力。照理说这不应该，两人现在共计值四分呢，不比莫林的分低了。

"怎么？"路平问。

"没有人追我们啊！"西凡说。从摆脱对手的角度上来说，这当然是好事，但他知道路平并不是单纯想要摆脱对手。

"没有人追？"路平的脚步立即慢了下来，他回头望去，刚刚转过的路口果然空无一人。

"跑得太快了吗？"路平正说着，一个身影从那路口闪电般地蹿出，急转。

"来了！"路平连忙转身就要再跑。

"来的只是这一人而已。"西凡说。之前没转到这路口时他就发现了，天照学院的其他人好像都放弃了他们，只有这一个人锲而不舍地追了上来。

虽然只是打过一个照面，但路平和西凡倒还没有这么快就忘记桥影这张脸，他们俩很快认出这就是刚刚拦过他们的那位。

"怎么回事？"路平不解。西凡也茫然。他们对天照学院又不是很了解，当然不知道这当中的缘由。

桥影飞速地逼近，他发现路平竟然放慢了脚步，甚至好像有要停下来的趋势，但他没有因此有过多的犹豫。

"相当有恃无恐啊！"桥影说着，"是因为拥有着这样的速度吗？那我倒真不好说你什么了，因为速度就是王道，你的嚣张，很有道理！"

话音刚落，桥影距离路平、西凡不到三米。

"但这次我不会再大意了！"桥影叫道。三米的距离，他没有直冲上去，而是突然切了一个角度，斜着冲向路平身侧。

路平连忙转身，飞速移动着，桥影却再次变向，一个上蹿跃向半空，速度丝毫不减，好像还更快了。

"你是有了不起的速度，但是你有能跟上我动作的动态视力吗？"桥影没有立即展开进攻，而是不断变向，变换着位置。西凡起初视线还追着他移动，可很快就觉得满眼都是人影，他已经完全没办法分辨桥影在哪里了。

太快了！想追上这样的速度，西凡三重天的冲之魄境界根本不够。

"要知道，速度可并不只是用来奔跑的啊！"

这一句总结之后，桥影准备在这一刻发出终极一击。在鸣之魄上毫无建树的西凡猛然发觉声音一下子从远处传到了耳边。

哪里？

西凡眼中全是桥影的残像，对方就在身边，他却无从分辨。

路平起初还会追着桥影的变向移动转转身，不过很快，他就没了任何动作。

听到桥影的话，路平此时突然转身，抬手。

动作很平常，很简单。然而西凡眼中的那无数残影在这一刻猛然消失了，他的眼前多了一个人。

路平的右手抓住了桥影的脸。

在桥影如此高速变向移动的过程中，西凡根本不知道他身处何方，路平只是一探手，就准确地抓到了……

西凡已经不知道该如何形容了，在这一刻，他甚至有点同情桥影。

这一次路平可没有再像之前那样轻轻推倒对方了事，他抓住桥影脸庞的一瞬，身子微弓，下沉，左手还在维持着肩上西凡的平衡，右手抓着桥影的脸将桥影掼翻在地。

"哈哈哈哈。"还没有等他们说什么呢，天照学院的上空又飘起了声音，这一次，赫然换成了一个明亮清脆的女声。

"事情似乎变得有趣了呢！"这个突然换上的女声说道，"现在发布最新的非提示信息，闯入者草帽少年，分数提升为六分；红衣少女，分数提升为八分；灰衣少年，分数提升为三分。三年级的学生们，可不要被人家给干掉了哟！"

已经被干掉了啊……又一次仰天摔倒在地的桥影十分苦恼地想着。他可以感觉得到，这一次的力度和之前的截然不同，这一次，自己是真的要被干掉了吧？

这到底是什么人啊？

桥影的脸被捏着，好在一只眼睛还露在外面，他打量着眼前这个看起来和他年纪相仿的少年。

对方平平无奇，没有任何特异之处嘛。

大意了啊！桥影心下懊恼着。

可是，谁又能想到一个根本不具备魄之力的普通人，除了拥有不输给他的速度以外，竟然还能一击就捕捉到高速移动中的他？

这不能怪自己啊！桥影不只懊恼，还很委屈。

眼前这位的实力，根本就不符合常理嘛！

死得真冤……桥影这样想着，缓缓闭上眼睛开始等死，谁想就在这时，那只捏着他脸的手忽然放开。

嗯？

桥影疑惑了下，眼睛重新睁开。

那个灰衣少年，还有那个被灰衣少年扛在肩头的家伙都在望着他。

"别紧张。"西凡笑道。他仔细观察了少年的一系列举动和细微表情，对桥影的心理做了一个大致的推断。

"我们不是坏人，也不是来捣乱的。"西凡看出对方已有一副"任你处置"的神态，于是先给对方宽宽心。

"嗯？"桥影一听，心下顿时就先松了一口气，当然，戒心还是有的，谁知道这是不是对方想套取什么信息故意让他放松警惕呢？

"我们是峡峰区摘风学院的学生，闯入天照学院，也是在进行一项修行。"西凡用了这样一个说法。就他目前所观察到的情况来说，他估计这是一个天照学院的学生很能适应的说法。

"哦！"桥影脸上果然有了几分恍然大悟的神色，很快他又茫然了些，"摘风学院？"

很显然，他没有听说过摘风学院的名字。

"一座小学院。我们来天照学院的修行目标是找人，找一位叫楚敏的人。她不是学生，或许是导师，也或许不是，也或者曾经是，你听说过这个名字吗？"西凡问道。

桥影摇了摇头，他没有听说过这个名字。

"这个……"路平伸手指了指上空，"发布信息的声音是从哪里来的？"

"嗯？"桥影立即换上一脸警惕的神色，传音室目前发布的都是和他们四个闯入者息息相关的信息，对方打听这个，似乎有所企图。但是自己装作不知道的话，似乎敷衍得太假。

桥影偷偷看了看左右，此处前后都没有自己人，他根本得不到任何援助，不过他还是很快有了主意。

"是传音室啦，需要我带你们过去吗？"桥影说。

"好啊！"路平点了点头，"怎么走？"

"这边。"桥影从地上爬起来，就要往一边带路，身后的路平和他肩上的西凡对望了一眼，一起点了点头，路平的手掌飞速切出，打在了桥影颈后。

"扑通。"

桥影倒地，这一次是彻底昏迷失去意识了。

西凡叹了一口气，这家伙，揣着坏心思的时候微表情也太多了，想让人不察觉都难。

"传音室，至少我们知道这地方的名字了。"西凡说着。

"再打听一下就行。"路平说。

"最好穿上那家伙的衣服。"西凡说道。

路平点了点头。天照学院的学生穿的都是统一的制服，全院万余名学生，怎么可能全部相互认识？他换上这身衣服显然就足够冒充天照学院的学生一会儿了，然后以此身份打听一下传音室的位置，轻而易举。

"但是你比较容易暴露，我不能再扛着你了。"路平说。

"我在这里等你。你先去打听。"西凡说。

"好，很快回来。"路平将西凡放到了主楼侧面的墙根。

附近实在没什么可供掩藏的地方，这个角落聊胜于无。

随后路平匆匆跑去打听，等他问到结果，顺便又弄了一套天照学院的制服回来后，西凡连同晕迷过去的桥影都已经失去了踪迹。

天照学院的上空，女声再次回荡。

"最新非提示信息，轮椅少年已被抓获，恭喜沈迟同学收获两分。此外，草帽少年提升为八分，红衣少女提升为十分，大家继续加油哟！"

刚抓走吗！

路平想也不想，向着道路南端急奔出去。

第 49 章

提升十倍

沈迟人如其名，做什么事总会迟一些，慢一些。所以当其他三年级学生从各个方向如潮水般聚集并搜寻了好一会儿目标后，他才慢悠悠地从主楼里走出来。

寻找苏唐和莫林的两路人这时都钻入了东西两片树林，全然不见了踪影，沈迟一偏头，就看到桥影在主楼东侧路口左转的身影。

反正无论和谁相比，沈迟都会迟一些，所以即便那个身影是三年级速度最快的桥影，他也就无所谓，他不紧不慢地朝这边跟了过来。

然后，沈迟乐得合不拢嘴。

虽然只是很多人都看不上眼的区区两分，但是对于他这个做什么事都会迟一拍的家伙来说，这种修行他居然能挣到两分，这让他十分满意。

"所以说，来得早，不如来得巧。"他得意地摇头晃脑，对身旁的桥影说着。

桥影背着西凡，依旧健步如飞。

"因为我救了你，所以你要背他，而且这两分是我的。"沈迟把桥影弄醒时，就是这样对他说的。

桥影没反对，他只是希望沈迟能走得再快一些。

"因为那家伙还有一个同伴，那家伙看起来可不是一个会丢下同伴的人，我想他或许很快就会追回来。"他对沈迟说。

"是吗？"沈迟一听更高兴了。

"那快放下。"沈迟说道，"既然他一定会找回来，我们为什么不守株待兔？这三分，我们可以平分。"

"因为他只用一只手就可以击败我。你呢，你能挡他几只手？"桥影说。

"那他为什么才三分？"沈迟说。

"我也想知道。"桥影没好气地说。他当然很想知道，一个看起来只值区区三分的普通人为什么会有一伸手就能击败他的实力。

"那我们是得快点了。"难得沈迟都会着急，他也很担心他这么容易就捡来的两分又没了。

"他来了。"一路上都在频频回头的桥影这时已经看到身后一个身影自那个路口转出，以不可思议的速度向他们冲来。

"那好吧！"已经看到敌人了，沈迟这才开始活动身体，像是在做准备活动。

"看来只好我挡上一挡了，你快点跑吧！但要记住，那两分是我的……我……的？"

一阵风！

沈迟真的只感觉到了一阵风。他什么也没有看到，那个看起来还有一段距离的人影，忽然就这样消失了，然后就是一阵风刮过。

这是什么样的速度？

桥影那么快，高速移动时还会在他视线里留下残像，但是这个速度之下，对方仿佛什么都没有留下，快到身影都直接消失了。

沈迟急忙回头，就看到已经冲出去一截的桥影这时候飞了出去，落到地下，摔得似乎很惨。而他的"两分"已经被那个家伙扛在了背上。

沈迟情不自禁地后退了一步。

"你好……"他挤出了一个笑容。

"你好。"对方也对他说，然后就背着人逃走了。

沈迟没有追，他慢吞吞地走到桥影身边，一屁股坐到了地上。

桥影依然那样躺着，仰头看着天，似乎并不打算再动了。

"他穿的不是灰衣……"沈迟忽然说道。

"重点在这儿吗？"桥影没好气。

"你说他应该值几分？"沈迟说。

"不知道，不管多少分，我也不去追了。"桥影说。

"你放弃了？"

"是的，放弃了。"

"这可不像你啊！虽然他很厉害，但我觉得他似乎没有恶意，你不应该害怕。"沈迟说。

"是的。他是没有恶意，不然我已经死了好几回了。"桥影说。

"但我现在制服都摔破了，连内衣都破了，屁股会露出来，还怎么追？"桥影很生气地说道。

"哦。"沈迟点了点头，他觉得这个理由完全可以接受，他站起身，脱下了他的外套。

"护着你的屁股吧！"他把外套扔给了桥影，"我再去瞧瞧。"说完，他不紧不慢地朝着路平跑出的方向跟了过去。

"喂！"躺在地上的桥影叫了一声。

"什么？"

"他们可能会去传音室。"桥影说。

"传音室吗？"沈迟抬头看了看天空，"那很高啊……"

是的，传音室很高，甚至可以说是天照学院最高的地方。天照学院有一座传音塔，传音室就在塔的顶端。

这样一个建筑，在天照学院里当然会很醒目，所以路平很轻松就问到了。对方虽然觉得天照学院的学生会问这个问题很奇怪，但还没来得及思考，就下意识地告诉了路平。

路平此时背着西凡正在往传音塔跑去。那高高的，几乎要插入云霄的传音塔，在天照学院的任何位置都可以看到，所以路平不必担心走错。

而这时，天照学院上空又响起从传音室传出的声音。

"哈哈，越来越有趣了。"那个女声听起来似乎很开心，"大反转！灰衣少年，看起来最普通的灰衣少年，温言提醒大家要当心，他可是深藏不露。非提示信息：很遗憾，沈迟同学刚刚获得的两分要暂时收回了，另外灰衣少年的分数，由三分……"

自称温言的女生拉长了声调，卖起了关子，停顿了足足有三秒后，这才大声宣布："提升为三十分！"

"三十分！"

天照学院上空响起无数鸣之魄的境界高手发出的惊讶声。

要知道战斗力最强的六重天力之魄最初也不过定为六分，之后根据这位感知者的实际表现，才由六分提至八分再至十分。但是现在，这个灰衣少年，由三分一下子提到了三十分，翻了整整十倍。他到底做了什么？

"怎么会这样！"嘈杂声中，有一个声音异常清楚，正是路平他们最初听到过的，"他只是一个普通人，怎么可能达到三十分？"

"石傲同学，你这个问题是犯规的哟，我可不能回答你。"温言隔空答道。

"那么，能让我们戒卫队插手吗？"石傲问道。

"好吧，允许你们戒卫队插手，分数同样有效，但是只限于三年级学生哟！"

"收到。"石傲回答。

隔空对话，如此肆无忌惮，丝毫不介意被路平他们听了去。而路平的实力，显然已经被目睹，但也不过是从三分翻了十倍，定为三十分，而且，这好像并没有引起温言过多的惊讶，对此温言似乎只是觉得"越来越有趣了"。

"天照学院的实力果然非同小可啊！"西凡分析着话里所表现出的态度，感慨着。

"他们似乎可以看到我们的举动。"

"所以在他们看来这只是一场猫捉老鼠的游戏吗？"西凡说。

"我们尽快去传音室，说明我们的来意。"路平加快脚步。

"哦，原来你的意图在这……果然是最直接的解决办法。"西凡连连点头，借用传音室，向整个学院说出他们此行的目的，从声音传出的那一刻起，路平好像就有了一个相当简洁的解决思路。

第 50 章
传音塔顶

传音塔是一座圆形塔，高达百米，除去塔顶的传音室和观景台，所拥有的就是登上这百米高塔的旋转楼梯了，而这也需要魄之力达到相当高的境界才能走完。

沈迟来到传音塔下的时候，传音室又发布了一次非提示信息。草帽少年和红衣少女的分数再次各提了两分，变成了十分和十二分。

这是刺激性质的提高，还是对两人实力的重新评价呢？大家搞不清楚了，而且，非提示信息是不会透露具体情报的。

"没有说到灰衣少年啊，他是不是去传音室了啊？"沈迟站在塔下，抬头仰望。

"去看看吧！"他嘟囔着，随即走向楼梯。

他并不懒，也不怕麻烦，只是性子比较慢，总是要迟一拍而已。

传音塔顶的传音室并不只是一间普通的房间那么简单，传音室拥有特殊材质做成的设备，依靠鸣之魄来启用，可以将声音笼罩整个天照学院。

温言就坐在传音室里，有些无聊地摆弄着手里那个用鸣之魄力才能开启的话筒，她有些时间没有新信息可以公布了。

传音室四面一圈是透明的晶石，从这里鸟瞰整个天照学院，和走到顶端观景台所看到的也差不了多少。

观景台上用冲之魄力发动的晶体镜无非就是可以将远端的东西看得更清楚而已，但是温言不喜欢，因为观景台风太大，会弄乱她的发型。

当然，更重要的是，冲之魄贯通的她可以轻而易举施展冲之魄贯通境的一级能力远视，她根本不需要借助晶体镜就能从这里将天照学院的任何一个非死角看得清清楚楚。

她此时却觉得很无聊，因为她最关注的灰衣少年，居然在钻入一片树林后，就此失去了踪迹。

至于草帽少年和红衣少女，他们的能力已经基本都显露出来了，一个拥有相当丰富的脱逃经验，而另一个的六重天力之魄则有让人惊讶的表现。

不过，也就是如此而已了，这两位似乎无法带来更大的惊喜了，无非就是随着时间的推移，再提升一下他们的分数刺激一下大家了。

只有灰衣少年所表现出的实力让人吃惊，让人不解。

这让温言十分好奇，她期待看到灰衣少年更多的表现，但是他偏偏就这样失去了踪迹。

想拿到这三十分的学生当然极多，但是目前看来大家全都没有进展。眼下也允许戒卫队插手了，他们倒是没有像其他学生一样一盘散沙相互竞争，在统一的指示下，戒卫队开始了有配合的搜索，这是他们和其他学生最不一样的地方。

"到底在哪儿呢？还不快点跑出来。"温言施展着远视，又将整个学院所能看到的位置搜索了一遍，依然没有发现，她不得不怀疑对方是不是有意在传音室无法看到的死角活动了。

"咣咣咣！"温言忽然操起手中那价值不菲的话筒，敲起了身边的一根金属杆，清脆的撞击声向着上方的观景台传递着。

"上边的，有没有发现灰衣少年啊？"温言有些暴躁地喊着。

"温言学姐……"天花板上突然探下来一个脑袋，神情极是苦恼，心疼地望着温言手中的话筒，"你有话就直接说嘛，听得到，不要总敲话筒啊！"

"上面风那么大，你们听得到吗？"温言没好气地说着，显然她只是没事找事地发泄一通。

"风现在……也不是很大，你要不要上来看看？"那人说道。

"我在问你有没有看到灰衣少年啊，你这么多废话！"温言说。

"没有啊，一直都没有，不知道跑到哪儿去了……"那人郁闷极了，然而他此刻的目光投向了温言身后，那里是楼梯口。

一个人，背着另一个人，一级一级地，逐渐从那里出现了。

"在找我吗？"那人说着。

他背着另一人从楼梯口走了出来。他现在穿的已经不是灰衣了，而是穿了一身天照学院的制服。

这一点变化，在传音室和观景台的诸位当然都是知道的，他们只是没有将这一情报透露出来而已。

"哎哟？"温言闻声急忙回过头来，她的鸣之魄境界也不低，早就听到身后有人上来了。

不过传音室也不是什么禁区，只要不嫌爬楼梯太累，谁都可以来，所以她并没有太在意。

此时发现来的人竟然就是他们一直在找的灰衣少年，她整个人顿时都精神了起来。

"有意思啊！"温言一扫之前百无聊赖的神色，两只眼睛都要放出光来了。

路平和西凡也听出这女生就是之前负责播报消息的人，不免也多打量了她几眼。

温言无疑是个很漂亮的女生，尤其是皮肤很好，肤色很白，这点和峡峰区那些女生很不一样。当然，这些不是路平和西凡关注的重点，他们正准备开口讲话，对方开口却比他们两个都要快得多。

"居然找到这里来了。"温言站起了身，"但问题是，我是四年级学生啊，捉了你们也没有分数可拿，其他学弟学妹还会埋怨我，这可怎么办？"

"学姐可以捉了他们送给我啊！"那个天花板上探下的脑袋嬉皮笑脸地说道。

"看来只能便宜你了。"温言叹息。

"学姐加油！"那家伙喊着。

"我可不能大意。"温言说着，但是真的一点也看不出她的谨慎，因为她说完这话后立即就动手了。

"哎……"西凡没想到好不容易到这儿了，对方居然连个说话的机会都不给，就冲到了他们身前。这女生的速度，似乎并不在那个号称"声速"的三年级学生之下。

"在我们天照学院，四年级可是一个不同的概念。"温言说着，伸出的右手直直抓向路平的脸庞，这是路平几次弄倒桥影时所用的手法。

路平急闪，跟着也是伸手一探。桥影几次都毫无抵抗力的攻击方式，在面对温言时，却抓了个空。

"很没有新意啊！"温言的声音传出时，她已在路平身后。

路平探出的手并不收回，旋身就打，温言支起手臂一架，极大的力量涌来，让她神色忍不住一变。

她慌忙借势朝旁边一闪，身子踉跄，直接撞翻了一张桌子，这才卸去这一击的力道。

这一闪有些狼狈，但温言能在一瞬间意识到路平的力量是她无法抵抗的，连忙调整，借力避让，已算相当不凡。

温言一脸震惊，路平带给她的，到底还是超乎了想象，不过她神色还是很快就恢复了寻常。

"这样才有意思。"她说着，立即就发起新一轮攻势。

依旧是快。

但她的快，不是桥影那样用高速移动来摆脱对手注意以此寻找空当。

温言的快，就是很纯粹地发动高速攻击，移动快，攻击也快，瞬间闪来的拳影腿影，让西凡看了两眼就晕得想吐。

她快，路平也不慢。

"抓紧！"路平对西凡说了一声，拳脚立即也以不低于温言的速度攻出，两人拳脚接连发生碰撞，却没有太大的声响。

温言知道路平力量惊人，所以完全不和他以力相搏，拳脚一触或者没触到就闪让开，换个角度重新发起高速攻击。

势均力敌？

至少在旁观者看来是这样。

温言脸上却浮起微笑。她也不知道该怎样形容路平的实力，总之，应该是拥有一身天赋的。但是，他攻击的方式在温言看来实在太粗糙太简陋了，只是随性而发，根本没有什么技巧可言。否则的话，他拥有不输给自己的速度，且有自己不敢硬扛的力量，早就应该取胜了。

"你还有得学啦！"温言说着，她已经摸清了路平的虚实，不准备继续纠缠下去。

她的双手接连挥出两拳，使了个花招，不出她所料地将路平的双手轻松引开了。

"就这样吧！"她一掌直取中间，抓向路平的头。

这一次，路平还怎么闪避、招架？被她的虚招骗过，他已经来不及有别的动作了吧。

"你的三十分！"温言说着，抓向路平脑袋的右手准备顺势将路平放翻，但是，对方不动……

这……

温言再次惊讶了。

她自己清楚得很，不能和路平角力，但是她真没想到双方的力量居然这样悬殊。

她明明已经制住了对方，可她的力量竟无法对对方产生任何影响。

这时，温言想再添新力或是施展能力都已经来不及了，她慌忙向后撤，路平的双手再度往回抓。

在温言的眼中，路平的出手总是漏洞百出的，这次反击也不例外。

闪！

温言斜身避向空当，躲开路平的反击，退开一步，想要先行撤开，不料头颈的另一边竟有一道劲风袭来，清晰无比的力之魄力在那儿回荡着，这应该是……三重天的力之魄？

三重天的力之魄，在天照学院，这种境界简直不值得一提。

但是此时，这种境界的一击却在最合适的时机，出现在了最合适的位置。

两分少年……

一直靠着路平才没被抓住的西凡，竟然在此时出手了。这一击让对击倒路平信心十足的温言瞬间方寸大乱，因为她没找到任何有效的手段去阻止。

被手刀击中，还是三重天的力之魄，自己能硬扛吗？

这是温言心存的最后一丝希望与侥幸。但是，不能……

如果说路平的技巧很糟糕，十分的实力发挥不到一半的话，那么这个两分少年此时发动的一击，无论是对时机的选择和对攻击部位的把握，还是对速度和力量的控制，都表现出了超凡的技巧。

这是足以将十分实力发挥到十二分的技巧。

三重天的力之魄，已足够。

一掌，击倒了温言。

（本册完）

《天醒之路2》即将上市，敬请期待！